IDEARIO Y LUMBRE DEL MÁRTIR

CARLOS ENRIQUE RIVERA
MAURICIO

DEDICATORIA

A Flora Elena
Elizabeth Urizar Mota,
y a mi madre, Consuelo Mauricio de Rivera.

CONTENIDO

CONTENIDO

CONTENIDO

CONTENIDO

CONTENIDO

CONTENIDO

AGRADECIMIENTOS

A Elizabeth Urizar Mota, hermana del mártir y protagonista de esta obra... Por su ardua labor en pro de este proyecto al ser parte de las diversas investigaciones realizadas durante el tiempo en que se elaboró esta novela.

A Flora Elena Mota, por su participación en la obra como protagonista y quien a su vez sirvió como una de las partes vivenciales de la obra.

A mi madre, Consuelo Trinidad Mauricio. Por su gran aporte en mi formación académica y apoyo en cada una de mis actividades profesionales y literarias. Sin quien nada de lo que plantee en la obra y, que desarrollé durante los últimos seis años, no hubiese sido posible.

PRÓLOGO

Esta obra literaria titulada, Ideario y lumbre del mártir. Retrata la historia de un profesor humanista, de nombre: Marco Antonio Urizar Mota, de manera ágil y agradable. Obra literaria de la época del conflicto armado interno en Guatemala, estructurada en cinco partes y las que se dividen en cuarenta y seis capítulos. Relata las peripecias del protagonista, Marco Antonio Urizar Mota. Quien sufre las consecuencias más dolorosas al ser un opositor al régimen militar, y por ser un incansable luchador de las clases desposeídas. Asimismo sus vivencias en los salones de clase, siendo uno de los mejores educadores de la Escuela Normal Central para Varones. Recinto en el que también sufre los embates de las fuerzas represivas y que sitiaron a los ilustres estudiantes sancarlistas, siendo Marco Antonio, uno de los más distinguidos. Esto merced a su gallardía y don de lucha. Razones suficientes para ser perseguido a sol y sombra, por los escuadrones de la muerte y que asedian a los noveles estudiantes y dirigentes sindicales. En la primera parte de la novela se enfatizan algunos recintos que guardan especial afecto en el subconsciente del protagonista, entre los que se destaca de manera especial la colonia La Reformita en la zona 12, lugar en donde se ubica en compañía de su señora madre, Flora Elena Mota y su hermana, Elizabeth Urizar. A quienes ama con denuedo, sin embargo;

Las acciones se inician con la despedida de una joven de ojos verdes, quien ante la ola represiva de la policía en contra de los estudiantes debe abandonar el país y su amada colonia La Reformita. Previo a irse, ve cómo se desplaza por sobre las polvorientas y somnolientas calles, Carlos Luna, y quien trabaja como policía en uno de los cuerpos de dicha institución. Sin embargo este le parece a ella un hombre bonachón, inocente y buena gente, además de ser al último protagonista que contempla mientras marcha al destierro.

Sin embargo la mayor parte de la novela, está recapitula los instantes más inciertos de la vida del Profesor, Marco Antonio Urizar Mota. A partir de este personaje de la sociedad guatemalteca y debido a su loable labor docente y don de gente, lo cual le llevó a encausar luchas épicas a favor de las clases desfavorecidas y en contra de los abusivos tratos de los gobiernos militares en turno.

Además describe el placer íntegro de sus años joviales y algunas de sus travesuras en esos tiempos de imaginación incipiente. Además algunas de sus inquietudes y sueños en esa Guatemala del siglo XX, y a la que sabe que habrá que mejorar en cuanto a la igualdad de derechos y mejoras a una clase inferiorizada por los patronos y/o empresarios, quienes explotan de una manera brutal a sus asalariados.

Inicia su lucha a mediados de la década del setenta, cuando se ve inducido a movilizar a sus estudiantes en sendas caminatas, partiendo desde el centro educativo normalista en que labora, esto debido a que las instalaciones referidas han colapsado y es así como en compañía de sus estudiantes realiza marchas pacíficas, los días viernes en horas de la mañana, esto deriva que el gobierno de turno acceda a las demandas y decida construir las nuevas instalaciones.

Durante sus años de formación universitaria, empieza a darse cuenta de la realidad del asalariado, merced a los movimientos estudiantiles y sindicales del país. Entre otros el CENNUS, en la Universidad de San Carlos, al que apoya desde la Asociación de Estudiantes Humanistas y en la que funge por entonces como su Presidente.

Otra parte importante de la obra, refiere las persecuciones que sufre debido a que es dirigente estudiantil y apoya las manifestaciones en contra de los gobiernos militares de turno, por esta razón empieza a ser perseguido por escuadrones de la muerte, entre estos la G2 y Comando Seis. Quienes a bordo de automóviles sin placas y con los vidrios polarizados, iniciaron una persecución sin tregua contra este insigne profesional de la educación. Asimismo se describen sus experiencias en el campo docente, en el que desempeña un papel importante, decantándose por la enseñanza y motivando a que los jóvenes, lean lo suficiente para tener un futuro promisorio. También se enfatiza acerca del amor que les profesa a sus seres queridos, entre otros, su madrecita, doña Flora Elena Mota, su progenitor don Antonio Urizar, así como su hermana Elizabeth Urizar Mota, y quienes a la postre son testigos fidedignos del cobarde asesinato acaecido en la persona de este ilustre guía humanista, incansable soñador de un mejor país para su gente, y quien cayera víctima de los esbirros, un 8 de abril de 1980.

Y en algunos capítulos se enfatiza el suplicio de las clases desposeídas y estudiantes sancarlistas, alzados en contra del sistema, posteriormente asesinados durante estos años de represión. Se exalta el nombre y belleza de este pequeño país mayense, también describen su muerte y marcha al más allá, finalizando la novela con la muerte del personaje Carlos.

Razón por la cual cobra vida este libro, realizando a partir del mismo un homenaje a la vida y obra de tan ilustre personaje, lo cual coadyuva a rescatar la memoria histórica de este país centroamericano, y aflorar su recuerdo a más de tres décadas de su partida y luego que en su amado recinto educativo, la Escuela Normal Central para Varones, se develara una placa en su honor y dedicara a su vez la biblioteca y que actualmente lleva su nombre.

El autor.

IDEARIO Y LUMBRE DEL MÁRTIR

I

1

Este presente, su presente, la tenía profundamente desconcertada. Advirtiendo las imágenes una por una suscitarse, todas como abstraídas de un sueño y del que deseaba escapar inmediatamente, pero del que no podía despertar. Siendo copartícipe de la inmensa cantidad de sucesos, acaecidos en su amada Reformita, en el lapso interminable de días, semanas y meses. Hechos todos relacionados al conflicto, del que acumulaba su mente, cuantiosas e innarrables escenas de dolor, de suplicio, de palabras quebradas a golpe de armas de fuego y luego el silencio repentino apuntalándose una victoria más. Pero esa tarde inolvidable, fue su sonrisa la más humana de sus labios. La tejida en sus meditaciones agostinas, yerma fantasía con que escapaba a galope de un misticismo ocasional a su destierro.

Tras sus pasos, fue quedando la cuadra repinta de su amada reformita, sin embargo Émile, Ya no quiso contemplarla, tan solo se limitó a descorrer tras su mirada aquellos amaneceres faunos en tan exquisita estancia. Luego se apresuró a recorrerla con los mástiles traspuestos al aura, desde donde quiso tornar sus pasos, volverlos a la exégesis de su existencia misma, teñirlos en sus venas como el vino consagrado en el templo, y excederse de sus cantos y al son de las trompetas.

Ya en la lejanía quiso volver al pueblo pequeño de lunadas etéreas, a recorrer sus calles de terracería en las que comulgo sus sueños, ahí donde el olor a hierbabuenas se antoja exquisito y fragante en el alma. Lo percibió de esta manera al suspirar hondo, pausadamente.

Aunque osadamente le construyen cada una de sus quimeras y sabe que mientras viva, podrá volver al pueblo pequeño donde la luna y el universo son todo y nada, ahí donde sus cantos y proclamas encumbran a ese rinconcito febril. Pero volverá algún día acompañada de la democracia, hilando sus versos de victoria.

Ya en la calle, Émile, y mientras se aleja de la cuadra, de su esquina favorita en la colonia. Presiente que el reloj de arena frena para sí una ofrenda de lustrosas acequias, jugueteando sus ojos con el limbo preclaro, desde donde retoma aquellos despertares de inocencia y paz, que le tornan a la triste realidad, anidándole sus inverniegas penas; una vez más y de su nombre un olvido quemándole los labios. Tras su mirada, el frío colándose hasta sus poros, le deja su adiós oportunamente, arrancándole intensos suspiros, cual sus ansias de volver pronto al hogar del que ahora debe partir. Ahí mismo donde presumíale el personaje más extraño que conociera, Dejándole tras sí, todo un recoveco de historias entretejidas en anaqueles vetustos y a quien contempló hasta el hastío, para catalizar su pesar... mientras la silueta ensanchada del hombre se adentraba por sobre la Reformita. A la que volvía luego de su jornada laboral, mezclándose con otras personas en la calle. Sin embargo ella, pasó al lado de Carlos Luna, sin decirle adiós. Debido a no sentir ningún afecto por este, a pesar de las ocasiones en que salió en su defensa, sobre todo aquella vez que escuchó sus gritos en la calle y salió a defenderla de unos malhechores. Aunque ahora parecía un recuerdo ya olvidado, lo presintió ella al verlo desaparecer una vez más, en el silencio de su inocente contemplación.

Este caminaba aceleradamente por sobre la calzada, desesperezándose. Su irreflexivo rostro enmarcaba su estado emocional a punto de la demencia. Su mentón desencajado y la mirada fuera de órbita, conferíanle tintes bestiales a su semblante. Siendo su único testigo el permisivo infinito, debajo de mil contornos y sus pasos, aprisa por el atajo. Sin embargo, su carácter afable de antes desapareció tras una cortina glacial, sentíase desesperado e irascible como nunca antes lo estuvo. Tenía alguna idea de lo sucedido, su mente escenificaba los posibles e imposibles, y recalcaba en los rostros de los hechores materiales e intelectuales del crimen. Sin embargo no era el momento de hacérselas pasar de héroe, nunca en el pasado lo fue, y ahora menos que nunca. Se las jugaba contra los más temibles enemigos, muy a pesar de conocerlos, de saludarlos cuando los veía pasar a su lado, de jugar al póker con ellos, y ser colegas de profesión, inclusive de echarse las cervezas con estos, en tanto le exteriorizaban los más execrables crímenes en contra de los infortunados estudiantes. A quienes diezmaban, sin que esto cobrara alguna réplica por parte de las organizaciones internacionales. Lo sabía al haber laborado en la institución de seguridad ciudadana, pero tras su salida de la misma, dedicaba su tiempo laboral en cuidar una pequeña empresa, como seguridad de la misma. Era probablemente oriundo de Huehuetenango, no lo sabían con exactitud sus vecinos, apenas hablaba con ellos de su pasado. Pero recién llegado tras el terremoto del setenta y seis, se hizo amigo de algunos vecinos y de esta malograda familia, y de otras personas reunidas en la humilde vivienda. Aunque estos solo le conocían como agente policiaco, por lo demás seguía siendo todo un misterio, y eso de ser policía, una profesión que actualmente estaba manchada por abusos cometidos contra la sociedad civil, atañidos al conflicto armado interno, por ello evitaba el tema y cuando alguien le consultaba al respecto, sin detrimentos lo mandaba al diablo.

2

Desde su arribo al barrio, tan solo unos años atrás. A este hombre conocido como, Carlos Luna Guzmán. Le gustaba lucir su uniforme limpio y bien planchado, por tanto se le veía siempre, impecable. Además relucía su cincho de cuero en color negro, y que le aseguraba el pantalón en el área de la cintura. Sobre el mismo portaba un arma calibre 45, y en cuya cacha plateada incrustara sus iniciales. De izquierda a derecha ordenados los cartuchos de municiones, y preparados a su utilidad en la contingencia. Era para algunos, un personaje rechoncho y gracioso. Haciéndoles reír cuando avanzaba torpemente sobre la arteria, bamboleándose imberbe figura, con las manos al cinto, en posición de alerta. Se consideraba el hombre fuerte de la Reformita, y por eso se autonombraba su protector. Por su agenda laboral de dos días adentro y tres fuera de la institución armada. Le era fácil analizar y describir a todos; al tendero de la esquina por sus signos faciales. También al repartidor de gas por su manera de caminar y otros movimientos corporales. Incluso a los obreros con solo mirarlos a los ojos cuando los saludaba en la décima. Hasta este momento ninguno de los analizados le parecía sospechoso de nada, pero la orden del superior lo tenía en ascuas:

Guzmán debe usted andar alerta en su barriada, ya sabe que los demás están enterados de lo que ahí se fragua, solo usted no ve nada, No sabe nada.

Dicha recriminación le molestaba, entregándose como solo él a su institución, además estaba determinado a realizar algunas detenciones, con tal de contentar al oficial superior, pues desde su ingreso a esta institución se prometió ser de los mejores agentes, aunque con diez años de servicio ya le había cambiado esta visión, dándose cuenta de los múltiples atropellos de sus camaradas al realizar detenciones ilegales y algunas desapariciones. Lo que venía aumentar las denuncias del pueblo. Se consideraba un hombre de paciencia a toda prueba, pues cuando laboralmente esperaba a un acusado, se circunscribía a establecer su campo de vigilancia, priorizando en su labor. Incluso persiguiéndolo como a su sombra, un sospechoso por el que debía estar alerta las veinticuatro horas del día, y por el que dejaba incluso de comer a la hora estipulada con tal que no se le perdiera. Al final sentíase realizado, orgulloso de su institución, al nomás cumplir con la tarea asignada, preparar su informe y salir del recinto con el pecho henchido.

Al dirigirse esta noche, con rumbo al luctuoso hogar donde sabía que una familia lloraba la irreparable pérdida del hijo amado. Contuvo la respiración, detúvose de nuevo para secar las frías lágrimas de su rostro y mientras le daba el pésame a la madre del muchacho. Entre emociones y corazonadas, sentía sus palabras vacías, al igual que su ser. Pero no les podía contar de momento sus propósitos, ni una palabra pronunció en la estancia, siendo mayúsculos sus temores, además era obvio que antes tenía que constatar sus hipótesis, para no errar esta vez, igualmente quien lo iba a resguardar una vez descubriera las identidades de los asesinos.

Estaba casi seguro que tratábase de unos uniformados, quienes amparados por las sombras internas en la colonia y con sus atuendos orientales: jeans, botas y sombrero. Despistaron a todo el vecindario, pasaron inadvertidos mientras atendían una comisión.

Se los encontró sin desearlo, en la misma esquina que ahora pisaba, por sobre la diecisiete calle, y al saludarlos notó un algo extraño en sus miradas, esa expresión de misterio y crueldad con la que actúan los malhechores, la cual le hizo alejarse presuroso al escuchar sus reproches, y luego al consultarles el porqué de sus atuendos.

– ¿Que pasó muchachos, es que acaso andan de incógnito? ¿Algún otro trabajito entre manos?

–Mira mano, ¡eso no te importa! –Contestó uno de los tres individuos, envainando la mirada entre sus oscuras cejas, y finalizaba la breve charla con la advertencia respectiva.

–No nos has visto, ¡Lo entendes, o te lo explico de otra manera!

–No es necesario, fuiste muy claro con la advertencia.

–Contestó deprisa y, temiendo se ensañaran con su persona, no había razones para exponerse de esta manera, cual la efímera vida, y como lo hacían sus pasos en el promontorio mientras se alejaba de ellos. Afortunadamente lo dejaron marchar sin más ni más. Aunque supuso que era un escape milagroso, pero sentíase miserable. Por no encararlos con hidalguía y desenmascararlos ante la plebe. Dos cuartos de hora después de la partida, concluyó infructuosa búsqueda conformándose con ver la llegada de algunos ebrios por sobre la calzada y mientras se recreaba viéndolos maromeando ridículamente sobre la desolada calle, le pareció familiar la sombra de alguien que a la distancia recién arribaba a la vía, lo constató al tenerlo a corta distancia.

A eso de las veinte horas, su regordeta figura trazaba intervalos intermitentes sobre la calle, a razón de las sombras recostadas por sobre un cenit senil y pernicioso. Recostado por sobre las ojivas de la Reformita. Se situó enfrente de la casa verde, la misma que en horas matinales le sirviera de observatorio, desde ahí contempló a la linda gardenia marchando con su congoja y soledad a su destierro. En su blanca tez resaltaban dos aterrorizados ojos, en cuyo fondo se trasluce la imitación del terror nocturno y, pensó en tanto en quienes solían acompañarla regularmente hasta su domicilio, la mayoría de veces se trataba de unos estudiantes universitarios, quienes empeñados en protegerla evidenciaban sus actividades pro izquierda. Dedujo desde entonces las razones que obligaron a esta jovencita a emprender el viaje sin destino y retorno.

Pensando en sus perseguidores, comprendía de sobra, que era lo único que podía hacer, siendo estos los seres más desalmados que conociera en su vida.

Entre tanto él, compartía algunas frías noches con ellos en las acequias circunvecinas. Sabía en lo que andaban metidos desde unos años atrás cuando lo del muchacho de la esquina, la que estaba enfrente de donde se situaba en este momento. Empero no pudo decir nada a sus deudos, y hubo de enmudecer como muchos lo hicieran.

"Hechor y consentidor pecan por igual". –Pensó-, esto lo hizo sentir miserable…sucio y pérfido. Pero borrándose las gruesas gotas de sudor sobre su frente. Intentó mostrar un rostro sereno a quienes lo saludaban por sobre la séptima avenida.

Una vez más, sopesó las acciones que le deparaba la vida. Enmendar sus errores y salir en defensa de la próxima víctima. Una vez enmudeció debido al temor que sentía al toparse a los sicarios. Sin embargo esta vez no estaba dispuesto a ocultar sus sospechas, no podría callar nunca más, mucho menos conociendo como solo él a los asesinos, y queriendo de tal manera a la víctima, a quien conociera desde pequeño, habiéndolo admirado por su don de gente, por su carisma y por ejemplificar a los mejores educadores-formadores de esta patria guatemalteca; lo estimaba sobremanera. Sabía incluso que vestía como los demás jóvenes de su edad, pues estaba de moda el pelo largo en los hombres al estilo jipi, el pantalón acampanado, las camisas de colores brillantes y cuello ancho.

Con su guitarra en mano, Marco Antonio Urizar, era la atracción de las jóvenes muchachas de la barriada, quienes admiraban como ejecutaba la guitarra y cantaba las canciones del momento, sin embargo su amor por los libros fue creciendo y la música fue cambiando, ecos de Los Guaraguao, Casas de Cartón resonaba en su repertorio haciendo eco en su conciencia y despertando así su espíritu combativo-solidario, para con los

9

demás…

Carlos Luna, sabía todo esto merced a los años de pertenecer a la institución policiaca. Además por haber participado en persecuciones extra judiciales, y que de pronto le hicieran entender la situación de los muchachos. Por ello quería comunicarle sus sospechas, poniéndolo al tanto. Esto por la estima que le profesaba, asimismo por el aprecio que sentía por los Urizar Mota. Por tanto intentaba proteger a su interlocutor. Lo respetaba sobre manera, aunque debía ser precavido. Un error injustificado les podría costar la vida a los dos, por ello esperó antes de tomar partido en el asunto… además sabía que esta metrópoli ancestralmente conocida como: "La patria de la eterna primavera", empezaba a convertirse en la ciudad de los cementerios clandestinos, en ciudad tumba de los estudiantes san carlistas, y quienes enfrascados en sendas marchas de protesta, caían cual parvadas de luciérnagas, merced a su gallardía y enjundia, pero sobre todo por luchar únicamente con sus ideales en contra del sistema. Sin embargo no lo vio llegar esta vez como otras noches, arribando por la avenida Petapa, ahora desolada… cuántas veces lo vio arribar desde ahí, enjundioso, desde la Tricentenaria Carolingia Universitaria. En la que estudiaba junto con otros líderes de renombre y, a quienes admiraba en el silencio de su alma.

Larga espera llevaba y sin cambiarse de sitio. De pronto lo imaginó acercándose desde la lejanía. Sin embargo, esta vez caminaba deprisa y con ciertos cuidados a través de la calzada apenas transitada, guardándose de las celadas. Buscando alguna centinela sombra, recostada sobre los frontispicios de las casas de la cuadra, los que antes del terremoto veíanse bonitos y ondulantes, muy a pesar de ser de adobe de canto, y ahora en estado calamitoso de cara al punto meridional, por donde lo vio acercarse aprisa, pensó que debido a lo avanzado de la noche, y a los recientes sucesos en este lugar y que tenía en vilo a sus moradores. Aunque sabiéndolo de primera mano, le daría la voz de alerta. Caminó hacia el sitio imaginado, solo se encontraba el escondrijo de la luna, acurrucada sobre un alborozado árbol y que estremecía de súbito sus pasos, obligándole a detenerse para luego continuar la caminata. Empero debió clausurar la misma y regresar a su casa.

3

Ante la cómoda almohada, Carlos Luna. Recapituló algunas de sus intrigas, ya que había visto a los esbirros escondidos en una esquina. Controlando cual bestias a su víctima, a la que eliminaron sin consideraciones.

Los vio esa noche del crimen, sin embargo se limitó a contemplarlos en silencio, procurando no le vieran. Desafortunadamente había más interfectos en su lista. Esto debido a la cantidad de casas que vigilaban, tanto de día como de noche, contándose entre otras, la morada del profesor tonito Urizar, y quien sin duda alguna era uno de los más buscados, debido a su formación humanista y sus compromisos estudiantiles. Sin embargo estaba seguro de poderle prestar ayuda al amigo, hermano y maestro. A quien de alguna manera pondría sobre aviso, lo pondría al tanto de los sucesos que se cernían sobre la colonia y que afectarían a su familia. Aunque se apoyaría en este joven estudiante, Paco, quien caminaba esta hora un tanto meditabundo. Al encontrárselo de frente, sintió que podría por fin conversar con este acerca de unas ideas que bregaban en su mente, ponerlo sobre aviso, y este al Profesor tonito, luego este a sus camaradas para salvarlos esta vez de una inminente cacería, ya que sabía que los hombres de los automóviles sin placa andaban tras su pista, y deseaba alertarlo para que se cuidara en lo posible de estos. Sabía que era profesor de profesión, noble y generoso, además muy inteligente, y proveniente de una familia pobre en la colonia Roosevelth en la zona once, con ello le bastaba para ponerlo sobre aviso.

—"A falta de tortas, mollete", -se dijo, partiendo a su encuentro... pues aunque no era la persona a quien esperaba, de alguna forma le sería útil ponerle al tanto de sus sospechas.

— ¡Buenas noches! -saludó al joven, mientras este lo contemplaba atónito, ya que no esperaba topárselo a esta hora de la noche, y en este rincón tan solitario de la colonia.

— ¡Buenas noches don Carlos!, -le contestó, y aprovechando la ocasión para consultarle algunas intrigas, lo encaró sin aspavientos.

— ¿Me contó mi madre que usted es de la Policía Nacional?

—Efectivamente, trabajé en la institución desde que me hice mayor de edad, pero debido a un problema de salud tuve que retirarme de manera imprevista.

—Mucho me temía fuera cierto.

—Pero estando de alta en dicha institución, conocí algunas de las acciones desencadenadas acá en la capital, en contra de las personas sospechosas de pertenecer a la insurgencia.

— ¿Y usted fue designado a realizar esas sucias actividades aquí en La Reformita? ¿No es cierto?

–De ningún modo, desde que estuve de alta en la policía mi trabajo fue ser apoyo en otro tipo de casos, esto debido a un problema en mi pierna izquierda, y si permanecí en la institución con mi inconveniente, eso es otra historia.

–Comprendo.

–De hecho, quiero contarle algo que me afecta desde hace muchos años.

Lo contempló de nuevo con desconfianza, sabiendo que le contaría una increíble, pero verídica historia. El lugar elegido por su interlocutor le pareció siniestro, lo supo al nomás elevar la mirada por sobre tapiales y pequeños colla-dos, tan silentes a la vera de la soledad más aterradora.

–Recuerde que las paredes tienen oídos. –Dijo, sin atreverse a mirarlo. Por alguna extraña razón, esa expresión la había escuchado en múltiples ocasiones y le parecía tan familiar, pero aún le consternaba.

–En ambos casos tiene razón. –Pensó– Contemplando su peculiar figura, rolliza como la figurada estampa de la luna, pues tratándose de un hombre de unos cincuenta y siete años de edad, la papada sobre su cuello era prominente, en su rechoncha cara predominaba un grueso bigote, lo demás evidenciaba poca elegancia. Además era alto de estatura, complexión fuerte y tez morena, su voz grave infundía respeto a quienes lo encaraban. Por ello no dudó un momento en desconfiar de este, y contemplando su rostro petrificado con el místico brillar de la luna, lo hizo partícipe de su relato.

–Durante los años transcurridos desde que inició el

conflicto, me refiero a casi una veintena. He intentado olvidarme de todos los recuerdos, al punto de pretender mandar al diablo todo; Pero me resultó imposible.

– ¿A qué se refiere en particular?

–A la ola de atropellos que cometimos contra los insurgentes, estudiantes y sindicalistas. Esto en mis años de alta en el cuerpo de policía.

–Pero no entiendo a qué obedece el que haya querido confesar su culpa ahora, demasiado tiempo después de cometida esta fechoría. –Inquirió en tono pusilánime el receptor. Sabiendo que a partir de este momento él, era cómplice de una verdad y que cargaría consigo por el resto de su existencia.

–Se debe a una promesa que hice en vida a mi esposa, ella ha expirado hace unos años, por lo que deseé cumplir su última voluntad, además porque estimo a su amigo el Profesor, Marco Antonio. A quien debe alertar acerca de lo que le espera si los hombres disfrazados lo capturan.

– ¡Gracias por la información y apoyo brindado!, y créame que lo localizaré, ¡de inmediato!

–Créame que entiendo las razones que les han llevado a ser lo que ahora son, unos rebeldes en contra del sistema, Lo demás es historia…

El último entorno de los corrientes, establecido sobre el orbe; corría como estertor pragmático de la existencia, y se alejaba como ave, sigilosa por entre la llanura, en búsqueda de su Edén. Así avanzaban los días efímeros, y desaparecían presurosos.

Llevando consigo una cauda de tardes, noches y sombreadas estancias. Aunque pareciesen de nuevo, ¡miserables!, ante la rutinaria complejidad del horizonte. Miserables estancias sin un norte delimitado y esperanzador... con un pasado agolpándose sobre los pasos de la existencia, y con vistas de templario, observa desde lejos. ¡Miserables instantes de lucidez ante sus ojos! Ojos apagados en el tiempo, en el cúmulo de cuantiosas estadías, de innumerables arribos al recinto familiar; desde el epicentro de incontables calles, todas de terracería y alineadas de frente al sol. Alternando sus despejadas avenidas por donde sus cansinos pasos lo conducían, con la somera angustia de consorte-confidente. Irrumpía esta vez al encuentro de matizadas comunidades, a través de lejanos esplendores, por sobre exilias moradas en donde parecía no ser bienvenido, y entre las cuales pasaba inadvertido, cual sombra fantasmal. Haciéndole parecer eremita en tierra extraña...

Aunque de nuevo se encontraba, Marco Antonio, ante los suyos. A pesar de estar alejado de estos, tan solo unos cuántos años. Sin embargo el conflicto armado interno estaba en su apogeo, y la situación de temor cernida sobre sus rostros, le hacía comprenderlos.

Sabía fidedignamente que ellos, no podían exponer sus vidas atendiéndolo como lo merecía, y para salvaguardarlos se limitó a verlos en mutis, desde cierto tiempo atrás, estos eran controlados por los escuadrones armados y debían precaverse, los entendía al verlos pasar a su lado. Sin embargo contuvo el jadeo de su corazón y se internó con el sol mediático veraniego. Hasta confundirse con dichas personas, aunque estas ignorasen su pesar.

Ahora podía pensar un poco más, recapitular cada uno de sus encauces, meditar acerca de las razones más que justificables por las que empezó a participar con los movimientos estudiantiles y sindicales, sin embargo le era imposible agrupar las ideas en la mente, contenerlas en un punto.

Por sobre la bóveda astral, evocó su mirada algún encuentro cercano a lo místico, pero desaparecía de inmediato ante la cruda realidad, agolpándosele un dolor en el hemisferio diestro de su cerebro. Contempló las sencillas casas, asentadas por sobre la avenida. Eran tan diferentes a las que en su infancia conoció. Hogares de nuevos vecinos y en esta época tan extraños, y sus amigos distantes como el insuperable tiempo en su cadencia efímera, como época vetusta asentada sobre la cordillera, y su fructífera añoranza que decaía bajo sus evocaciones múltiples. Las personas iban y volvían por sobre la octava calle, perdiéndose prontos en sus cotidianidades. Asimismo lo hacían sus amigos, y en los últimos días, verlos partir por tanto esta vez, le era tan común como su pretensión de comentarles sus vivencias, sus adioses, sus ayeres y por lo tanto un recoveco de lo más especial de su existencia. Como lo fue el despedirse de cuántas personas le vieron nacer y compartieron parte de su bregar. Lo intrínseco, natural, suyo, y que nadie osaría arrebatar. Empero partir con un nudo en el cuello del hábitat pródigo en el que nació, cual semilla regada junto a los surcos bienhechores de la tierra, apagándose a golpe de punzantes recapitulaciones, al paso sensual de pequeñas luciérnagas despejando para sus ojos la somera distancia, y un horizonte adormilado a sus intuiciones, con enigmacias periódicas y grisáceos encuentros, como sus vidas pendiendo de un hilo...

Tornó la mirada y pudo contemplarlos una vez más, en una plástica sublime, momentánea, irreal. Ocultándose aprisa y misteriosamente para sí. Como la voz de libertad, golpeando sus vocálicas cuerdas... Cuántos innoves a la plástica de un horizonte bélico, cuyo clima asfixiante agravaba los súbitos reclamos de un grupo de ciudadanos. Trabajadores avejentados, desmoronados por el cansancio agobiante, inconformes contra el patrono, denotándolo sus ajetreados rostros. Otro fiel reflejo de días y noches de inhumanas huelgas, enclaustrados en desigual lucha. En búsqueda de nuevos emolumentos, y de mejoras laborales. De oportunidades más adecuadas al poder adquisitivo de la moneda, del quehacer laboral y su deplorable posición económica, llevándoles al borde del abismo... de pronto, un grupo de estos corría desesperadamente en busca de refugio, y tras ellos iban los uniformados, ordenados en escuadrón y persiguiéndolos incansablemente. Lanzándoles gases lacrimógenos y enormes cantidades de agua fría para desbandarlos, inverosímil acción y que lograba de momento su propósito, reduciéndolos así al orden...a una escapatoria momentánea, lo cual le hizo imaginar un final trágico pesando por sobre su existencia, e intentó sobreponerse al mismo con enjundia y determinación recreándose su mente con algunos recuerdos.

...Despertó esta vez en su mente, como perpetua ensoñación, todo un recorrido a través del espacio amorfo de mil sueños, entre los que disfrutó las épocas más emotivas e inolvidables. Cuantiosos años de infancia dispuestos como en una cortina transparente, y donde el tiempo frenó abruptamente su paso, enarbolándole emotivas estancias, pero solo era una ensoñación y caía de nuevo la realidad sobre sus ojos, la percibía contoneándose paupérrimamente. Como espera la dueña del silencio y su afilada hoz, la llegada de su víctima, por entre arbustos y faustas montañas, en cuya dualidad de cuantiosas evocaciones y sueños atrapados en el cúmulo maravilloso del recuerdo, escampó la mirada un instante. Buscó algunos otros detalles de su ayer. Efímero, bajo los ramajes de un pintoresco ciprés, más no estaba ya ninguno de sus amigos. Por tanto largaba sus pasos de ahí, con el acongojado corazón a punto de ceder a la histeria, y una impotencia de las cien mil patrias... Por lo que le era fácil recapitular algunas vivencias de infancia. Como aquellas inolvidables tardes, recreándose cerca de los proyectos Cuatro tres y cuatro cuatro. Donde paseaban las dichosas horas de inocencia, deambulando a través de inciertos rumbos.

Suspiró débilmente, y luego de las evocaciones atrapadas en el cúmulo maravilloso de sus efemérides, mínimas como lo eran los momentos de felicidad en compañía de su familia, a lo vasto y largo de toda su existencia. Era la edad de las preguntas indefinidas, la edad de las de las desorientaciones, de conflictos, la edad de la pubertad, siendo en ese entonces: juguetón, molestón, risueño, solida-rio... Contaba Elizabeth, por entonces siete años de edad, y era acompañada por Marco Antonio y su amigo del vecindario, a quien solo conocían como, Elvin Rivas. Quien muy a pesar que padecía problemas parapléjicos en sus piernas, poseía las habilidades para valerse por sí mismo.

Luego de jugar a las escondidas en un reconstruido gusano, elaborado de llantas en abandono y dispuesto en forma vertical, comulgaba entre sueños, con la vista al infinito. En cuya figura regordeta, encontraban resguardo incontables niños y hasta los adolescentes, luego de su jornada educativa… Elizabeth, fue la primera en correr en busca de refugio, ocultándose a la vera del alcor, y seguida por el Elvin, escalaron el promontorio de la montaña, a través de campos enverdecidos y caminos somnolientos, tres chiquillos ocultándose por entre verdes arboledas distadas de quietud y paz. Entre tanto Marco Antonio, era el encargado de buscarlos en las inmediaciones…hasta donde enfiló sendas emociones y protuberantes intrigas.

Esta aventura les tomó solo ciertos minutos, y mientras localizaba al inmortal, decidió Marco Antonio que debían regresar a casa, sin embargo no encontró a la niña por ningún lado, prefirió entonces buscarla en los alrededores, mientras el inmortal optaba por adentrarse al interior del afamado gusano de caucho. Estaba oscuro, imposibilitándose la visibilidad. Al empezar a descender y tocar con la suela de los zapatos, el fondo de arena del mismo, escuchó el grito de Elizabeth, quien oculta entre la arena, sintió cuando el imberbe se paraba en su cabeza, y desesperada pegó semejante grito. Alertando a su hermano, quien desde afuera la llamaba desconcertado. Finalizada la búsqueda dieron también retorno al hogar en donde los esperaban sus seres queridos, y quienes entre-gados a sus faenas, apenas se preocuparon se la ausencia de los chicos y que ya sobrepasaba largas horas, pero comprendían que por las vacaciones que gozaban desde hacía una semana, merecían estas actividades recreativas. Empero el tiempo voló sobre sus vidas y ya todo tornábase en una realidad exasperante. Agolpándose presuroso, mientras sobre sus huellas unas avecillas silvestres se iban deprisa a otros lares.

Así fue alejándose objetivamente con rumbo a otros trayectos. Mientras el mediodía a descorrer figuras lejanas y misteriosas tendía. Dejándolo muy solo, a través de un sendero grisáceo, por el que bregaba en busca de un horizonte donde descansar sus pesares. Los que de a poco se convertían en una rutina, un régimen insoportable y que se mantenía a flote. Merced a los atropellos de superioridad en contra de los desposeídos.

4

De retorno a la fábula, la misma que torna al presente, su presente. Ese retorno obligado en el tiempo y que le salía de nuevo al encuentro, sin previo aviso. Al recordar la voz de su madre, recomendándole tomar ciertas medidas de seguridad, con el fin de salvaguardar su integridad física, escapar así de las constantes amenazas lanzadas a su persona.

–Tenga mucho cuidado, mijo. –Le dijo en horas de la noche su progenitora al nomás verle entrar al domicilio.

Aunque su voz se quebró al continuar informándole de la situación:

–"Fíjese que en la mañana vinieron unos hombres a buscarlo, eran tres, por su aspecto pensé que se trata de los que quieren matarlo. Parecían buscar con la mirada algo, entonces les dije que ya no vivía en esta casa, aunque se fueron de inmediato, estoy casi segura que volverán. Carlos, también los ha visto desde la otra avenida, dice que andan en un automóvil de vidrios oscuros y asoman si ven que alguien que se acerca por la esquina de la cuadra".

–No se preocupe mamá, tomaré mis precauciones.

—Contestó, al despedirse. Pero antes de salir del domicilio, contempló con cariño y afecto a Elizabeth. Quien luego de la cansina y agotadora jornada laboral, ya descansaba un momento en su dormitorio. Al verla de nuevo, un cúmulo de sensaciones paralizó su hemisferio diestro. A lo lejos sonaba en tocadiscos una melodía de Strauss, y que le hacía suspirar, a la vez tiritar de frío y emoción. Sabiendo cuan valiosa era la vida de su hermana, convencido que ella cuidaría a su madrecita, cuando el cayera en manos del enemigo, cuando le hiciera falta a su amada patria. Imaginaba que sería su destino, lo sabía, desde el fondo del pensamiento, donde se fusionan los ideales, la   razón y las emociones, aun desde lo más profundo del corazón, desde donde le brotaba por momentos una angustia incontrolable que lo estremecía en conjunto. Volteó la entristecida mirada hacia el rostro de su progenitora, a quien amaba por sobre todas las cosas y previo a dejar ahí la exclamación yerma de sus labios. Por sobre sus emotivas vivencias diurno-nocturnas, el escamado siglo veinte en el que nacieron como generación revolucionaria, y que les convirtió en sus víctimas. Sufriendo mil embates traicioneros, el galope oscurantista de sus enemigos, los excesos de confianza y desaciertos.

Aun sentíanse sus sombras profanando cuantiosas esquinas y cuadras, frías como las noches de invierno, dueñas de todo un panorama. Lo supo desde siempre, lo intuyó a cada instante. Lo presentía su corazón, débil en su crisálida oscura. Se lo dijo alguna vez, más dichas palabras las aquietó el tiempo. Aun las cicatrices que son gravamen de su débil piel. Crueles ofensas físicas dolencias y achaques propios de la edad tercera, y sentía aproximándose a su lado a la compañera de estridente hoz.

Esa encubierta estampa, como aquella tarde a media-dos de los sesentas, sus voces aún zumbaban cual enjambre, como un recital autóctono de voces precolombinas, difuminándose de a pocos en el infinito.

Más de pronto eran los lejanos musitares que la acechaban, asomándose de a pocos en el subconsciente. Pareciéndole muy reales y propios de su actualidad. Cuando de ello hacía más de dos décadas, habiendo partido sin dejar rastro alguno de sus valiosas existencias.

—Mamá, verdad que todo esto se va a resolver.

—¡Sí, mijo! Todo esto se va a resolver, tenga fe.

En la voz de su progenitora había cierto cúmulo de preocupaciones, intentó disimularlas con una suave risa. Sin embargo él, la conocía sobradamente. Alejando la mirada a través de un ventanal, viajó al encuentro de la brisa, a esas épocas cuando la inocencia antecede al raciocinio, dichosos años en que la única preocupación dista en disfrutar el momento. Aquellas hermosas mañanas gozando una estadía en el campo, trepando cual mono los frondosos abetos, entre cuyas ramas distaba un horizonte de pletórica paz, armonía y felicidad. Empero tan efímera es la vida y pasa sin dejar rastro alguno de su paso, tan solo van quedan-do sus recuerdos y algunas señales tangibles en el rostro.

Ahora enfocado en la época dolorosa que se vivía sobre territorio nacional, y algunas celadas a las que escapó oportunamente, gracias al apoyo de algunos de sus amigos y desde luego de un periodista, quien acudiera hasta el cementerio general en su auxilio varias veces. Sobre todo tras el entierro de alguna de las víctimas del conflicto. Ante todo porque afuera del camposanto lo esperaban sus enemigos, empero otra vez acudía el corresponsal a su rescate, por ello lo respetaba y entendía que era de los pocos buenos entre tan malos profesionales. Al nomás despedirse de este, comprendió el rol que jugaría en lo consiguiente, sabiendo que iban desapareciendo del entorno algunos personajes, dejando breves recuerdos de su estadía, de su paso por esta efímera vida y, sin si quiera algunas posibilidades. Tras sus pasos parecía apagarse el tiempo lapidario e incólume... castigándolos. Mientras muy cerca de ahí, en un recinto oficial, el Ministro de la defensa en sesión permanente, sopesaba si era necesario enviar al ejército, para repeler las acciones de los manifestantes... ya la manifestación enfilaba hacia la sexta avenida, de la zona central, buscando el afamado centro histórico. El cansancio parecía apoderarse del control de los inconformes.

Realizaban desde hacía unas dos horas su pacífica marcha, entre otras peticiones, solicitaban la construcción de un nuevo edificio. Tratándose en algún porcentaje de noveles estudiantes de la Escuela Normal Central para Varones. Quienes inconformes contra el Ministerio de Educación, y las disposiciones del gobierno.

Sus voces efusivamente resonaban, y a través del largo recorrido por sobre la sexta avenida, lanzaban claveles rojos, en consigna y recuerdo de los caídos. Ideario de otra lacónica protesta, similar a las anteriores de día viernes, exigiendo la mejora de sus deterioradas instalaciones, las que debido a un incendio, incluso al terremoto continuaban colapsadas y eran impropias para ser su casa de estudios.

Esta caminata, organizada con propósitos consecuentes, con ideas trascendentales y apuntalando mejores beneficios, fue una de las que alcanzó mayor cifra de participantes, por lo tanto de mayor efecto en los últimos años. Empero los resultados obtenidos no evidenciaban ningún avance, pero se contabilizaba por decenas los estudiantes detenidos; y se nombraba por docenas a los heridos a manos de los elementos de seguridad. Tampoco pudieron culminar en el lugar elegido la caminata, y esta debió disolverse en medio de las desafortunadas agresiones en contra de los desarmados manifestantes. Quienes recibieron por parte de los elementos de seguridad una cantidad sin igual de palos.

Ya todo parecía volver a la calma, pero antes de imaginarse el desenlace, alguien rebotó en el pecho de la calle con la ropa ensangrentada, y sus gritos lacrimosos despedazaban los tímpanos del tiempo. Empero nada pudo hacer para socorrerlo, ella misma era otra víctima más, y al oír los retumbos de las balas, cerró los ojos, ahogando un estrépito en sus sienes. Al abrirlos encontrose con el terrible cuadro, pues a su lado yacían otros más, con las ropas deshiladas y sucias. Connotando incontables encontronazos con las fuerzas de seguridad, en cuyas réplicas violentas infinidad de jóvenes, futuro o presente de la patria, perdían la vida, entre decadentes espejismos. Retirábanse desguarnecidos y cabizbajos, pues debieron cargar con un nuevo revés. Cuando ya el olor a muerte, gas lacrimógeno y azufre, se desperdigaba a través de distintas arterias viales. Luego un manto azabache y mortuorio se posó imponente sobre el cielo. Enajenándose a sus pesares...

La nebulosa estancia en la que se posaban esta vez, yacía bañada de cálido rocío, mientras sus voces retumbaban por sobre los caminos circunvecinos, desde donde llegaban incontables ciudadanos y se adherían al conglomerado, y unidos en una sola familia, envigaban con rumbo a su destino, trasegaban la frontera neutral en búsqueda de respuestas a sus demandas, y no estaban dispuestos a negociar. Esta vez, nadie daría marcha atrás, como si lo hicieran otras veces en el pasado. Émile, se unía con intrepidez y solidaridad al grupo que enfilaba desde la calzada Roosevelt, y en solo una hora engrosaron la multitudinaria y colorida manifestación. Al fin comprendía la fuerza con que estos arremetían en contra de sus gobernantes. Miles y miles de participantes, desfilando desde la zona nueve, con ánimo de llegar al parque central. En donde entonarían loas a sus mártires y demás camaradas, caídos en el campo de honor, merced al sacrificio de sus vidas.

Una voz alerta, en fonación femenil, alcanzó el área blonda de sus tímpanos, y la consideró oportuna y sensata, convidándolos a romper filas y escapar de las celadas. Pues sin lugar a dudas a partir de este momento empezarían a tener mayor cuidado, y ya no se expondrían como lo hicieron hasta el día actual, en un momento en que sus vidas corrían peligro, incluso sus cabezas tenían precio. Lo corroboraban las amenazas en contra de los principales líderes, acrecentando el temor en el corazón de estos. La persecución en su contra era evidente, y solo unos pocos lograron salir al exilio, con el único propósito de preservar la vida. Sus amigos caían en manos del enemigo, pero el amor a la patria, a su pueblo y familia, no tenía puntos de medición. Cayendo valientemente sobre el pecho de su patria, quien los recibe amorosamente…aunque se cuentan a miles.

Otros con sus sueños y proyecciones, viendo la caída de la tarde con desazón, temían la réplica de las fuerzas del orden público, y seguían esperando la peor de las respuestas, mientras cerníase sobre sus existencias la lúgubre noche. Pretendió escapar hacia otros derroteros, a pie por las montañas, sin embargo él, no pudo obviar esta realidad y en la que se aplastaba a estos empobrecidos ciudadanos. A los que se adhirió apoyándolos incansablemente. Haciéndoles partícipes de la versificación unida a un recodo de su existencia. Aunque su sensibilidad fue aquietada como la tarde, cuando ya no quedaban resquicios y tonalidades apegadas al cajón de los recuerdos, ni atrapados en la cortina febril de la adolescencia, ya extinta. Tal vez sus discrepancias guardaba, lo demás era semejante al silencio, a la soledad y al vacío existencial, con su cauda de lagrimeantes dolencias.

Se alejó por tanto, sintiendo cabalgar por el sendero melancólicos adioses, y atardeceres febriles ante su mirada de chiquilla, mujer y madre. Enfiló de nuevo sola cual la noche en busca de armonía, hasta arribar a su floreada colonia. Amada desde sus primeras luces, esta en la que se refugió como aquellas entristecidas aves hacia su hábitat nativo, todas las tardes bajo el amparo del cielo, su única compañía. De lo cual ella, Émile del

Valle, ya no se extrañaba. Pues si algo aprendió durante los difíciles años que antecedieron esta época, fue precisamente a ello, al hecho de sentirse sola y en ocasiones hasta desamparada, sumida en el complot de sus recurrentes pensamientos.

Meditando en silencio. Recreó cada una de las figuras familiares que crecieron con los años, como lo hizo la natura sobre su anatomía. La hiedra había corroído algunos frontales y el polvo recortado en un esbozo, sobre el costado de las somnolientas casas, evidenciaba cuantiosos transmutes. Similares a los suyos y que le hacían sentir perdida en ese periodo.

Cuánto tiempo transcurrido, desde que partió de la pequeña morada y que nostálgicamente contempló una vez más. Presintiendo que no volvería jamás a cruzar sus umbrales. Con el corazón pendiendo de un hilo agolpándose en su sístole-diástole, intranquilo, y en sáfico galope al infinito. Como una vela apagada en la distancia, a través de umbreadas residencias, y callejuelas por las que se adentró con su penar. Evitándose cualquier pesadumbre, en cuya dolencia ténebre como tinieblas internas en el alma, profundizó. Pero esta vez marchaba de ella, ¡para siempre!

Se alejaba, meditabunda. Con el lejano recuerdo de su amado Marco Antonio, y sus camaradas cimbrándole la mente... aquella ejemplificada y valiente generación, la inmácula semilla jamás corrompida. Los contempló en completo silencio, antes de compartirles algunas de sus experiencias e historias, pareciéndole que estos ahora trasegaban rutilantes, como fantasmas nebulosos de esa época, cual marionetas de un periplo. Inolvidable, eso y nada nuevo, solo repercusiones dilatadas en la pupila. De pronto volvía al encuentro de la vida y de una distada estación, estancada en sus sienes. Estuvo mirándolos largamente, sin alcanzar a comprenderlos. Consideraba que el más grande enemigo, disfrazado de piel de oveja y con rostro de lobo, residía en el interior de cada uno de ellos. En el área del subconsciente, ese miedo al qué dirán, el miedo al que se veían expuestos. Miedo a levantar la mano para sentirse parte de las masas, y como tal, de menesterosos alzados contra el gobierno. Encausados en lucha desigual y siniestra, jugándose la vida, efímera como la frívola noche, efímera como la vida misma, cayendo deprisa sobre un oscuro y siniestro firmamento. Con el que enfilaban con determinación a la victoria... y una vez más sin duda también se iban a encontrar frente al destino...

5

Cuántas veces compartió con ellos. Caminando calle arriba mientras se dirigía a sus labores. Al igual que lo hacían esta mañana con el calor veraniego asentándose sobre sus rostros. Pero ante la consigna de cumplir con sus patronos apresuraban sus pasos. Quedando tras sí únicamente su recuerdo.

Sin embargo, Marco Antonio, se alejó de dichos amigos a los que tanto extrañaba, siendo cada uno de ellos una parte importante de su existencia. Esta generación expuesta a sufrir el escarnio y tormento. Lo supo desde que los vio caer en manos de los esbirros del pueblo. Mientras su pecho ahogaba exánimes suspiros y le hacían maldecir este contexto...tan suyo como impropio, particular y universal. Muy propio de una generación próxima al exterminio, y de la cual se consideraba copartícipe, por la simple necesidad de ser un trabajador incansable, soñador y un guatemalteco más, necesitado de mejores oportunidades laborales, sin embargo era todo lo contrario, un buen profesional, anhelando mejores condiciones económicas para su gente. Lo advirtió al entrar a las instalaciones de su centro laboral.

Contempló de nuevo la estancia, antes de situarse en un recodo del recinto, desde uno de los corredores de la vieja construcción, pareciéndole más el escenario propicio para un sueño apocalíptico y con ojos desorbitados detuvo la mirada ante el viejo galerón, en el cual debía impartir clases a partir de este momento. Siendo esta la casa mather de los maestros en este país sin futuro promisorio para las clases media y baja, algo tan usual desde siempre, por lo que ya no le extrañó la contrariedad. Convertido a partir de entonces en su lugar de trabajo. Recordó en tanto que José Martí, impartió clases en dicha casa de estudios, acuñándole la célebre frase:

"Y me hizo maestro para hacerme creador". Refiriéndose a tan afamada y bien ponderada casa educativa, en el plano de la formación académica de los futuros maestros, de los portentosos educadores en asidua preparación, y que desembocaría en una lumbre de conocimientos para los educandos. Incluso estaba al corriente que el Doctor Juan José Arévalo Bermejo, estudió y se graduó de profesor en este recinto educativo. Siendo considerado el mejor Presidente de la república, en la breve época de la Revolución. Además poseedor de una prepa-ración académica sin precedentes a su puesto de gobierno, habiendo algunos de sus predecesores, carecido de ella. Razones por las cuales ejercieron un régimen servil al sistema imperante. Asimismo con la destrucción del gobierno revolucionario en el país, todo lo bueno se fue por la borda, así como marchó el tiempo. Esto lo sabía al volver la mirada hacia el viejo inmueble, ocasionándole una profunda tristeza, porque como educador siempre supo cuáles eran las necesidades del educando y tan deteriorado recinto no lo era en absoluto.

Pero decidido a salir adelante en sus labores, irguió el plexo con arresto como lo hizo desde temprana edad, habiendo tenido que trabajar por un mal salario, entregar su fuerza laboral, en procura de apoyar el malogrado ingreso familiar, y sus ingresos al mundo del pensamiento. En donde el bien prevalece por sobre cualquier necesidad, la sequedad es significativa de escasez. Lo Verdi plateado es bienestar y equilibrio de una sociedad próspera. Todo lo contrario a la realidad del asalariado, pero para obtener dicho cambio, requeriría de mucho esfuerzo. Como seguramente lo sería un sacrificio propio, y la valentía dispuesta al cien. Ejemplos de cobardía era tan fácil encontrar en cada esquina y cuadra a la redonda.

Lo recordó al volver el rostro a la dirección del centro normalista, mientras la campana, se escuchaba por tercera vez, llamando al orden al estudiantado, además a los docentes. La rutina los absorbió de golpe, conminándolos al silencio repentino de la ciudad capital. Que transfugó el eclipse monumental de un horizonte momentáneo y caduco. Por sobre el cenit, adormilándose entre sus ojos... aunque estar allí era motivo de felicidad absoluta, todo un sueño hecho realidad, y formar parte del claustro de esta prestigiosa casa de estudios, aunque no estuviesen las cosas bien, al menos tal y como se las imaginó. Pues el deterioro de la instalación y algunos muebles en mal estado, le hacían estimar que esta no reunía las condiciones mínimas para formar parte de un centro educativo. Lo sabía en el fondo del alma, guardándose el enfado para otro momento, con una impotencia burda aparcada en el hipotálamo. En tanto sus problemas asmáticos le impedían controlar una fuerte molestia en su aparato respiratorio, y cual fuerte sacudida desde sus pulmones, le causaba molestias indescifrables en el pecho. Esto debido a la cantidad de partículas de polvo asentado en las paredes del que fungía como su salón de clases. Sin embargo amaba su profesión y debía iniciar con ánimo y provecho la semana escolar, sus educandos lo necesitaban, pues eso sería darles oportunidad, de mejorar su nivel de vida...

Luego de su jornada laboral, y de retorno a la barriada. Acercándose hasta su valorada Reformita. Pudo constatar el recrudecimiento de la violencia en contra de las sencillas personas de estos recintos, los más sencillos y humildes, en cuyo epicentro el escultor de la vida les plasma cada cierto tiempo, una luz petrificada milenaria, cargada de elucubraciones placenteras y que les hacen olvidar su terrible realidad con la que despiertan cada alborada. Sobrevivencia nocturnal al cobijo de la hechizante luna, asombro de sombras, legajo de estas en ascensos tenebrosos, sombras aletargadas en la noche, ensombrecidas miradas en procura del rincón amado. Sombras evocando un nidal en que descansar infinitamente, y otras sombras al acecho, cual tigre tras su presa y las primeras trasegando bajo las oscuridades de las arboledas, debajo de un horizonte disfuncional y quieto, adormilado en su cenit...

Carlos Luna, detuvo su caminar un instante y lo imaginó por sobre la calzada. Como aquellas noches apacibles que tocaron fin. Por ello iba caminando deprisa como alma en pena. Era la forma como le veía deambular por las noches, sentíase culpable de su suerte, por ello lo buscaba con insistencia para constatar que estaba bien, pues a pesar de haberse liberado de su condena, al exteriorizarle su pesar psicológico. Pero ahora temía por su vida, y supuso que había sido desaparecido de la faz de la tierra por los que estuvieron espiándolos unas noches atrás, y si los dejaron escapar seguro fue con el propósito de tenderles otra celada y acorralarlos en su sede. Luego pensó que quizá ya estaba descansando en su domicilio, y emulando a la noche se alejó, en procura del cobijo nocturnal de su domicilio, evitando decaer en su estado de ánimo, pero sin conseguirlo un instante, optó por cerrar los ojos, lo cual le hizo ensimismarse en sendas cavilaciones. Apenas pegó los ojos un par de veces, y de nuevo el insomnio comulgó con sus intrigas, levitantes como el tiempo. Doce y quince minutos de una fría noche, velante como sus emociones, constatándolo salió al traspatio a contemplar el cenizo cielo, como solía hacerlo todas las noches... al apenas despertar salió a la calle, tranquilizándose al divisar la figura del educador, a quien estimaba sobremanera. Verle salir de su domicilio, devolvióle la calma absoluta, tornando insufacto a su residencia. Esta mañana como en otras ocasiones, el Profesor Tonito, se dirigía con rumbo a su lugar de labores, en donde sus estudiantes esperaban ansiosos sus enseñanzas.

Estos, conocían las razones que le hicieron tomar este camino sin retorno. Incluso de las constantes amenazas lanzadas a su persona por terceros, debido a sus actividades a favor de las clases económicamente marginadas y, que no daría marcha atrás ante estas. Pero ignoraban que evitaba involucrarlos en el infausto conflicto.

–Ustedes deben prepararse para la vida. –Les decía, seguro de sí mismo... ellos le veían con admiración, siendo un excelente Profesor, aprendían cada una de sus enseñanzas.

Él, como buen conocedor de dichas inclinaciones, les hacía ver lo difícil que era impartir la enseñanza a las noveles generaciones. Dado a que los gobiernos de turno, así como sus antecesores no querían invertir en la educación del pueblo. Razón por la cual era pésima, pues el Ministerio de Educación no contaba con un presupuesto acorde a las necesidades del estudiantado, y por ello los docentes tenían que rifárselas para mejorar algunos aspectos de la enseñanza actual.

–Si quieren ser profesores, deben primero amar la educación, pues nosotros en este campo tratamos con seres humanos, los formamos y una mala educación, es lo mismo a la mutilación científica.

6

Ahí desde las silenciosas y humildes moradas. Miles de proyectos y metas asomaban contrarias al entorno belicoso actual. Difuminándose esquivas ante la imponente cantidad de las sencillas construcciones. Entre cuyas paredes de adobe, infinidad de temores asomaban. Demarcándole frente a sí, un camino de abstinencias absolutas y de limitantes. Las tomó como parte de su futuro y presente, desde un destino irrefrenable, y absoluto, absorbiendo todos sus anhelos y proyectos con los que cerró los ojos un momento, en pleno descanso de una jornada adusta y cansina.

Viendo alejarse a través del boulevard, a sus grandes amigos. Algunos de estos con rumbo al ostracismo, seguro para nunca volver. Sintió como la vida marchaba con ellos, en similitud a los lapsos transcurridos desde aquellos años de inolvidable infancia. Que mucho temía, no volverían a repetirse, ¡jamás!

Quiso acompañarlos a través de esas lejanas calles. Caminar con ellos como en el pasado. Incluso quedarse para conversar largamente con estos amigos de toda la vida. Empero debía continuar su marcha. Limitándose a contemplarlos en silencio. Con aquella admiración, irrefutable. Dejándoles de nuevo otra despedida, ahí en pleno corazón de la zona doce. De donde partía con el corazón hecho trizas. Incluso su rostro desmejorado ante los constantes insomnios. Los pliegues en la piel sin afeite, limpia al viento, con las huellas indelebles en el alma y la insoportable soledad a su lado, al adentrarse por los parajes de la zona trece. Donde empezó a gestarse esta proverbial historia...su historia y legado para su familia, la que sabía en el fondo del alma, penaría ante su fallecimiento. Como ya sucedía con los familiares de sus camaradas, y que cayeron fulminados, en la mayoría de los casos asesinados a mansalva y por la espalda. En las postrimerías de febrero, el recuento de los caídos y desaparecidos a manos de comandos armados, era cuantificable, así como los ciudadanos en el exilio. ¡Cuántos hogares de luto! En una lucha desigual, y fratricida para cualesquiera de los bandos. El sacrificio de un pueblo, en búsqueda de equilibrio laboral y de oportunidades de desarrollo.

A pesar de los acontecimientos de consternación suscitados, la comunidad internacional seguía manteniéndose ajena a la situación. Mientras el monstruo norteño apuntalaba cuantiosas misivas a favor del gobierno en turno. En cuyas acciones bélicas apostaba la prosperidad de sus empresas, en contra de la clase trabajadora y cuya calamitosa situación era cada vez más agravada. Los noticie-ros nacionales e internacionales mantenían su acostumbrado hermetismo y solo informaban de lo conveniente. Por otra parte los estudiantes de nivel superior, aprovechando oportunidades escuetas y en algunas manifestaciones informaban a la población. A través de mantas alusivas y pasquines, que dentro de bombas molotov hacían estallar en zonas urbanas, además colocaban boletines en áreas céntricas. Sin embargo los resultados eran apenas notorios y urgían nuevos encauses.

Algunas organizaciones populares y sindicales redoblaban esfuerzos, para alcanzar los objetivos trazados, sin embargo se veía caer a sus líderes, cual presa fácil en las garras del enemigo. Por tanto la situación en todo el territorio nacional era preocupante, incluso considerábase como crítica... Los medios de comunicación tomaban partido a favor de unos u otros protagonistas, pero las noticias de los decesos continuaban llenando los principales reportes.

Trágicas noticias llegaron durante la tarde a su conocimiento. La muerte de Oliverio Castañeda, entre otros, y quien cayera como víctima de la represión establecida por los ejes de gobierno.

Su discurso de despedida, heroico. Porque tuvo ocasión de lanzarlo en plena conmemoración de la revolución del cuarenta y cuatro, señalando con valentía a los perpetradores de las violaciones de los derechos humanos en esta tierra. Esta era sin duda una de las pérdidas más irreparables, pero él, cayó en cumplimiento del deber, ultimado luego de esta manifestación del veinte de octubre, por sobre el pasaje Rubio, en el plexo de la zona central, hasta donde llegaron sus perseguidores para arrancarle la vida, preciosa y de servicio para su pueblo.

Sin duda, el daño era irreparable con su muerte y, quien solo unos instantes previos cerró los ojos, pensando en sus familiares, seguramente pues los amaba entrañablemente. Luego cayó abatido por los disparos realizados por unos cobardes, solo unas horas después de finalizada la caminata, ese fatídico mediodía, cuando el escenario triunfal por el que paseara en sueños. Se convirtiera en su fría tumba, y luego de haber culminado tan emblemático recorrido; por sobre la sexta avenida y zona uno, con su elegancia característica. Dueño de un discurso sin igual, su don de gente, además siendo un excelente estudiante, y presidente de la AEU. Organización a la que encausaba en pro de su gente. Todo lo cual, les empezaba a cobrar factura, habiéndose convertido estos líderes san carlistas en la voz de un pueblo, empezaban a pagar con sus vidas.

Esto lo sabía Marco Antonio, quien ante las intimidaciones previas perpetradas a su persona. Viajaba en una motocicleta. No había transcurrido mucho tiempo desde que saliera del punto de despedida. Repentinamente escuchó el estruendo de unas detonaciones. Haciéndole presagiar este cobarde crimen. Ante tal duda retornó al punto descrito, para encontrarse al compañero, amigo, y dirigente universitario, tendido en la calle, agonizante, y sin poderle prestar ayuda como en el pasado.

Tras él, quedaron sus amigos del frente, con la consigna apiñada en el pecho, sus ideales manifiestos en sus palabras. En sus continuos discursos de fervor patrio y de optimismo. Un líder como pocos que enfrentó con sus gestas a ese minoritario grupo, privilegiado con distingo de vastas generaciones. Desde la historia misma y ello le costó la vida. A razón de la verdad, su verdad y la de su gente…con la que marchó habiendo sido el baluarte de una generación, la misma que lo vio caer abatido por las balas asesinas.

Deceso por el que lloraba Marco Antonio, como un niño que pierde a un familiar, asimismo un séquito de incondicionales, y quienes noche a noche veían minado su grupo de lucha, diezmados. Todos amigos invaluables, asesinados por el simple hecho de querer alcanzar una nueva alborada... Algunos sobrevivientes preferían salir en desbandada. Muchos de estos aguardando con ansias un cambio radical de sistema, y pasar de un extremo a otro, el existente y que solo les llevaba de momento, hacia el abismo. Lo sabían algunos ciudadanos con sus rostros tristes, contemplando desde un horizonte desaliñado y ténebre... en esta lúgubre ciudad, caja minúscula, pequeña y solariega, que asfixia a cuentagotas; como el campo cada vez más lejano y que aparece tan solo en sueños. Empero sus recuerdos y anhelos, su preparación académica; sus luchas diarias en procura de una mejor oportunidad de vida, de empleo, de salud y prosperidad. Para aquellos que siempre fueron incapaces de alzar la voz, de levantar la mano en protesta. Incluso por aquellos que desearon despertar en una patria más équida, pero se van de esta vida con mayores angustias y pesares, que logros y triunfos.

¿Cuántas ilusiones tejidas por manos de orfebre, todas a punto de fenecer? ¿Cuántos proyectos a punto de caerse? Todos cual noche en su crisálida sombría. Demarcando los rumbos de incansables soñadores, idealistas de una patria libre, soberana e independiente.

Cuán distanciada realidad al punto de una mísera dependencia hacia el país norteño, el cual dictaminaba el rumbo del país, y los gobernantes con sumo despotismo contra el pueblo subyugado, cumplían a cabalidad sus preceptos, creando de dicha forma una intromisión absoluta de dicha potencia mundial. Esto a raíz de dictaminar las políticas internas, y externas. Obviando el apoyo de los rusos, a quienes tenían de rivales en ambas caras de la América, esto conferíales hegemonía incluso en otros países del área, por sobre el intento moscovita de alinear coaliciones en apoyo a su proyecto socialista. Además entre voces empezaba a rumorarse de cementerios clandestinos y de otros hallazgos relacionados con el conflicto, de lo que apenas se mencionaba en los medios escritos. Cuando este cubría todo el territorio nacional. Otro informe periodístico citaba el secuestro de un joven estudiante universitario, y quien fuera interceptado por varios hombres fuertemente armados. Hecho acaecido cuando salía de su casa, luego lo subieron a un vehículo sin placas y conduciéndolo enseguida a un lugar ignorado y recóndito, por lo cual seguía sin conocerse nada sobre su paradero. La información inconclusa quedaba ahí con su autor oculto entre las multitudes con las que se perdió en la distancia.

Esto empezaba a convertirse en práctica común de los integrantes del cuarto poder, aunque existían excepciones, pues algunos periodistas salvaban su reputación, y se mantenían en el campo de batalla exponiéndose íntegramente, con el afán de informar a la población. Lo mismo que algunos docentes, proporcionando una adecuada instrucción a sus educandos.

–Por ello, lean todo lo que puedan y no teman a plantear cambios. ¡A exigirlos si es necesario!

De pronto escampó la mirada, conduciéndola a través de modernos recintos, por sobre algunas construcciones de block y ladrillo. Diferentes en todo a las inolvidables, sencillas, y de adobe de su pasado. Tan humildes moradas, colapsadas todas, ante el reparo del tiempo...Entre cuyos despertares y silencios prolongados, percibió de nuevo sus voces, lejanas como el espacio amorfo, infinito...

Él, lo sabía. Por lo cual prefería caminar solo en postura meditativa, así lo veían sus estudiantes. Siempre con varios libros bajo el brazo, era lo que podría legarle a los más jóvenes, a sus estudiantes. Ese amor por la lectura, aparte de ello, valores y principios. Inclusive enseñándoles con su ejemplo que debían prepararse a través de una buena educación, para saber afrontar los desafíos de la vida. Para Marco Antonio, esto ya no tenía remedio. Ya no había vuelta atrás. Sabía lo que les venía al encuentro. De sobra   disfrazada época de cambios positivos hacia la modernidad. Ello le causaba comparativamente una zozobra singular, impositiva.

—Deben continuar sus estudios. Además sean amigos de los libros, estos instruyen, conjuntamente son los mejores compañeros que encontrarán en el largo trayecto de la vida.

Eran algunas de las recomendaciones esta mañana. Igualmente les sugirió leer algún autor clásico y el nombre de una buena obra literaria universal, mientras divagaban sus recuerdos y que aún atesoraba en su mente, como la siguiente historia que vivió en una tarde agosteña...

Calurosa y asfixiante tarde a inmediaciones de escuintla, el calor recorría los dos hemisferios de su cerebro. Con la lejana imagen de un ave alejándose por sobre el cielo, y las densas aguas del caudaloso río, corriendo deprisa por entre la hondonada. Una voz familiar le hizo recobrar la compostura, tratábase esta vez de Elizabeth, quien siempre lo acompañaba. Juntos caminaron río arriba por entre los rieles paralelos del tren. Con intención de disfrutar de una zambullida, en las frescas aguas del cristalino afluente.

—Se anima a saltar desde aquí, —preguntó ella, contemplándolo como pocas veces. Un poco asombrado calculó la altura del farallón, en relación con el afluente cristalino y no era menor a los doce metros. Un poco dubitativo negó con la cabeza, la sola idea le daba emotividad al recorrido, entonces pensó que seguramente ella bromeaba. Lo presintió viéndola alejarse a través de las líneas del tren, sin embargo tornó al punto de inicio.

—Qué apostamos a que me tiro. —Repitió, esta vez con mayor seguridad.

—Lo haría de estar chiflada. —Replicó, un poco disgustado. Acto seguido, contempló como ella se lanzaba al vacío y unos segundos después flotaba en el torrente. Aunque en ningún momento consideró la sola idea, mucho menos verla caer en caída libre al espacio. Optó por guardar silencio y observarla, cuando ya su delicada piel besaba las caprichosas aguas. Siendo apenas una jovencita, pero segura de sí misma, quiso reclamarle, pero optó por lanzarse también cual relámpago, y a velocidad incalculable, se encontró junto a ella, riendo juntos por la hazaña consumada…

Recuerdos gratos e inolvidables, más debía retomar el presente a pesar de su crudeza, porque no evadiría la realidad, sino más bien haría consciencia a sus educandos, porque las autoridades educativas y padres de familia, debían enterarse y tomar partido a favor de la cruzada, toda vez como un deber, una obligación por la que debían luchar pródigamente. Se los recalcaba una y otra vez en secuencia a sus educandos...participándoles se informaran a través de los medios informativos, que se actualizaran acerca de los temas cotidianos. Afirmándoles que existían relevantes trabajos periodísticos, tratados con tal profesionalismo por objetivos periodistas.

Entre estos se contaba él, empecinado en realizar una ardua tarea, no obstante esta mañana y como todo buen columnista, empezó analizando los últimos acontecimientos en la metrópoli, encontrándose que entre los hallazgos más impresionantes, sobresalía el de unos adolescentes, quienes previo a ser asesinados, fueron ultrajados por los asesinos y sus cuerpos sin vida descubiertos por un grupo de trabajadores, quienes al regreso de sus labores, se encontraron el horroroso cuadro, acaecido entre unos matorrales. Tomó nota de este vejamen, luego apuntó en su libreta otras noticias, preparándose así para su labor periodística.

En el lugar de los hechos había suficientes pruebas, en contra de un comando armado, solo se esperaba la oportuna intervención del ente investigativo. Pero sus integrantes tardarían mucho tiempo para apersonarse en la hondonada, ya muy cerca del kilómetro treinta y ocho, de la ruta al pacífico. Aunándose que este solamente era un hecho más de violencia, de los muchos que se suscitaban a cada instante, en suelo patrio.

El reloj de muñeca le daba la hora en punto, siendo las seis con treinta minutos de la mañana. Salió deprisa de su domicilio, sabiendo de la cantidad de actividades que le esperaban este día. A lo lejos, las continuas campanadas en sonoro febril, anunciaban la hora de entrada al grupo de trabajadores, quienes ordenados con antelación y en fila india, esperaban ansiosos el arribo a la instalación. Los observó en elipsis, compadeciéndolos ciertamente pues sabía que pasados unos años, dejarían de emplearlos, al imaginarlos inservibles en sus empresas, esto debido a la descomunal manera de explotarlos como máquinas y luego sin miramientos, decidían echarlos a la calle.

Sin embargo ocupados en sus afanes laborales estos, apenas si pensaban sus derechos en este momento. Ya empezaban a llenar los pasillos y corredores de la afamada embotelladora. Los contempló minuciosamente al saludarlos.

La lucidez del día en su henchido accionar le sobrellenó. acallando animosamente al silencio… solo unos minutos después el ruido estruendoso y voragineo, de las enormes máquinas al ser arrancadas. Luego todo el emporio industrial se le unía, cimbrando a marchas forzadas otro inicio y nada más.

Un día común y corriente como sus antecesores. Empero con enormes repercusiones en el quehacer nacional. Afectando en sendos desplazamientos de las personas con rumbo a sus labores, al través de las diversas arterias viales. Esto a su vez provocaba que ahora lucieran todas congestionadas sobremanera. Luego unas figuras blandiéndose, después solamente la brisa matinal y el irse de la estación.

SEGUNDA PARTE

II

1

Ya concluían las vacaciones para los estudiantes, dejándoles gratas vivencias y pulcros recuerdos, de lo cual sentíanse profundamente satisfechos. Por consiguiente debían hacerse responsables de su formación educativa, a partir de la fecha asignada al inicio del ciclo respectivo.

Los padres de familia, en la mayoría de los casos. Propiciaban los elementos necesarios para que sus hijos accesaran a los diversos centros educativos. Aunque no podían costearles una educación privada, conformándose con guiarlos hasta los edificios de educación pública. La que reconocían como rudimentaria y de mala calidad. Nada adecuada a las necesidades del país. Algunos estudiantes carecían de lo necesario, y en muchos de los casos debían ayudar a sus padres en los gastos de la casa, para lo cual optaban por un trabajo de medio tiempo...tal era el caso de Gigio, quien fungía como voceador del periódico por las mañanas, y estudiaba en jornada vespertina. Otros como Rosita, ayudaban en las ventas del mercado a sus padres, lo que les generaba un mínimo ingreso. En muchos de los casos les servía para comprar los útiles escolares. Los maestros iniciaban con entusiasmo sus actividades. Por lo tanto este nuevo y desafiante ciclo, empezaba a rodar. Como lo hacía la fría mañana, alejándose presurosa del cenit, y desde la otrora Reformita.

Sonriente, dinámico, motivador, inteligente y solidario con los demás. Estas eran algunas de las cualidades que se le reconocían al Profesor Marco Antonio Urizar. Sin duda que parte de su felicidad radicaba en sentirse bien con lo que hacía. Lo cual contagiaba a sus estudiantes y, estos con en el afán de prepararse académicamente, solían buscarlo. Él, a su vez se esmeraba en estos inculcándoles que lucharan por salir adelante. Por superar la extrema pobreza. Otra de sus facetas radicaba en su excelente sentido del humor. El que exhibía de manera singular a través de los chistes del ingenio chapín y que les compartía. Pero seguía siendo su mayor preocupación la preparación académica de los educan-dos. Al punto de conocer al dedillo no solo de los que estaban a su cuidado, sino incluso de los hijos de sus vecinos y que estudiaban en otras instituciones educativas.

— ¿Vos, Cómo vas en tus clases?

—Pues, fíjese Profesor tonito, que me va muy mal en las matemáticas. Imagínese que me cuesta mucho entenderlas.

— ¡Comprendo!, pero llégate cuando podas a la casa. Con mucho gusto te puedo explicar lo que se te dificulta.

Eran solo parte de sus cualidades, de su don de gente. De su inmenso amor a la patria y a las personas de escasos recursos económicos. Pero de nuevo el anónimo escrito en papel simple y con pésima ortografía. Aún se desfiguraba entre sus manos al estrujarlo. En el que se le informaba que debía acudir a una dirección, en donde le concederían la entrevista, que apalabrada desde días previos, le sería de suma utilidad en su campo investigativo, y a pesar de ser parte de su trabajo. Lo estuvo pensando un momento, pues consideró que podría tratarse de una broma de mal gusto, incluso una celada, pero luego de considerarlo un momento, decidió acudir a la reunión con un grupo de estudiantes.

Esta tarde de viernes, y como era costumbre, fue Sánchez, el encargado de darle a los presentes la cordial bienvenida, luego les anunció un imprevisto.

–Disculpen si me salgo de lo programado en la agenda, pero ante los últimos problemas en casa, me vi en la necesidad de conseguir un empleo.

Los demás lo contemplaron con cierto escepticismo.

–Por eso se me dificultará presentarme puntualmente a las actividades programadas.

–Bueno, eso sí que no estaba en agenda, ¿qué le vamos a hacer?

–Ahora es más importante que cumplas con el compromiso laboral adquirido, nosotros cubriremos algunas de tus responsabilidades con el grupo.

–Nadie mejor que vos conoce la situación en tu hogar, y haces bien en apoyar a tu mamá.

Aunque parecían comprenderlo, y a la vez de apoyarlo en esta difícil situación. Sin embargo era seguro que les haría falta este leal compañero, y viceversa. Se le notaba en su alicaído rostro, esa expresión tan común entre cómplices de esta clase social, emprendedores sin límite.

–Lamento tener que retirarme así, aunque esto no estaba en mis planes, pero ya ustedes lo han notado. El hecho es que en casa se adolece de la figura paterna, debido en gran medida a que mi padre, es un borracho empedernido, además, ¡Agarra furias! No siendo suficiente vende las cosas de la casa y en esta última se pasea como un desquiciado. A veces habla solo, luego arremete contra mi madre y mis hermanos, lo cual ya no estoy dispuesto a tolerar. Ayer se lo dije a mi viejita, que si ella no se defiende que lo haré gustoso. Por ello tendré que hacerme cargo de los gastos de mi familia.

–Lo siento mucho, mi hermano. Lamentablemente eso sucede en nuestras familias, y ante dicha problemática nos vemos obligados a tomar las responsabilidades que competen a los adultos.

–Como ustedes saben mi viejita está enferma y si no la ayudo yo, quien por ella. Pues mis demás hermanos son pequeños aun.

–Agradezco en nombre del grupo, la confianza depositada. No te defraudaremos, y seguiremos con nuestros planes.

–Muchas gracias… –dijo, al despedirse, con un tono de voz quebrándose al paso del viento, sobre el tejado de la afamada institución educativa. Sus palabras finales hicieron hincapié en los presentes. Reconociendo cada uno como propio este flagelo, dicha irresponsabilidad de unos adultos, delegando obligaciones a los noveles estudiantes. Etapa más que adecuada para el estudio, para la diversión y para diversas actividades recreativas. Empero se embarcan al mundo de los adultos, realizando muchas veces tareas de las más diversas y dañinas para su estado de salud.

—Ahora es más importante tu familia. Pero sigo pensando que trabajar por un mísero salario es inaceptable; vos lo sabes mejor que nadie. Ustedes también lo saben, no sé por qué callan ahora.

—Luis Pedro, tiene toda la razón. Como un día la tuvo el insigne Marx, y cuya disciplina nos demuestra, la desigualdad existente entre patrones y obreros.

—Hoy a diferencia de otras veces, estamos de acuerdo en algo. Ahora consensuaremos sobre los lineamientos a seguir en nuestra lucha.

—Bueno, lo primero será elaborar un reglamento interno. Que nos encause por un mismo ideal.

—Este será contrario, a las políticas austeras del gobierno en turno. Aunque nuestra lucha, no será tan fácil, imagínense quitarle un bocado de la boca a un león.

— ¡Sí que será titánico! No se los puedo negar.

—También un sitial en el que expondremos nuestras vidas.

—Pero si no luchamos por ello, todo se circunscribirá a palabras vacías, que se lleva el viento. Y créanme que nuestra gente no superará esta época…

—¡Gracias a todos! Mil gracias por su participación dentro de nuestras actividades…

—Ahora quiero apuntalar que estamos en una tierra sin leyes, al menos no existen para la clase trabajadora. Nuestros padres se desviven trabajando largas horas en un empleo, que no les produce ni siquiera para sus necesidades mínimas. Allí dejan la vida, y sin una justificación válida. Son despedidos, yéndose sin recibir incluso la liquidación que por ley les corresponde.

—Ya lo dijo el gran Marx "El trabajador no vende su mano de obra, sino la vida misma".

—Camaradas les patentizo que este solo es el comienzo, pues estas reuniones nos servirán para definir la agenda del presente periodo, además recapitula-remos los compromisos que cada uno de nosotros tiene para con este sindicato.

—No podemos ser estoicos ante todo lo que sucede a nuestro alrededor.

—Estoy con vos, imagino que todos los demás también lo están. No importando si nos ha tocado o no, padecer en carne propia estos flagelos. Ya que tarde o temprano, todos seremos víctimas. ¡Por lógica o antonomasia!

—¡Afirmativamente!   —sentenció   este. Mientras contemplaba el lívido rostro de su amigo, Hugo. Desconcertado y a punto de caer en el limbo.

—Efectivamente compañeros, estamos en el medio, —dijo, con certeza. El color sombreado de su rostro y su inflexiva voz, denotaron ante los demás su compromiso con la causa, en un estira y encoge que ya no tenía retorno.

—Estamos entre dos aguas, se diría. Por lo tanto, haremos sentir nuestra presencia y determinación en las manifestaciones. Acompaña-remos a nuestra gente en cada encrucijada, y lucharemos hasta el fin, por tanto este gobierno militar va a conocer nuestra vitalidad…

—Créanme que comparto sus palabras. Y como saben la difícil situación económica, nos cerca, y no podemos escapar de ella. Por otro lado ustedes mismos han sido testigos, que a nuestros padres les tocó bailar con la más fea. Se devanaron el lomo, trabajando a sol y sombra.

—¡Todo por míseros salarios! Devanándose el alma en un empleo mal remunerado, pero la culpa tampoco es de ellos, pues en la mayoría de los casos no sabían leer ni escribir, a causa de este pútrido sistema. ¿Entonces cómo podían pelear sus derechos?

—Pero nosotros somos los llamados a reivindicarlos.

Dichas palabras hicieron eco en esta generación, su generación, pronunciándose en favor de los desposeídos. Lo demostraba incluso su mentor con emotivos mítines. Continuando con la exposición de ideas, uno de los invitados especiales, y quien se reuniera con estos, en un restaurante de la zona metropolitana, tan solo unos días antes. Con propósito de las medidas de hecho adopta-das por unos trabajadores en contra del gobierno. Apoyándose en su mentor. Marco Antonio Urizar, y quien esta vez proyectó una disertación emotiva y puntual, además con el entusiasmo que le conocían y contando con la confianza del pleno, inició así su discurso:

—Nosotros estamos a favor de la democracia, el progreso y la ciencia, por tanto debemos ser enemigos de la maniobra, la mediocridad y del ente que dirige nuestro centro de estudios superiores, desde hace varias décadas. Debemos por lo tanto pronunciarnos contra estos acomodados serviles del sistema y estar alerta a los subsiguientes acontecimientos...

–Indicó, previo a salir con rumbo a las instalaciones del recinto en que laboraba desde hacía unos años atrás.

2

Por fin se empezó a sentir un vecino más, allí en la zona seis, relacionándose con los vecinos, preocupándose de estos y sus quehaceres laborales, en esta colonia que lo recibía como a un hijo pródigo, a pesar que algunos lo veían con menoscabo e indiferencia.

Caminando por las calles de la colonia, El Molino. Marco Antonio, percibió las escrutadoras miradas de los vecinos y que otros lo veían de repente con apatía. Sin embargo los comprendía al considerarse un extraño de sus calles y avenidas. La única que lo veía con ojos melancólicamente maravillosos, era su abuelita. Quien lo recibió en su hogar con todos los honores. Él, lo sabía. Aunque no era común que la visitara. Pero esta vez llegó para quedarse y, por tiempo indefinido. Ella comprendía cualquiera de sus razones. Sabiéndolo él disfrutaba de su compañía, y supo que le podía hablar de todos sus sueños. Mientras lo contemplaba con admiración y le repetía cuán orgullosa estaba de su compromiso para con quienes lo necesitaban.

—Yo estoy muy orgullosa de usted, mijo. Usted le da sentido a mi vida, se lo digo con toda sinceridad. También admiro su lucha y lo apoyo, créame que así es.

—Lo sé abuelita, Mariíta. Créame que lo sé…

—Recuerdo que cuando eras pequeño, tu mamá permitía que te quedaras en la casa con nosotros. Aquí pasaste toda una semana santa, además te dejó conmigo para un año nuevo ¡Esos sí que fueron tiempos felices!

—A mí no me gusta verla tan desanimada, usted ha sido fuerte. Ahora debe serlo un poco más.

—Pero también Flora Elena, es eso y mucho más. ¡Te lo aseguro!

—Entonces habré heredado de ambas lo más valioso.

—Lo sé, mijo. Estamos tan orgullosas de usted, ojalá pueda salir adelante con su lucha y proyectos.

—Sí, aunque momentáneamente me alejo, por eso estoy aquí, porque me están amenazando y necesito alejarme de los sitios comunes. Por ello estaré cambiando de domicilio constantemente.

—Comprendo mijo, y le aseguro que aquí, conmigo, podrá quedarse el tiempo que disponga.

—Se lo agradezco en todo lo que vale.

—Al contrario, bien sabes que la lucha del pueblo es la voluntad de Dios, pues él nos hizo a todos iguales, y se decepciona de las diferencias que existen.

—Pero no está haciendo nada por nuestra causa, al contrario nos ha abandonado.

—No seas irreverente, bien sabes que nos escucha, y no quiere vernos el mal, pero nosotros no le obedecemos, por eso nos pasa todo lo malo.

—Yo no lo veo por ninguna parte, al contrario. Me siento siempre muy solo y a veces hasta abandonado.

— ¿Y la mayoría de sus amigos? ¿Qué será de ellos?

—Algunos van al exilio, y les echaremos de menos, los otros se me adelantaron al viaje sin retorno, y no los volveré a ver nunca más. Eso me causa tanto daño aun al día de hoy.

—Trate de no pensar en eso, puede hasta volverse loco.

— ¿Quién no se vuelve loco con nuestra situación?

—A los políticos les importa un comino todo, ¿por qué no hace lo mismo?

—He recapitulado cada opción hasta el hastío, y esa no lo es en lo absoluto, pero también sería como traicionar mis ideales, tampoco podría defraudar a nuestros grandes intelectuales. Ellos vislumbraron un futuro promisorio en esta frontera del paraíso.

—No lo haga por nadie más, solo trate de pensar en usted.

—Mi madre me ha dicho lo mismo varias veces.

—Por lo mismo tenga mucho cuidado, es la luz de nuestros ojos y la alegría para nuestras ajetreadas vidas.

—Entonces le prometo tomar las medidas de seguridad necesarias.

—Hágalo, así estaré más tranquila.

Dichas palabras pronunciadas en voz baja, traían a su mente las recomendaciones de su papá. Apenas unos años atrás.

–Les decía siempre don Antonio a sus hijos, Marco Antonio y Elizabeth: – ¡Todo gran hombre debe trabajar duro para alcanzar el éxito! Ha sido para mí la única forma de salir adelante.

Esto se lo repetía, frecuentemente a Marco Antonio, con la única intención de verlo convertido en un hombre de bien. También se lo recalcaba a Elizabeth, a la que trataba con la misma igualdad que a su primogénito, sin privilegios, sin embargo ella lo veía marchar hacia rumbos lejanos a bordo de su tráiler color rojo y que en alguna ocasión ella manejó. Despedíalo con cierto pesar, y mientras el vehículo pesado trasegaba sobre la cinta asfáltica, lo encomendaba al señor de los paraísos. Ambos lo sabían y respetaban por eso. A pesar de las grandes carencias económicas, de los inconvenientes, incluso de ciertas desavenencias y que a veces se salían de tono. Nunca en sus años vividos, sintió rencor por su progenitor y viéndolo descansar en el sillón de la sala, se esforzó por saludarlo. Intentando con sus palabras, limar las asperezas y el incuestionable enfado que se cargaban desde un par de días atrás. Cuando sin desearlo encontró a sus papás en medio de una fuerte discusión, lo cual ameritó su templada intervención, en favor de la parte más débil, y en contra del agresor. Esto le valió una fuerte reprimenda y unos empellones. Afortunadamente, nada para lamentarse.

– ¡Buenas tardes, papá! ¿Cómo estuvo el viaje?

–Muy bueno, te juro que estuvo de lo mejor y sobre todo sin contratiempos. Tanto a mí llegada al país de transferencia del producto, así como a la dirección en la que entregué la mercancía…

—Qué bien, me alegro por usted.

—Gracias, te lo agradezco. ¿Y cómo va todo por acá?

—Diría que sin novedad, parte sin novedad.

—Es bueno saberlo, así puedo irme sin pena alguna.

Así parecía concurrir ante sus ojos la vida misma, como un ensueño acompañado de su pesadilla. Por tanto continuaba notando diferencias insalvables en este matrimonio. Culpabilizando en ocasiones al jefe de familia por su mal carácter, sin embargo su afecto hacia él, era superior a cualquier disputa. En ocasiones también su hermana debió intervenir, ganándose con ello, la desaprobación paterna. Pero las lágrimas de la madre ameritaban tomar partido a su favor, por ello no se arrepentía al contemplar a los dos en silencio, y aunque era permisiva, finalmente callaba...

Empero la tragedia volvía a acuchillar con su oscuro manto sus vidas. Al informarse de los últimos acontecimientos. Se lo comunicó a sus más cercanos colaboradores, insistiéndoles que deberían ser fuertes de aquí en adelante, pues uno de los más grandes líderes que se ha levantado en este país, acababa de fallecer en un atentado. Su voz parecía quebrarse al hilvanar las ideas, a pesar de lo fuerte de carácter que era, sabía que esto solo significaba una cosa, el recrudecimiento del conflicto, además que a partir de este momento, ya ninguno de los estudiantes alzados por su pueblo, tendría paz, y que tampoco dormirían más, excepto el sueño eterno. -En el que se soñaba estar ya- Mientras la condena cerníase sobre sus vidas, enlutadas a razón de perder a tan valiosos compañeros de lucha. Un grupo de estos, caminaba este día, por sobre la avenida Petapa, dirigíanse con rumbo a la zona central en donde se apostarían durante este naciente día. Dicho periodista se apersonó al lugar indicado, y luego de tomar las notas respectivas, procedió a retirarse del centro de la discordia.

De todo lo cual estaba plenamente consciente, Marco Antonio, tratándose de un conflicto de clases, era obvio que fueran perseguidos de esa manera. Un conflicto originado por la desigualdad. El dominio de la clase poderosa en contra de los más pobres. Quienes únicamente luchaban por sobrevivir. Pero el gobierno del General Lucas. Lanzaba otras ofensivas lapidarias. Persiguiendo a sus detractores a sol y sombra. Cual si se tratase de criminales; hora a hora, día a día, segundo a segundo. Perseguidos, sitiados, acorralados. Secuestrados, torturados y asesinados. Ante lo cual recordó los encauses del gran mentor y amigo, Licenciado Mario López Larrave…en sus discursos citados a las clases obreras, sindicales y campesinas…con motivo de los aniversarios de la primaveral revolución.

"Para mí que la unidad de la clase trabajadora en alianza con la clase campesina, es el camino. Para la sana dirigencia sindical, también lo es y lo prueba la reciente fundación del Comité Nacional de Unidad Sindical… que ya ha logrado difíciles y merecidos triunfos bajo la consigna de, unidad de acción…"

Contemplar por tanto frente a la rectoría san carlista la bandera de la Universidad a media asta, en rememoración de tan insigne abogado laboralista, Licenciado, Mario López Larrave. Le hizo caminara deprisa y, sin volver la mirada. Presintió la llegada de su muerte, cercándole los pasos. Ante lo cual evocó su primera llegada a este centro de estudios superiores. Unos años atrás, siendo un joven de grandes ideales. Aunque sin imaginar si quiera que iba a inmortalizar su nombre en la Facultad de Humanidades. Tampoco que iba a conocer y caminar junto a los insignes. Alberto Fuentes Mohr, Manuel Colom Argueta, Oliverio Castañeda, Robin García, Julio Cesar del Valle, Iván Alfonso Bravo, Maco Pereira, Lupita navas, Paco, Divina, Tavo Hernández. Tornándose todos ellos en amigos inolvidables en su memoria.

Unos segundos antes de salir de casa, observó el documento, firmado en anónimo por un desconocido, quien a su manera se hizo notar, muy a pesar del temor a ser descubierto, a su buena ortografía y sanguinolenta intención, amenazándolo de nuevo...

– ¡Si no das marcha atrás en tus protestas!, y seguís sublevándote en nuestra contra, ¡te vamos a matar!

Un escalofrío, se internó a través de todas las articulaciones y músculos de su cuerpo, sabiendo que estas nuevas amenazas alcanzaban a lo más granado de su familia. Nunca quiso convertirse en caudillo de una revolución, tampoco en mártir de una generación, mucho menos en líder de una desbandada socialista. Tampoco imaginó alguna vez, convertirse en todo un personaje de moda, ni siquiera en alguien importante, sin embargo estaba de acuerdo con los movimientos estudiantiles. Algunos líderes encausaron plantones y caminatas, todas dispuestas a lo largo de la periferia. Sabían que los golpes de las fuerzas de seguridad a sus personas, no les haría desistir. Pues hundidos en el péndulo de una sufrida existencia, en la que no encontraban sentido a los planteamientos lógicos y propios de una sociedad evolutiva. Quizá entre voces asustadizas como el letargo de mil mariposas, desoladas en bosques incinerados. Pero en desacuerdo con los planteamientos gubernamentales, por tanto escuchaban reparos y consignas de los líderes de los movimientos sindicales y populares, para continuar el plantón.

3

Ya era costumbre en la barriada, que el día del cumpleaños de alguno de los niños, realizaban una reunión a puerta cerrada en el domicilio, con ánimo de participar dicha familia, de algún menú en especial, pudiendo el festejado elegir para tal ocasión su platillo predilecto, eligiendo entre el caldo de pollo, o papas, y pollo frito acompañado de ensalada rusa, o bien tamales, chuchitos y/o tostadas, acompañadas de un delicioso licuado de frutas. Siendo un día de fiesta en un hogar de la colonia, se disfrutaba de un momento de felicidad, incomparable...

Elsita vivía desde unos años previos, en compañía de su mamá. En la antigua y acogedora casa, constituida en casa de huéspedes. Contaba con gran cantidad de puertas, por lo cual entraba y salía por la que más le placía, y en varias ocasiones pasando desapercibida por entre sus umbrales. La mayoría de construcciones eran de un nivel, con enorme patio, sin jardín, estilo y modelo español rural. Pudiéndose ubicar las visitas afuera en la banqueta y al ser abierta la puerta del domicilio, se encontraban con la sala y luego el patio con sus danzantes e increíbles árboles, desde donde se advertía lo ancho y recto de las calles y avenidas milenarias. Esta fría mañana, con vestigios nubosos sobre el horizonte, y apostada sobre la diecinueve calle, advirtió la llegada de Lolo, quien auxiliado por unos enormes botes de pintura de cinco galones, portaba agua para venderles a las personas que no contaban con el vital líquido. Se surtía con antelación de la pila pública, y la comercializaba luego en la barriada. Pasó a su lado y luego de saludarlo abordó el colectivo.

La mayoría de vecinos eran de condición humilde, dedicados algunos a la orfebrería, a tareas de construcción y carpintería, a la talabartería, joyería, fotografía. Otros eran obreros de fábricas y empresas industriales... Dentro del contexto comercial existían algunas tiendas y tortillerías por sobre la veinte calle, entre la once y doce avenida, una de estas, tienda la Fortuna y cuya dueña doña Mila, se encontraba atendiendo su negocio, mientras el camión extractor de basura, hacía su aparición proveniente del trébol. La modalidad consistía en que el piloto del mismo, tocaba la campanita y los vecinos llevaban sus bolsas de basura y la tiraban dentro del camión, que se retiraba en somnolencia exabrupta con la mañana en movimiento sideral y festivo.

Empero esta mañana, existían demasiadas interrogantes en la mente de Elsita, sobre todo porque esta colonia en otras épocas tan tranquila, empezaba a convertirse en una zona de cateos, búsqueda de rebeldes y ataques descomunales a algunos de sus vecinos. Uno de los más recientes y flagrantes hechos se produjo en la casa vecina, la de enfrente, ahí vivía un laboratorista de veterinaria, quien luego de una intensa persecución, e innumerables amenazas, por ser parte de un sindicato. En ofensiva final se apersonaron hasta su domicilio, constatando que había escapado, huyendo luego con destino a México.

Para entonces la colonia la Reformita, empezaba a popularizarse de manera increíble, debido a la proliferación de los negocios, incluso a los asuntos relacionados con el conflicto interno. Quedando de lado esos días en que se podía caminar por sobre las empolvadas calles, hasta alcanzar la cuadra previa de la Reformita, en donde se ubicaba la entrada a una finca, ahí vendían leche sin pasteurizar, y por el mercado viendo hacia la Petapa, se contemplaba a incontables vacas pastando ante la tentativa del tiempo, en una plástica sublime, ídem al área rural. Sin embargo esos días de infancia pueril, de gracia puritana y vernácula, empezaban a quedar atrás, años de infancia y juegos a granel, atrapados en el tiempo inmisericorde...

Había sido la zona doce, desde unos años atrás un lugar de remanso, en donde podía recrearse con algunos vestigios naturales y el aire puro de las arboledas. Sus ojos solían disfrutar junto a la línea del tren. Viajando a la par del pesado transporte, con rumbo a una lejana estación. Colindante de valles, montañas y serranías, en busca de otras atmósferas.

Esta mañana sin embargo. No lograba encontrar allí un poco de paz para su ajetreado espíritu. Ni siquiera más allá de las estrellas, el nido para encubar sus ideales. Aunque muy cerca del lugar donde se encontraba, florecían los hermosos paisajes, dispuestos todos bajo el horizonte. Tornábanse repentina-mente grisáceos, y en oscuros panoramas. Donde la angustia antecede al placer, y la incertidumbre golpea con sus lazas el más valiente espíritu. Viéndola descansar como pocas veces lo hiciera, en los últimos días, tardes y noches. Desde un comúnmente marchito tiempo, se sintió tan afortunado de contar con ella. Quien a su vez se convertía en amiga, hermana y su confidente.

Entonces no quiso despertarla para despedirse. Pensaba volver pronto, para compartir juntos la cena. Como solía hacerlo como de costumbre con las dos mujeres amadas.

-Adiós, Elizabeth. –dijo, casi al oído de quien dormía profundamente. Siendo ella su hermana menor, esto aunado a su singular belleza. Por ello la cuidaba con ahínco, apoyándola en sus discursos, cuando debía presentar algún trabajo escrito y dirigirse respetuosamente a la concurrencia en algún acto cívico. Esto le valió ser considerada como candidata, en el recinto educativo en que cursaba el primer año de la carrera. Ella como todas las demás señoritas de su generación, aspiraba a dejar huellas tangibles. Sobresalir en cada una de sus actividades, y demás compromisos. Por ello no dudó en participar y tomando con determinación su papel, se preparó de una manera adecuada. La elección al lado de las otras candidatas, estuvo reñida.

Había otra aspirante que hacía méritos suficientes para ser coronada, pero al recuento de votos, resultó coronada reina del colegio. Un distintivo del cual era digna, merced a su intrínseca belleza. Los demás chicos lo sabían con solo ver su sonrisa, ilusionante, hermosa. Que se paseaba, coqueteando con el zenit. Algunos de sus amigos ya advertían esa perfección velada y pensaban en ella, hasta había más de alguno que la soñaba.

Al conocer los resultados de la elección, a Marco Antonio le causaba gracia, en principio decía, "que había ganado, gracias al apoyo de Jerry", uno de sus enamorados. Quien se pasó todo el día comprando votos, para ella. La Directora complacida por sus aportes económicos, no dudaba en su papel de mercante y reía toda vez más emocionada.

Sabiendo de los cambios físicos y emocionales de la adolescente. Él, solía condicionarlos en su trato hacia ella, al ver como la observaban, con sigilo y deseo. Más luego de un tiempo le empezó a molestar, pues se trataba de su hermanita menor, a quien amaba sobremanera y debía proteger, sin llegar a convertirlo en obsesivo, enseñarle los grandes secretos de estas tierras, arrasa-das durante la conquista, y convertidas en el paraíso de los capitalistas. El hogar de caciques criollos.

Así veía pasar los días de una etapa plañidera. Estampando su longeva y bien cuidada figura, en el acaecido domicilio. Desde donde se respiraban aires de libertad. Encausados por el insigne joven, quien a su vez le develaba cada uno de sus sueños. Haciéndola participe de cada una de sus proyecciones. Advirtiéndole a tiempo la dificultad ulterior, al no prepararse adecuadamente para la vida.

—"Prepárese Elizabeth" —Hay que seguirse preparando, recuerde que nunca es tarde para estudiar.

—Le decía a menudo. Conociendo el escenario donde tuvieron que desenvolverse.

Determinados a salir adelante, a pesar de las grandes dificultades que atravesaron desde temprana edad y que les acompañaban cada día, .

–Póngase bien los pantalones, no se quede cruzada de brazos. Caso contrario lo lamentará después. Recuerde que a los de clase obrera, las oportunidades no nos caen del cielo y por lo regular tenemos que luchar por alcanzarlas, piense que para sostener un hogar, hay que trabajar.

Aunque nunca dudó de su providencial guardián, quien por todo principio, era su guía, hermano y mentor. Solía acompañarlo en ocasiones a la Universidad, para ver juntos los partidos de fut bol. Iban al circo, para reír incansables con las ocurrencias de los payasos. Pues le gustaba participar en presentaciones teatrales, tenía el don de la actuación. En el área académica, era muy exigente. Demandándole incluso mucho más que a sus propios alumnos, del colegio. De todo lo cual, ella, Elizabeth, se quejaba con sus padres, él la veía como un ejemplo. Comprendiendo al fin, entusiasmada, admiraba cada uno de sus dotes como docente, por lo que sentíase orgullosa, cuando lo refería.

Esto a él, no le causaba ningún aspaviento. Había dedicado parte de su existencia a cuidarla. Ahora se dedicaba a darle una buena inducción, en los amplios campos de la física y la matemática, Además en el área de la mecano-grafía. Siendo un excelente docente. ¡Quien mejor para prepararla con clases de refuerzo! Exigiéndole un mayor esfuerzo, en comparación con los demás alumnos. Quería sentirse orgulloso de ella y la única manera, según su propio concepto, era preparándola adecuadamente. Si les exigía tanto a sus estudiantes. ¿Cómo no exigirle también? La amaba entrañablemente, eran solamente ellos dos. Por ello debía cuidarla, tomándose muy en serio este compromiso. Quiso evadir las palabras del hermano mayor, con una negativa. Él contemplándola con sequedad, muy a pesar del cariño que sentía por ella, en desafío directo. Notándolo ella, optaba en el acto, por obedecerle.

Tras estas reminiscencias, le dijo por fin adiós. Luego se paró ante el cuarto de su querida madre, a quien contempló por espacio de varios minutos. Ella, quien además de darle la vida. También le dio ejemplos de lucha, de valentía y de amor por lo que se hace para sobrevivir. Pues gracias a su esfuerzo, hoy por hoy se le consideraba ya todo un gran líder, y buen profesional.

Una invaluable mujer: Sencilla, hogareña, y trabajadora. A la que no podía corresponder por tantos sacrificios para sacarlo adelante. Poseedora de un aguerrido espíritu, y que seguramente le heredó... Esa seguridad al conversar con los suyos, incluso al tratar cualquier tema. La contempló en silencio, sintiendo como sus ojos eran bañados por unas frías lágrimas. Quiso abrazarla cálidamente y dejarle su álito más preciado, entregarle sus sueños. Cuando el cúmulo de pesares pesaban más que la gravedad terrestre. Agolpándose todas bajo su pecho, encrucijando el camino, que debía tomar de inmediato. Que lo alejaría de quienes tanto amaba. Apartarse por tiempo indefinido de sus amigos y su lucha. A todos ellos dejaría sus más valiosos pensamientos...

—Marcoantoniooooooooo, —Marco antoniooooooooooooo...

—Replicó la voz en sus sienes, reconociendo la locución de inmediato. Volteó la mirada, encontrándose con su queridísima hermana, Elizabeth Urizar, y quien parecía tan sorprendida como lo estaba él. No la veía desde varios días atrás y encontrársela en este momento de angustia, era de sumo provecho. A pesar de ello también le era desconcertante. Pues temía que le sucediera algo malo. Intentó avisarle del peligro, que ambos corrían, pero ya era tarde. Pues esta valiente guatemalteca, ya se encaminaba hasta donde se encontraba. Notando ese rostro amigo y que nadie los observaba, empezó a sentir el alivio en su ser y la inmensa alegría de saludarlo de nuevo... Habiendo compartido juntos tantas andanzas, por ello la recordaba precisamente como en el pasado...

4

Sencilla bajo su impéretro universo, la vida inconclusa, sus preguntas acerca de la existencia. Así se veía ella, Émile del Valle. Una buena y reflexiva estudiante. Con una consigna en el pecho, sobresalir a costa de sacrificios. Siendo una lindísima mujer, de rostro bellamente esculpido por ese inverosímil artífice de la vida y sus caprichosos enigmas. Esas traslúcidas miradas, dueñas de un encanto febril. Tan pródigas semillas a punto de dar nuevos brillos a la tierra que las ve nacer. Su primorosa mirada, cual punta de acerada espada, a punto de incrustarse en el alma. Sus labios rojos, encono de una sutil estampa boreal. Cómo evitarla al verla de cerca. ¿Cuándo detener la mirada? Cuando era menes-ter, encontrar en ella un idilio. Permanecer absorto en la lectura de un libro, o detenerse para sentirse devorado por la misma. Como un cautivo en busca de libertad y que pasea la mirada agobiada por los rescoldos de paredes antiquísimas. En busca de consuelo, en procura de alivio a su pesar. Deseando la cura más adecuada a su locura.

Enigmática cual la noche, sutil y necesario alimento como el aire mismo. Así era el ansia de verla de nuevo. Cómo permanecer esquivo a su presencia, indiferente ante sus estudiosas observancias.

Pero siendo solo la esfera de cristal, en donde se detiene el tiempo. Donde los sueños saben a polvo y olvido. Una mujer de tierna edad, agobiada por un presente, en el que sus emociones son mínimas, sus preocupaciones superiores a la capacidad de absorción, provocándole este agobio de eternos desvelos. En que se desplomaba como un capitel tras el destructor sismo, que sacude sus entrañas y desplomándolo de su base, lo hace desaparecer por entre marasmos de incinerados rescoldos.

Ya sus pasos presurosos lo alejaban del hogar materno, del afecto de su familia, y a quienes se veía obligado a abandonar. Pues antes que nada necesitaba protegerlas, unos extraños presentimientos eran su compañía. Cuando ya sus huellas lo alejaban, rumbo a un pletórico y desconocido destino. Las calles que tantas veces transitó, le parecieron de pronto muy ténebres. Confabulándose todas con sus presagios agoreros, de los que no deseaba saber absolutamente ¡nada! Nadie más transitaba tan miserables callejas, de repente aparecía algún perro sin dueño. A veces las avecillas, y de nuevo con su sombra y soledad existencial, proseguía. Muy a pesar de ser la hora en que volvían los trabajadores de su respectiva jornada laboral.

Llegó pronto al embudo del afamado trébol, encontrándose de frente a un grupo de sonrientes trabajadores, todos pertenecientes a una empresa constructora en la zona diez. Caminaban deprisa y los vio uno a uno, con respeto.

—Es por todos ellos que hacemos lo que hacemos.

–Pensó– Apartándose de todos, para que pasaran y saludándolo, se alejaron también. Dejándolo en su meditabunda meditación.

–El bienestar de nuestra gente, vale cualquier sacrificio. – Se dijo– abordando un descolorido y ruidoso autobús, el cual lo transportaría con rumbo a la terminal de la zona cuatro.

Desde una ventana del mismo contempló la calzada, por la cual se alejaba. En el medio de un inesperado embotellamiento. Algunas personas deambulaban por ella, parándose sigilosos en alguna estación. Al descender en una de sus calles, de las más concurridas, en la que los usuarios del transporte colectivo, se quejaban del mal servicio. Allí descendió, notando de pronto que alguien lo perseguía, intentó mantener la calma como en ocasiones anteriores al verse amenazado, tratando con ello de ganar algún tiempo precioso. Mientras su mente maquinaba como otras veces un posible escape.

Por lo tanto respiró despacio y profundo, encaminándose a través de la sexta avenida. Prosiguió a través de la vía 4-5. Entonces sus dudas empezaron a cristalizarse, una a una. Era lógico que lo siguieran tan de cerca, pues de esta manera intentaban amedrentarlo. No estaban tan conformes con amenazarlo a través de cartas anónimas, intentaban darle muestras de su poder, pero no iba a ceder ante ellos. Por tanto debían conformarse con ser sus escoltas, esas despreciables y cobardes sombras, persiguiéndolo como lo hacían en esta ocasión, sin demora, infranqueablemente. A través de una vasta y profusa avenida. En donde caracoleaba su espíritu, y zigzagueaba la silueta. A todo lo largo y ancho de la metrópoli, caminaba deprisa, aun en contra del tiempo.

Al sentirse un poco liberado por sus perseguidores, optó por abordar otra unidad de transporte, la cual iba con destino a la zona central. Desde la cual observó detenidamente cómo un automóvil pequeño, se pegaba al ruidoso autobús, e iniciaba una nueva persecución. La cual duró por espacio de unos quince minutos, pero era evidente que no lo querían eliminar aun. Descendió por tanto en un lugar muy transitado, para tener mayores posibilidades de salvar su vida, y con el fin de protegerse, caminó por todo el costado de unas somnolientas casas, que parecían resquebrajarse a cada paso.

Se adentró por sobre la cuarta avenida y octava calle, sintiéndose tan observado por unas centinelas sombras, que le hicieron presagiar su final, así como el suicidio de la tarde. Sabía que estos personajes de la oscuridad, dueños absolutos de la noche, unos cobardes anónimos, dispuestos a realizar el trabajo sucio, representantes de una institución armada y que se debía al pueblo. Contempló como lo cercaban, entonces supuso que no había escapatoria, que su final sería este.

Entonces vitoreó a los más célebres y valientes líderes sindicalistas. Al mentor por excelencia e insigne, Licenciado López Larrave. Vilmente asesinado, en cumplimiento de su deber, pues siempre se proclamó defensor de los derechos laborales. Además como pocos, caballeresco de las clases desposeídas. Un grande a quien le tocó la desgracia de nacer en un país en donde no existen igualdades; derechos, ni siquiera una verdadera democracia.

Tampoco un sistema educativo, adecuado a las reales necesidades de la gente...

Recordó al gran Oliverio Castañeda de León, a Robín García, incluso a Pipirino. De quienes muy poco se decía en los periódicos, noticieros y demás medios de comunicación masiva. Habiendo todos ellos ofrendado sus vidas, y cuya efímera existencia fue cortada de tajo. Murieron con la ilusión de ver un mejor país. ¡Por todos ellos no daría marcha atrás!

Volviendo a la realidad, deambuló un largo rato, luego no supo, de qué manera llegó al parque Centenario. El cual yacía desolado como lo estaba su espíritu. Quiso platicar con alguien y contarle de sus proyectos y metas. A mediano y largo plazo. Dentro de las cuales estaba ver construido el recinto que albergaría a la Escuela Normal Central para Varones. De cuyo centro educativo él,

era su distinguido maestro. Deseó de pronto y, como no lo hiciera antes, musitarle al oído a esa mujer especial, cuánto la amaba y ver crecer a sus hijos. Entonar a pecho abierto, su himno a la libertad. Bajo las directrices de nuevos connacionales, esos valientes que izando la bandera de la igualdad y la cooperación, alzarían sobre nuevos pedestales, a la sufrida madre patria. Empero nada de todo ello percibían sus sentidos, y le hacían notar como sus seguidores aseguraban el área, con la intención de evitarse cualquier sorpresa.

Recostó su cansado cuerpo, sobre el tronco de un frondoso árbol, sintiéndose vulnerable como pocas veces. Con solo su pensamiento de testigo, pero inerte. De pronto escuchó que alguien lo llamaba por su nombre, ello lo tranquilizó de inmediato.

Caminó en su compañía, unos cuantos minutos. Tiempo durante el cual compartieron algunos puntos de vista, luego recordaron algunas vivencias, y sus primeros años de formación académica. En la entidad en donde fueron despertados del letargo de una generación. Convertida en soñadora, idealista y utopista, libre como el viento. Todos quedaban relegados ante la presente y asfixiante realidad. Pero esos sueños caían a montones. Ante la abrupta realidad de incontables personas, sin oportunidad de desarrollo. Ante quienes estaban llamados a ser el bastión, emparejar la balanza, a expensas de quitarles a los ricos, poderosos, cafetaleros y terratenientes. Quienes defenderían su patrimonio, a muerte...

5

La relampagueante reunión con el Doctor Ricardo Zamora, ocupaba la atención del grupo de jóvenes, quienes se reunían esta vez para definir algunos puntos de agenda. Ya los temas marxistas habían cumplido su propósito, en cuánto al aprendizaje adquirido por cada uno de ellos. Entonces ahora consensuarían acerca de los cambios futuros. Sin embargo el lívido rostro de los asistentes, hizo que el galeno les hiciera preparar una bebida tranquilizante. Momento en el cual les indicó que la menor de sus hijas estaba por viajar rumbo a Europa. Allá continuaría sus estudios y escaparía de esta atroz cacería. Lanzada desde la cúpula gubernamental contra sus personas.

Contempló con asombro a uno de los invitados. Aunque tenía alguna idea de este personaje. Sin embargo recapitulando algunas de las vivencias más memorables, en el seno de familias de escasos recursos. Sabía que contaban dentro de sus filas con el joven Julio Recinos, quien esta vez acudía presto al domicilio.

Ya estaban presentes en pleno los líderes y la agenda del día en orden. Los diversos temas aparecían sobre la palestra, aunque eran demasiados y el tiempo se reducía a su mínima expresión, en esta fría tarde, con otro ténebre invierno agolpándose sobre el horizonte. Cual furtiva mirada, en azabache rostro del corazón del cielo.

—Mucho me temo que la voy a extrañar, ustedes comprenderán mi situación. Ya la mayor de mis hijas salió del país, y mi esposa está por abandonar suelo patrio. No puedo darme el lujo de seguir exponiéndolas.

—Son vidas preciadas y valiosas. Quedarse les significaría a ellas ver trun-cados sus sueños, y sé que a donde van les será más fácil alcanzar el éxito.

—Estamos de acuerdo con usted, y créame que lo apoyaremos.

—Efectivamente, cuente con nosotros, no lo dejaremos solo.

—Gracias, muchachos, se los agradezco mucho.

— ¿Y cuándo piensa marcharse?

—Será a mediados de marzo, tan solo está esperando que le entreguen los documentos para salir del país.

— ¿Y a qué se debe la prisa? ¿No podría esperar un poco?

— ¡Al peligro en que vivimos! Recuerden que este año la violencia es insostenible y sanguinaria.

—Es la triste realidad, nos están aniquilando. En lo personal lamento que mis hijas; Ana Lucía y Emile, hayan nacido en medio de este conflicto.

—Cuán tremenda es nuestra situación, difícil de superar con todo y sus infortunios, se puede asegurar.

—Pero lejos de esta patria, podrán olvidarse de nuestra

psicótica vida.

–Tal vez, aunque sé que este legado nos seguirá el resto de nuestras vidas.

– ¿Y a dónde viajarán?

–Van con destino a la ciudad de las luces, y pronto seguirán sus estudios en una Universidad parisina. Además este país europeo consolidó una revolución.

–Es cierto, ¡vaya que tiene peso la historia!

–Déjenmelo a mí, voy a hacer lo posible para que puedan despedirse de ella como se lo merece.

–Seguramente le hará mucha falta.

–Sobre todo en estos años de conflicto irremediable, como lo sería de que-darse en esta tierra sin futuro.

–Hemos consensuado exhaustivamente el caso y no hubo de otra.

El sentimiento de sus postreras palabras, enmarcaba la tristeza de un padre de familia, y no lo podía ocultar de su semblante. Parecía un poco perturbado, dificultándosele el abordaje del tema. Intentó profundizar acerca de la teoría creacionista, sin embargo se le dificultó de tal manera que optó por aconsejar a cada uno de los presentes, para que tuvieran mucho cuidado a cada paso y en cada camino. Él, además de amigo, era un mentor e incansable soñador. Aún les reiteró que todos debían creer en dios, y conocer las demás teorías creacionistas, enfatizó en la necesidad espiritual que cada ser humano tiene, pues cada ser uno está constituido por cuerpo, alma y espíritu. Esto desconcertó a los muchachos, imaginando que el final de cada uno estaba próximo y que esto último les sabía a despedida. Lo constataron, al retirarse el galeno de la reunión, además de que estaba cayendo la noche, se disculpó aduciéndoles que le dolía la cabeza, además que debían prepararse para lo peor.

En noches como esta, Marco Antonio. Solía caminar con sus amigos a través de la línea del ferrocarril, dirigiéndose luego a través de esta con rumbo a la zona doce. Sus voces cargadas de elocuencia, desperdigaban emotivas palabras. La mayoría de veces de consuelo y motivación, empero hoy caminaba solo y en silencio. Repentinamente oyó unas voces cargadas de sonoridad y sorna. Luego un cúmulo de bromas resonaron en el silencioso sendero, replicando inmediatas carcajadas. Los sobrenombres y apodos le causaba gracia a los transeúntes, sobretodo porque los oían hablar de esa manera, utilizando jerigonzas como medio de expresión y riéndose a rienda suelta, con la afectividad a cuestas y resaltándoles en la sien... La conversación entablada por estos adolescentes en esta anochecida, atrajo su atención.

—Caparloposipitopo, hágamepe el fafavoporcipitopo…

—buepenoposipitopo, peperoporfafavovovoporcipitopo.

-Yo no entiendo a qué te referís con eso del… fafavovovopoporcito. ¿Podrías explicármelo?

—Ya lo entenderás, te lo aseguro. Cuando llegue el momento. —Dijo el aludido, mientras se alejaban presurosos por la avenida principal.

Era como un juego sinuoso, una aliteración explicativa en labios de los adolescentes, y en cuyas palabras ocultas existía la clave, escudándose en las palabras con las que decían muchas verdades a medias y ninguna a la vez. Un juego de pequeños educandos, quienes en la inocencia de la edad rumbeaban en busca de aventuras, con las cuales delimitar el asfixiante tedio. Escuchó por tanto, un instante más sus voces, pareciéndole encontrar algunas particularidades en ellas, ideas divagantes solamente, y en tanto se alejaban. Tanteó sus rostros y constató que se trataba de unos jóvenes sin malicia, algunos venían de los alrededores de la colonia y los demás eran vecinos suyos. Sin embargo entre estos alegres mozos, no vio al compañero, y le urgía conversar con él, aunque fuese solo una vez esta noche. Escéptico empezó a alejarse del lugar, pero solo había caminado unas cuadras, cuando de pronto se encontró de frente a los hombres desalmados, provenientes de las zonas circunvecinas, y quienes estaban de nuevo controlando a los estudiantes san carlistas, cual de nuevo ubicando sus moradas, para así darles duros golpes de autoridad. Lo sabía y temía por tanto un fin inevitable.

6

La contemplada una y otra vez, con una admiración inevitable. Como no habría de sentirla, por tan incomparable señorita. Siendo de edad tan jovial, la primigenia etapa de los sueños. La edad de las ilusiones, y con todo un futuro por delante. Una carrera universitaria a punto de cerrar, y unos padres exagerada-mente responsables, complaciéndola incluso en sus más desmesurados caprichos. Pasaba por tanto mucho tiempo con el grupo estudiantil, incluso más que muchos de sus compañeros. Era a veces como su mano diestra, siempre voluntariosa, con un espíritu indómito. Una fuerza juvenil envidiable, llegando a ser considerada por todos los demás como la indispensable. Pero seguía sin comprender por qué había elegido este tipo de vida, complicada, por sobre todo lo demás. Pero esta decisión era respetada y comprendida. Tomando como referencia los años que tenían de tratarse, el mutuo respeto entre ambos, sin olvidar la gran admiración que él despertaba en su alma, y sería su compañera de baile para la   gala de esta noche. Sin embargo sentía que su amistad por ella, no tenía punto de medición.

—Desde ahora te llamarás Sofía— Era un recuerdo tupido

en su mente, desde mucho tiempo atrás, incluso desde sus años mozos. ¿Cómo iba a olvidarlo? Muy a pesar de los años transcurridos desde entonces. Inclusive de los acontecimientos que atisbaron el conato de revolución social. Esa voz pronunciada con efusividad y elocuencia, con determinación esa tarde. Era quien la bautizaba y recibía en el grupo. Su gran amigo, su querido, Marco Antonio, a quien debía mucho más que la vida, más incluso que la gratitud.

Sofía, le pareció bien nombrarla. Consideró prudente hacerlo de esta manera, sería la forma más adecuada, para salvaguardar su integridad física, manteniéndola así en el anonimato, sobre todo el de su familia. Ella lo vio a los ojos, como pocas veces lo hiciera en el ayer, sentía una enorme admiración por su capacidad y amor en pro de una causa justa. Así como un respeto execrable y estaba determinada a confiar en él, lo consideraba un líder innato y estaba decidida a seguirlo, ¡hasta el fin del mundo! Esa noche parecía acompañarlos, con su sortilegio belicoso; uno de los enigmáticos, el indeseable.

Aun las sombras parecían unas enemigas noctámbulas, e incluso de ellas tendría que cuidarse, no les temía a los enemigos del pueblo. Sin embargo debía a partir de hoy ser cauta. Con una sonrisa desmesurada, recibió con agrado el distingo de haberse convertido en otra más, que engrosaba las filas de los inconformes contra el sistema, siendo pocos los alzados. Sin embargo estaba dispuesta a tomar las armas de ser necesario, sabía además que los integrantes de su familia reprobarían esta determinación, pero empecinada quién la podría revocar. Él lo supo desde aquella vetusta tarde, cuando la vio entrar al domicilio. Por ello decidió tomar en cuenta su participación. Sabía que no lo defraudaría. Le parecía una joven mujer: de mirada segura, voz fuerte, alta estatura. Un rostro tan agraciado, y la seguridad en sus palabras, como pocas mujeres de la zona doce.

Muchas cosas había transmutado desde entonces, ella misma era una irrefutable muestra de dichos cambios. Su hermosa estampa, irradiaba matices pulcros, delicados y finos. Una figura de bellos entornos. Su voz grave, de mujer de edad adulta. Indignada de pronto ante la extinción de un grupo de personas, muy al estilo holocausto en pleno siglo veinte. Por la razón conocida; pertenecer al bando contrario al oficial, por hacerse llamar revolucionarios. Cuando la misma piel y el rostro han híbridamente transmutado a un ser poco común. Llevándolo a ser dualidad del anterior.

Ahora se los podría jurar, si con ello hubiese propiciado un cambio. El que todos los integrantes de este pensamiento desearon, a canje de sus propias vidas y que en el caso de la gran mayoría, no podrían contarlo. Algunos debieron escapar, como si se tratase de delincuentes. Del seno de una patria, en cuyo ensangrentado rostro, distaba el suplicio de una madre patria. Viéndolos alejarse por caminos tan diversos y sin retorno, en busca de asilo político, para salvaguardar la vida. Esconderse como alimañas en lejanas fronteras, en procura de mantener viva la efigie. Y de los menos afortunados que canjearon un sueño, a cambio de la pesadilla que les significó ser diferentes a la gran mayoría. No cabía duda que ella muy a pesar de su corta edad; y en plena época de los estudios básicos. Había nacido para ser una militante de las corrientes izquierdistas, seguidora de las idealizaciones marxistas. Aun no lo podía creer al verla actuar con suma tranquilidad, como si se tratase de una experimentada lideresa. Realizando cada una de las más arduas tareas, ¡las que se creía, solo los hombres podrían realizar! Su determinación, no tenía puntos de comparación entre las demás. Siendo por estos lauros admirada y respetada.

La noche anterior salieron en grupo de diez integrantes, a pegar propaganda subversiva, a los alrededores de la zona central de la metrópoli. Estaban en plena actividad, cuando empezaron a aparecer los elementos de seguridad destacados en el área, ya estaban a punto de sorprenderlos pero ella sin titubear un instante y como último recurso se colgó del cuello de Víctor y unos instantes después parecían un par de apasionados novios, entregados al romance. El grupo de uniformados no dejaba nada para las dudas, contemplándolos. Ella también los contemplaba minuciosamente y al imaginarse que estos no se moverían del área circunvalante, hasta darles caída. Luego dividió en parejas a sus camaradas, y mandándolos con rumbo a sus hogares, encaminó sus pasos al suyo, salvando así al grupo con su determinación.

Cómo iba Marco Antonio, a imaginar esa tarde, que en ese rostro de bellas fracciones, mirada limpia y serena. Se escondía una valiente mujer, tan capacitada para blandirse en desafió contra cualquier enemigo. Vencerlo sin gran dificultad y mantener la calma. Por ello la contemplaba inmensamente sorprendido, y fue de esa manera desde que la conoció, siempre supo ella como sorprenderlo. Siendo la menor de tres hermanos, pero a la vez la mujercita de la casa, y quien cuidaba de ellos…

Contemplándola de nuevo, recordó aquella tarde lluviosa de un frío mes patrio, cuando la sorprendió fisgoneando entre sus más secretas pertenencias, en el cajón de la cómoda. El cual ni siquiera doña Flora Elena, registraba. De pronto y sin motivo alguno, ella lo hacía. Viéndose sorprendida, rió descaradamente sin inmutarse un momento. Era todo lo que necesitaba para explotar, y no tuvo más motivos. Esta gota derramó el alpechín de su paciencia, demostrándole su enfado al reclamarle a voz en pecho.

—Voz que estás haciendo ahí, niña, entrometida.

—Lo siento, vos tono, disculpa mi curiosidad.

—Nada que disculpa, en primer lugar no sé ni siquiera, quien te dejó entrar en la casa. Tampoco me explico qué estás haciendo en mi cuarto, aparte de registrar lo que no te concierne. Cuando en él no entra ni mi madre, mucho menos mi hermana Elizabeth. Así que... ¡así que te sales de inmediato!

—A la orden mi capitán, no se le ofrece otra cosa.

—¡Dije de inmediato!, y no estoy bromeando.

—Yo tampoco bromeo, y si estoy averiguando esto que acabo de descubrir. Es porque quiero unirme a este grupo, me parece una buena idea.

—¿Y quién te habló del tema?

—Existen muchas historias y mitos en torno a ustedes y quiero convertirme en alguien muy importante también.

—Pero no lo harás a nuestro lado. Será mejor que te vayas de lo contrario.

—¿De lo contrario, qué?, culmina la frase.

—Podría irte muy mal, a nosotros nos tienen contados los

pasos, ni siquiera te podes imaginar lo difícil que se nos hace esquivar a tantos enemigos.

—Ya me ha puesto al corriente, Nicho, siendo uno de tus mejores amigos... ha sabido mantener a salvo todo lo que conoce de ustedes.

—Es algo de lo que estaremos eternamente agradecidos. Yo le tengo mucho afecto, a pesar de su negativa a unírsenos, la otra noche recuerdo que le dije...

—Y vos por qué no queres unírtenos. —Me vio un tanto serio, luego me dijo sin titubear la respuesta:

-"¡Esas babosadas no van conmigo! háblale a mi hermana, ella lo haría con mucho gusto". Sus palabras me parecieron tan sinceras y a la vez sorprendentes. ¿Cómo iba a imaginar que una niña de tu edad, se interesara por nuestra causa?

Incluso hasta pensar en unírsenos... ¿qué edad tienes actualmente?

—Doce años de edad, pero ya pienso como una joven mujer.

—No lo dudo, empero hace falta mucho más que tu buen deseo, para llegar a ser parte de nuestro proyecto. ¿No sé si me explico?

—La verdad es que me dejaste desconcertada.

—Yo no suelo discriminar a nadie por su género, tampoco lo haría por lo que sabes o desconoces, pero eres apenas una niña, y no quiero encausarte rumbo a tu propia ruina.

—Vas a ser mi guía y mi líder, lo demás lo decidí ya. No tienes por qué negarme la oportunidad de mostrar mi sentir en contra de estos gobiernos fascistas.

—Déjame pensarlo, Rebeca...Es una decisión difícil, pero lo voy a sopesar.

—Hay mucho tiempo, aun. A los demás también les complacerá recibirte en nuestro grupo, ¡te lo aseguro!...

¡Cómo han pasado los años! Así como el inicio de esa linda canción, así le pareció al verla de nuevo, ya convertida en toda una mujer. Llevaba un maletín de viaje, con apenas contadas pertenencias un pasado funesto que dejaba tras sus pasos, engalanados del galanteo sensual de sus caderas y piernas, al blandirse en flagrante caminata. No había vuelta de hoja, estaba determinada en esta decisión, tal vez se precipitaba, pero lo hacía con intención de hacer historia, como sabía lo harían los demás compañeros a quienes se apegaría a partir de este momento.

—Hablaré con mis compañeros y tomaré una decisión luego. —Le dijo— Sabiendo cuan beneficiosa sería para la causa... así se fue alejando de su amada colonia, La Reformita. Envalentonada con su determinación y sueños. Él la vio con cariño fraterno y la nostalgia, sobre posada en su veintiochera frente, y sin musitarle palabras de ánimo, la dejó alejarse del lugar donde crecieron, Conocía de su valentía, de su amor patrio, incluso de su ferocidad. Sin embargo le llamaba sobremanera la atención, la cantidad de recursos imaginativos con los que ella contaba y fuere cual fuere el elegido para alguna ocasión, siempre elegía bien.

Inclusive, en algunas manifestaciones, repelió el ataque de los uniformados, y volvió de forma categórica algunas bombas lacrimógenas que estos previa-mente, lanzaron en contra de los descontentos con el régimen conservador, que sabía les hacía tanto daño.

En alguna ocasión le exteriorizó el motivo por el cual se negó a entregarle su amor a algún jovencito del grupo ideológico de izquierda. Esto debido a la delicada situación de los estratos inferiores o clases bajas. Había dejado de soñar en castillos y princesas, desde muy temprana edad. Además comentaba que para gozar hay que sufrir primero. Sentía algo tan especial por ella y verla partir de esta manera, con escasas pertenencias, con más sueños que posibilidades reales y escasa cantidad de dinero, le hacía sufrir...Conocía hacia donde se dirigía esta vez, pero también infería que ella iba a estar muy bien. Siempre lo estuvo desde que la conoció. Emprendedora y con una mentalidad tan despierta. Hábil en el manejo de la palabra, sutil como toda una dama y valerosa como diez. Lo que le hizo bautizarla, con el nombre de Sofía.

– ¡Desde hoy te llamarás, SOFIA!

–Le dijo muy dulcemente. Esbozando una risilla emotiva, a ella también le ocasionó cierto beneplácito. Un pseudónimo igual al conocimiento. Una mochila negra que llevaba sobre sus hombros y que pesaba en demasía, doblándole ambas piernas.

Fue esta, su única prenda al marchar se ese cálido hogar y que seguro no volvería a ver sino en mucho tiempo. Adelante la esperaba la oscura montaña. Donde junto a un grupo de valientes campesinos, combatirían contra camufladas tropas. Una lucha sin cuartel en contra de sus mismos hermanos. Por un ideal y sobre todo por una patria libre, e igualitaria.

7

Ya pasaban cuatro días, desde que don Antonio saliera del país. Con rumbo a la ciudad de Panamá. A donde transportaba una valiosa carga, en un enorme y pesado tráiler, traspillando fronteras y caminos desérticos... Solo con su cargamento y su silencio simultáneo, cual la brisa del viento.

Tanto doña Flora Elena, así como Elizabeth Urízar y Marco Antonio. No se acostumbraban a su ausencia, extrañándolo sobremanera. Pero imaginaban a su regreso, una leve mejoría en la relación familiar. Ansiándolo, pues era seguro que a su retorno, podrían ir juntos al puerto. Para disfrutar de una tarde plácida en su compañía. Sabiendo todos cuánto le gustaba la playa y los mariscos. Por ello lo esperaban con ansias inimaginables, para disfrutar juntos otro viaje hacia el puerto...

Lo más relevante de este día, tendría lugar en el domicilio de Fernando, el cual estaba ubicado sobre la sexta avenida y doce calle de la colonia Roosevelt. En donde se reunirían todos los invitados, en ocasión del esperado repasito. Y que estaba asolo unas horas para dar inicio.

De nada más se hablaba en los hogares de los jóvenes...El hogar Urízar Mota, no era la excepción y tanto Elizabeth como Marco Antonio, esperaban el arribo de la noche, para lucir sus mejores atuendos. Pues esta, sería una noche de celebración estudiantil, con la consideración del somnoliento vecindario. Noche bohémica a la que concurrirían desde las diversas colonias de la zona once, para los festejos entre amigos. Un año tan valioso para estos, su graduación de nivel medio. El festejo era más que merecido, las felicitaciones y demás actividades programadas con tal fin.

Preclara y puritana adolescencia, dueña absoluta de su destino. Buscando algún signo de ilusión y esperanza, en el encono de las más torneadas y blanquecinas nubes; asentadas sobre el horizonte. Era tan común y particular para ellos, como suspirar las dichas eternas. Sigilosas, ante el arribo de la alborada, idealizando una vida plena. Vida colmada de paz, dicha y encantos mil. En mañanas como la actual, en que la melodía más significativa de un grupazo europeo, "Abba" Carburaba emociones a granel en el ambiente citadino, y cuyo título, Chiquitita. Embalaba acordes en el tocadiscos de la sala familiar, hasta hacer sollozar de alegría a las jovencitas. Cuya letra acordonándose en la mente, les hizo suspirar profusamente. Luego sonando una y otra vez, a ritmo de emotivas y austeras hormonas, lacustres emociones y voces joviales. El toca disco instalado en un rincón, adjunto a la pequeña biblioteca. Lo atestiguaba al ser reiniciado a voluntad popular. Con cuya candencia sonora, reinauguraba el cúmulo de notas graves y agudas... dispersas en el abismo del infinito, mientras avanzaba la noche paulatinamente.

Luego una voz varonil, se iba uniendo al coro arpegiado de la melodía. En cuya letra de compromiso social, recalaba de nuevo. Corear momentáneamente hasta el título," casas de Cartón". Le parecía adentrarse en lo profundo de su mente. Por una extraña razón, toda la letra de la canción se apiñaba ahora en su sien. Haciéndolo adentrarse a través del pensamiento, en los poblados más remotos. Luego prorrumpir con su sonora voz, a ritmo de libertad y esperanza. En el silencio de las montañas, en donde al partir de verduscas arboledas, encontraba el remanso para su ajetreado espíritu. Ahí divisaba toda una gama pictórica de culturas precolombinas, con una diversidad cultural que le hacía notar, toda la riqueza ancestro cultural, de la gente de su hermosa patria.

Pintorescos pueblecitos aparcaban en el norte de sus ojos, hasta donde hilvanaba un conjunto de sueños y de ilusiones nuevas para compartir. Allí en el seno natural de incontables, sencillas y humildes personas. Dueñas de un blanquiazul cielo, posado sobre un horizonte furtivo y grácil, donde las avecillas encuentran el hábitat, para armonizar con sus trinos, la existencia. En dicho contorno, infinidad de pensamientos asentándose en la mente. Acordonándose hasta el último extremo de la vida. En donde la soledad existencial es una aliada personal y le permitía de nuevo sumergirse en ella, para escapar por un momento de la terrible situación económico-política, de su patria de natalicio. Gobernada por militares. Cuan lejana a la realidad le pareció la sentencia, "Los países deben ser gobernados por filósofos" En contra partida un subyugado y sufrido pueblo, su pueblo. Cohabitado por gente muy trabajadora, honesta y cumplida. Y por un grupo elitista, del cual se desprendían sentencias y leyes a su favor. Las cuales por lógica impedían el progreso de dichas personas. Ante dichos flagelos, un grupo de estudiantes de educación secundaria, se apersonaban a las instalaciones de la Escuela República de El Salvador. Sus edades oscilaban entre los doce y quince años de edad, eran apenas unos adolescentes. Pero consientes del papel protagónico que les correspondía. Tomaron participación en esta reunión, de la que esperaban resultados concretos.

Rolando, fue uno de los que se hizo presente a la hora establecida. Aunque llegó deprisa a la instalación, era temprano aún, acorde a la premura de la hora. Pues estaban citados a las cinco y treinta minutos. Pero no pasaba de las cuatro de la tarde. La reunión convocada por el escueto estrato estudiantil, obedecía a la problemática habitual, de la que no se avanzaba en lo absoluto. A pesar de los convenios firmados con la clase patronal.

Sin embargo la clase laboral seguía devanándose la vida, en ese cúmulo de sueños fallidos. De ilusiones y planes para alcanzar un mejor nivel de vida. Sin embargo los míseros salarios, las nulas posibilidades de alcanzar algún ascenso y la arremetida de los empresarios en contra de la formación e los sindicatos, ocasionaba golpes severos, en contra de quienes se alzaban y se pronunciaban. Malogrando la vida a cuantiosos líderes, ante la ausencia de Rolando, el encargado en turno expuso lo siguiente:

—Compañeros y compañeras, hoy nos hemos reunido en este recinto con el firme propósito de patentizarle al pueblo nuestra adhesión, asimismo para plantear las estrategias suficientes y hacerle frente a estos despóticos gobernantes. Quienes amparados en sus manidos discursos, y en la ignorancia del pueblo, ¡Ya basta de callar y agachar el rostro!, ¡Ya basta de mojigaterías!, ¡ya basta de medias gradaciones! Somos el pueblo y nos haremos sentir. ¡Se los juro!

Sus palabras bien intencionadas, hicieron eco en la mente de los presentes, quienes estaban dispuestos a ofrendar la vida por la causa. Sin embargo necesitaban de su apoyo para levantar el estado de ánimo.

Con esta última sentencia finalizaba la reunión vespertina, luego todos se fueron alejando con rumbo a sus hogares. Con nuevos encauces y emociones. En medio de una tarde que pintaba claroscuros espectrales en el cielo, las señales inequívocas de tormenta y un grupo de aves huyendo de prisa al firmamento, en donde yacía su mirada. La de un pensador muy a pesar de su corta edad, tan solo catorce años de vida. Pero empezaba a dar muestras de su liderazgo, y de su don de gente. Por ello intentaba estar siempre al tanto de la situación cultural, política y económica de esta nación centroamericana. A la vez de interesarse por las diversas problemáticas de las clases: Trabajadora y pobre, de la cual era parte. Y no rehuía a ella, sino por el contrario. Había decidido ser la voz del que sufre, del que llora. Por esas razones era admirado por el Doctor, su gran amigo. Viendo en él, a un jovencito de mirada perdida, voz grave a pesar de que no había desarrollado aún su fisonomía. Pero con un compromiso social, siendo abanderado de su promoción, líder incansable, con quien podían contar, ¡indefinidamente.

Era para Roberto Enríquez, el pertenecer a una asociación estudiantil. Todo un logro a sus veinticuatro años de edad. Él, llegaba año con año, cargado de sueños, con la ilusión de la edad jovial. Cargaba sobre sus hombros un pronunciado costal de manta, en el que con antelación colocaba unas mudadas de ropa: Un par de caites. Algunos enseres y pequeños objetos religiosos. Pero todo esto, imperiosamente limpio. En su mano izquierda un par de libros y un pintoresco cuadro, en cuyo centro aparecía una linda casita, con su enorme chimenea. Estaba rodeada por robustas arboledas y una caucásica fuente. Sería su tercer año en la capital y por lógica el último, pues era un ciclo de graduaciones a granel. Para los demás muchachos, se trataba de un chico muy tímido y poco comunicativo, pero a su vez amigable, y sentían los demás que podían confiar en él. Además solía decirles que todo gran hombre empieza primero por aprender el abecedario. Para algunos era una frase manida y lo veían con menoscabo. Él sin embargo, en pocos días tomaría de nuevo sus pertenencias y enfilaría con rumbo a su horizonte salamateco. Pero llevaría consigo nuevos conocimientos y un título que lo respaldaría como profesional de la educación. Pensando en él, se quedó impávido. Constatando cuan efímeros habían sido estos años. Tres desde que lo conociera, y varios desde que empezó a considerarlo un estudiante servicial. Apoyando la enseñanza de sus profesores, en favor de quienes no podían optar a un centro educativo. Esta vez, determinado a apoyar el alfabetismo de un grupo de personas, todas laborantes del mercado, El Guarda. A quienes les enseñaría a leer y escribir, en sus momentos libres.

Estaba por salir con rumbo a su trabajo, en donde al final de la jornada recibiría su primer salario. Lo que le emocionaba en demasía. Luego pasaría de regreso a su casa, para dirigirse en compañía de Elizabeth, con rumbo a la casa de su amigo, Rubén. En donde todos disfrutarían del esperado repasito. Contempló con ojos soñolientos, el arribo de la mañana. Con la emotividad desbordante reflejándose escandalosamente en su rostro. Intentó sin conseguirlo, ocultárselo a las dos mujeres de la casa, una de las cuales sin inmutarse, lo confrontó con la plena certeza del deber a cuestas, de la responsabilidad.

8

La ausencia de Rolando, en algunas de las más recientes actividades. Lo tenía preocupado. Además se rumoraban tantas particularidades, y fuese por la razón que fuese. No era común que faltara sin una razón justificable. Lo consideraba su mejor amigo y era a quien recurría en busca de asesoría. Y por lo regular cuando el horizonte parecía oscurecerse ante sus ojos. Él siempre tenía la respuesta correcta, además de ser un excelente pensador. Aunque en particular no era afín a los bailes, tampoco le gustaba la cerveza, ni los cigarros. Pero siempre era el alma y sabor de las fiestas. Seguro porque le caía bien a todo el mundo. De vez en cuando compartía un par de copas si se trataba de vino o whisky. En ausencia del adolescente, dieron inicio a esta reunión. Ya el ritmo de las canciones de moda, escarpaba los oídos de los reunidos. La tornamesa estaba a todo dar, elevando el pulso sideral de las distintas parejas en el centro de la sala, de cuyos pasos al ritmo del danzón, profería el viento una canción ilusoria, al compás de la vida. Aprovechando la estridente música, lograron profundizar algunos temas de la agenda. Idealizando lo más conveniente, entre todos los puntos expuestos en la mesa. Incluso sopesaron cada una de las aristas del asunto, y la delicada situación en que se encontraban. Asimismo las acciones que tomarían en represalia contra el gobierno, por la intromisión en esta cruzada. Actuando como de costumbre, a favor de la clase patronal. Para quienes el sistema funcionaba a la perfección, y de fallarles este plan. Armarían a las fuerzas de seguridad en contra de los inconformes, y de seguro estarían dispuestos a contrarrestar violentamente todo indicio de alzamiento popular.

Esta noche oscura en la casa de Fernando, ubicada sobre la doce avenida. Empezaron a llegar todos los invitados, haciéndose notar cada uno de los grupos en que llegaron, y como ya era tradicional ninguno llegó en solitario.

Arribaron desde las distintas colonias circundantes... esgrimían en sus poros la efervescencia de sus años mozos. Ya estaban presentes los Rodas, Castillo, Fuentes, Taylor, Maldonado, Méndez, Urízar, incluso las chicas del Bambino, ¡qué lindísimas mujeres!, Altas y esbeltas, además de ojos azules y la tez blanca, también llegaron los Montes, entre otros...

A las seis de la tarde empezó a tintinear la música y las parejas rompían el baile. Estaban Elisa y Cherry bailando apasionadamente con una melodía romántica, al igual que rebeca y Rudy, así como pancho y su novia. Parejas que trasmitían el amor de adolescentes soñadores y libres.

Marco Antonio y sus amigos en el fondo del salón, continuaban platicando de sus cosas, con el chino: Pancho, Saúl, Rolando, Hugo, Nicho, Rudy, y el Godo. Acerca de temas relacionados con su quehacer diario. El fútbol era otro de los temas preferidos, también las clases que habían ganado, los grados que cursaban, la carrera de sus sueños. Así como la problemática del país, y que obligaba en muchos de los casos a que las madres de familia salieran a trabajar por un salario de hambre, y que los hombres además de sus labores cotidianas, se unieran a los grupos sindicales en busca de mejoras salariales. Todo esto fue discutido, durante el tiempo que duró la música, concluyendo con el final del repasito. Cerca de la media noche, la hora de despedirse y emprender el retorno, a sus hogares. Tan diversos como lo eran sus ideales, tan diversos como sus sueños, pero el enlace de estos era una realidad esta noche…

La colonia la Reformita, con sus eternas calles sin asfalto. Y la polvareda que recorría de esquina a esquina, irrumpiendo entre ventanas y puertas. Dejando una capa de polvo sobre muebles, vitrinas, mostradores y aparatos. Lo que obligaba a las amas de casa a limpiarlos con un trapo húmedo. Sin evitar que estas nubes de polvo, se colaran a través del aire en sus pulmones. Los transeúntes rodeaban con sus pasos y en forma semi protocolaria, las pequeñas casas construidas de adobe de canto. En donde pernoctaban con sus sortilegios, en busca de algunas respuestas, para acicalar de olvido, tan pletórica frustración. Ver a sus hijos deambulando por las calles, con demasiadas necesidades. Y un futuro incierto ante sus desconsolados ojos.

Hacia abajo los pequeños negocios, situados a todo lo largo, de la periferia. Aparecían repentinos, y sublimes ante los soñolientos ojos. Una tiendecita, amablemente atendida y surtida con comestibles y productos diversos de la canasta básica. Inusitadamente aparecía un taller mecánico, en donde reconstruían autos a granel. También el infaltable taller de tapicería, en donde le devolvían el encanto a los muebles viejos y usados... A lo lejos, intermitentes huellas. Sin olvidarse del afamado "Bar Tolo". Todo un motivo de orgullo para los adolescentes, que curaban en brazos de alquiler, el problema de la mal querencia y de paso también el del desarrollo. Hasta había más de alguien, que se curaba ahí entre copas amargas, una furia de los once mil demonios. El dueño apesarado les gritaba de nuevo, y con su mirada sumida en la desesperación.

— ¡Ya no vengan a mi negocio, por favor! —Les gritaba con el corazón en vilo y el semblante descompuesto.

—No ven que los policías pueden destruirlo en cualquier momento, por culpa de ustedes, cada vez vienen con más persistencia a buscarlos, sin duda andan buscando un motivo para arruinarme.

Muy cerca de ahí, un hotel prestigiado por las palabras de placer y entrega, de una cantidad exagerada de parejas, y reeditaba otra vez, a esta hora sexta, sus noveles encuentros... Luego la avenida Petapa, por donde hacían su arribo a la universidad del pueblo, la Tricentenaria Carolingia. Que los esperaba otra vez con los brazos abiertos, en el medio de un semestre que reiniciaba. Eran enormes las expectativas de los estudiantes, y no se Podían contar, como tampoco la gran cantidad de estos, acercándose por ambos flancos. Unos desde la Petapa, los demás por el periférico y en forma de dos brazos, blandiéndose al viento, para converger en el acceso principal. Encontrándose allí como una fuente en busca del torrente, para alimentarse de él. Así convergían los muchachos cada noche como esta. Marco Antonio, el godo, Fernando, Luís y otros, acercándose en busca

de conocimientos.

Cuán emotivo les era estar ahí, en los enormes jardines. Rodeados de naturaleza virgen. Contemplando un ocaso más, cuando se está obteniendo una parte de lo que se busca, y la mente trasnochante, deja de divagar, en busca de respuestas. En el entorche de la placentera noche, abriéndose como capullo a la obtención de sus alas, cual oruga espléndidamente ataviada.

Así convergían todos, en busca de ilusiones nuevas y de su redención. Así parecía irse desperdigando el tiempo, en el arrullo de una juguetona luna. Que transcurría con sus secuenciales matices, a través de senderos naturales, orna-mentados con fértiles flores y plenilunios. Los oro plateados brillos angélicos, y asentándose sobre el rostro de los muchachos. Intercalados de forma mixta y sentados todos en la sala del recinto.

Por fuera, con su peso de féretro, mil siluetas, por la recién conclusa y cansina jornada laboral, acentuando sus precarias figuras, en busca de un responso. Como el alicaído destello de una estrella fugaz, ajetreada en la inmensidad prieta. Cual el viento bajo las seniles nubes, oscuras y frías. Dos horas después, veían esa inmensidad incalculable, e inalcanzable. Tan similar a sus proyecciones. En la edad más tierna de la vida, la adolescencia. Época de sueños, fantasías e ilusiones. Cuando el compromiso les marcaba lo contrario; el camino del esfuerzo extremo, del sacrificio y la emancipación. A lo ancho del mortecino rumbo, por el que transitaban, desde el instante de levantar la mano a la altura del hombro y jurar por lo más sagrado. Honor sacrificio y todo lo demás...

Desde este preciso instante, ya no pertenecían al residuo de historia. Tampoco al destino finito que les correspondiera, desde el momento de nacer a este mundo. Al holocaustico y cuestarriba sendero, de las mil quimeras y cuantiosas condenas, camufladas con rescoldo de ignorancia e hipocresía. Sin imaginarlo, le dijeron si al cambio de postura, mentalidad e ideología. Granjeándose a cambio y pulso, la enemistad del peor de los enemigos. Del más desalmado, y que no perdona ni el padre nuestro, en otros labios. Las ofensas cometidas en su contra. Por esa razón no habría de dormir, hasta verlos a todos vencidos. En campo de batalla desigual. Combatiendo sin hacerlo. Estaban Dispuestos a utilizar todo su poderío, en manos de terceros, para aniquilarlos. Los muchachos lo sabían. Pero estaban convencidos de venderla a un costo elevado, y si la derrota tiene distintas caras, mostrarles con orgullo la más digna de todas. A esto obedecía la reunión, con el objetivo de plantear otras estrategias.

Resumieron que, las utilizadas la semana anterior, estuvieron muy por encima de las expectativas. Los resultados saltaban a la vista. Ni siquiera el más optimista, se pudo imaginar el avance tan significativo y ejemplar. Ahora consensuaban sin dificultades.

—Debemos tomar decisiones.

—Estamos determinados a guiar a la clase trabajadora.

–Este sentimiento nacido en nosotros, lo traemos desde el vientre. Por ello actuamos a veces sin darnos cuenta.

–Saben acaso ustedes, ¿de dónde nace la consciencia?

–Debe ser de ver a nuestra gente muriendo de hambre.

–Efectivamente, se hace más notorio cuando uno se levanta, incluso antes de la salida del sol y cuando se pone. Sentir los dolores del hambre en pleno estómago, ver el suplicio de los indígenas y no compadecerse de ellos, es señal de la deshumanización que encuadra a varias personas de este país.

–Entonces recuerden que quien pierde el amor por el ser humano, está perdido. Y que un país sale adelante, cuando el bienestar común es prioritario. Asintieron con estos principios, estando todos en consenso.

Además veían al alcance lo nunca antes alcanzado. Tampoco los escépticos podían creerlo. Esos que no daban un solo peso a su causa, como tampoco meneaban un dedo para apoyarlos. Y cuando hacían algo, era para señalarlos y traicionarlos. También se atrevían a levantar la mano servil, a un grupúsculo para denunciarlos. Incluso para llamarlos criminales, cuando su único crimen era el de considerarse propulsores de un cambio, y una configuración social adoc al entorno del pueblo guatemalteco. Marco Antonio sentíase muy complacido con todos ellos, en esta oscura noche, bulliciosa y perenne, descorriendo desde su seno grisáceo entristecido.

El cauce de trasnochadoras sombras y que iban asentándose una por una en los alrededores de la antigua estación del ferrocarril. Hacia donde rehuía de vez en cuando, de forma soñolienta, en busca de respuestas. Sin embargo ahora, le era imposible conciliar el sueño, sentía tan difusa la serenidad, e inalcanzable un momento de solaz. Preocupándose sobremanera por los compañeros perdidos, en el fuego inextinguible del deber cumplido. Iban a ser pronto las diez de la noche, cuando el canto del búho, sobre pasaba el límite de la historia. Y hacia delirar con la música, mil suspiros y una trova. Desde el diagrama resonante de una pequeña rockola. Acompañando los acompasados pasos de los míticos danzarines, blandiendo sus cuerpos, al son de la pasión y el hechizo de la juventud.

Afuera de la casa aparecía en escena, la sombra pernochera de un intruso. Este contemplada desde muy corta distancia, cada uno de los acontecimientos suscitados dentro del hogar, anfitrión. Incontables suspiros escapaban de su pecho, y un cúmulo de lágrimas, replicaban sin rechistar.

Ya llevaba casi las tres horas de estar contemplándolos, parecía quererse despedir de alguien. Pero no se atrevió a irrumpir. De pronto alzándose hacia el encumbrado horizonte, se fue alejando paso a paso. Con la seguridad del que ha planteado cambios estructurales para una sociedad adormilada entre laureles de desigualdad. Caminaba despacio, sintiendo como los sueños escapaban de golpe ante sus aterrados ojos. Empero atrás se veía dispuestos los valientes con quienes caminara tantas veces, sombreando estancias placenteras, e hilando tras su partida esos rostros de compañeros y amigos. Cada uno con valentía y ese coraje de adolescencia. Dispuestos a refrendar la vida a venia de salvar a la tierra que les vio nacer.

9

Transcurridos varios días desde el afamado repasito. Unas amigas de la familia Urizar, se encontraron a Elizabeth. En el fondo de la sala de un concurrido restaurante. La saludaron con ánimo de conversar con ella. Deseaban ponerla al tanto de la situación que se aproximaba a la vuelta de la esquina. Fue Ileana quien se dirigió con palabras certeras a esta joven mujer:

– ¡Hola, Elizabeth! ¡Qué gusto saludarte!

¡Buenas tardes, Ileana! También me da mucho gusto saludarte.

–Sabes que he deseado conversar contigo, ya que la otra noche no pudimos hacerlo y hay tantos temas de los que deseo ponerte al tanto. Sobre todo lo relacionado con tu hermano. Como bien sabemos, El profesor Marco Antonio. Es un hombre culto y refinado, como pocos en esta nuestra patria. También ha sido un gran humanista y excelente profesional en el campo docente. Pero expone su vida injustificadamente, es por dicha razón que estoy preocupada por él. ¿Tú comprendes a lo qué me refiero? La otra vez por ejemplo unos hombres de muy extraña procedencia lo perseguían, díselo.

–Desde luego, pero en lo personal creo en su cruzada, además lo apoyo en cada una de sus decisiones y demás actividades extracurriculares.

–Pero tú, siendo su hermana, deberías platicar con él, insistirle que debe salir inmediatamente del país.

–Nos habituamos a platicar de innumerables temas, sé decirte que es un buen conversador y sabe escuchar consejos.

–Entonces dile que tenga mucho cuidado. El otro día estábamos con mi esposo en el negocio, cuando se presentaron unos hombres desconocidos y nos preguntaron por su persona. Ambos dijimos que no sabíamos nada acerca de su paradero, pues desde que se marchó de la zona doce, nos privó de su compañía.

–Pero sabemos en dónde localizarlo, aunque les mentimos.

–Entonces comprenderás que se fue de ahí por su propio bien, pues debido a las amenazas en su contra, mi madre se ponía nerviosa y para evitarle males mayores, optó por cambiar su domicilio.

–Razón suficiente para que evite esta zona, recuerda cuántas casas han cateado en las últimas semanas.

–Déjamelo a mí, hablaré con él al respecto. Él tendrá que escuchar mis palabras, aunque le cueste aceptarlas, pues ya ves que siempre ha estado al tanto de lo que le pasa a nuestra gente.

–Dile asimismo que estamos para apoyarlo. Esté donde esté. Y que admiramos como dirige las caminatas de los estudiantes normalistas. Además también cuéntale que estuvimos en la que organizó el viernes recién pasado, pero lamentablemente no pudimos platicarle, pues era tal el número de concurrentes, que ni caminar con soltura se podía, ¿Pero cuéntame cómo está él?

–Hace unos días nos encontramos en la Biblioteca Central de la Universidad, y lo noté un poco desmoralizado. Se le veía meditabundo. Cuando le pregunté si le pasaba algo malo, se limitó a sonreír. Pero lo conozco a tal punto, que puedo asegurarte que intentaba desviar mi atención. Seguro para que no me preocupara.

–Siempre se ha preocupado por ustedes, su madrecita debe estar orgullosa de tener un hijo como él.

–Fíjate que la otra noche vino a la casa a visitarnos, yo no regresaba aun de mi trabajo, pero se encontraba mi madre y mis dos hijos, a quienes adora desde que nacieron y compartió con ellos un rato. Entonces le dijo al oído muy suavemente...

– "Fíjese que me van a matar, pero no será por ladrón, ni por delincuente. Usted estará orgullosa de su hijo". Ella lo miró a los ojos y le musitó" –Yo siempre he estado orgullosa de usted". Luego cargó a mis hijos y se recostó un momento en uno de los sillones de la sala. Serían como eso de las siete de la noche cuando llegué a casa. Como lo vi dormido, lo tapé con una sábana, un momento después se levantó alterado y me dijo que había soñado que lo venían a traer en helicóptero. Le dije que solo era una pesadilla, entonces me dijo que debíamos estar preparados para lo peor. Me asustaron sus palabras, comprendí de inmediato. Me contempló con su soñolienta mirada, y la tristeza de su alma se reflejaba en su rostro. Sentí tal pena y dolor que me reservé para no hacerlo partícipe.

–Siendo un hombre de carácter y espíritu prominente, no

era común verlo tan abatido.

–Contempló mi rostro, entonces me preguntó si había leído acerca de temáticas socialistas, apenada le contesté que no, fue entonces cuando contemplé la pila de libros que llevaba rumbo a su lugar de lectura favorito. Prometió darme un listado de las obras que debía leer, agradecida me despedí, aunque con un pesar que seguramente descifró en mi estado de ánimo.

–Siendo un buen lector, lo más seguro es que entienda asuntos de psicología y socio economía.

–Imagínate Ileana, que su pasatiempo favorito es leer, también es la recomendación para sus estudiantes. Su más preciado tesoro aparte de serlo su familia, es una enorme colección de libros.

–Por lo visto es un bien preciado, ojala comprendiera cuán preciada es su vida para nosotros.

–Lo sabe, Ileana, créeme que lo sabe.

–Pero sigue exponiéndose de tal manera.

–Sin embargo no podemos dudar del rol protagónico que ahora desempeña, Marco Antonio.

Se despidieron con gran pesar, empero con la ilusión de saludarse pronto. Esperando ambas la tensa situación mejorase de un momento a otro. A pesar de lo difícil que les sería sobrevivir esta época funesta. Pues irrumpía de nuevo el país en una etapa recesiva. El sector económico se atrincheraba en su fortín y, la economía en desaceleración. Aunándose el malestar del sector industrial con nula inversión local y extranjera. Los despidos masivos, la falta de voluntad política para mejorar el estatus del trabajador y las recientes protestas. Teñían de incertidumbre el rumbo de la nación.

La credibilidad de las personas al sistema de gobierno estaba por los suelos. Y a falta de escasos días para cambiar de manos. Con la leve posibilidad de mejorar sus programas de educación, salud y vivienda. O todo lo contrario continuar hacia el mismo derrotero.

Lamentablemente una vez más ocurría lo mismo. Tal situación generó una molestia insoportable en la población, las protestas de la clase laboral no se hicieron esperar, ocasionando que en unas horas, las céntricas calles de la ciudad capital se llenaran de inconformes.

El distintivo de la clase sindical y laboral se hizo presente. Provocando que en unas horas todas las calles de la zona central, fueran copadas por los trabajadores en masiva protesta. Desde la cumbre del gobierno fue girada la orden, y en unos minutos las fuerzas de seguridad repelían con tal bestialidad a los inconformes. Solo unos instantes después los conciudadanos huían aceleradamente, por entre calles desoladas, convirtiéndose en carne de cañón, cuando las armas de fuego entraron a repelerlos. ¡Qué desgarrador panorama! Cuánta saña y violencia increscendo, sobre el descubierto pecho de las víctimas. Sangre de inocentes destilando sobre altares de dolor y miseria, cuya única consigna era su dignidad. Su lucha patentizada ante el gobierno actual, el deseo de salir de su precaria situación económica. Todos anhelando una época, más equitativa y que en muchos de los casos no verían jamás.

Los caminos de la patria, seguían siendo pertrechos de

guerra no finaliza-da, descomunal y desigual. El olor a pólvora, las constantes detonaciones, el alcance de las balas a una víctima. Detonación tras detonación, infinidad de hogares luctuosos, por el simple hecho de izar la bandera de la igualdad, la libertad y el comunismo. Este grupo de seres marcado por los movimientos: Ideológicos, filosóficos, artísticos, sociológicos y políticos de la época. Hombres y mujeres en defensa de un ideal, una consigna, y una causa. Todos dispuestos a ofrendar la vida, luchando contra el gigante que se come aun a sus propios hijos. ¡Cuántas vidas valerosas cortadas de tajo! Una patria menesterosa viendo morir a la flor y nata de la intelectualidad guatemalteca. Quienes en aras de un sueño, de un imposible. Por la simple necesidad de intentar cambiar un sistema, impuesto desde tiempos de la colonia. Maquiavélico plan criollista. En cuyos dominios coloniales, gestaron estructuras adoc a sus propios intereses.

TERCERA PARTE

III

1

Coactemallan, tierra de inermes árboles; gigantes como alacranes en perpetuo movimiento. Es un nombre evocado de la precolombina tierra de los mayas, y en sonido envolvente, dos plumas quebradizas entreveradas a la vera del universo. Rumbos y porvenires dispuestos a lo largo de las cordilleras, del horizonte y del sabio tiempo, que cual templario, solo observa desde la distancia, así -impávido- asestándoles el cáliz dorado de la Vialáctea y su sentencia milenaria.

Alrededor de 500 años trascurrieron desde entonces, con la llegada de los sanguinarios conquistadores a suelo patrio. Sin embargo ningún cambio parecía avizorarse para los inconformes ciudadanos y, quienes en manifestaciones masivas, aluden al gobierno, de pronto, enemigo del pueblo. Sus cánticos al ritmo del suplicio, y del despertar de una clase desprovista de lo necesario. Llenando letras de protesta y, los otros tomando el camino de la rebelión. Cansados de promesas fallidas, teñían de rojo púrpura la historia actual. Bastos años en el espacio y en el repique de una guerra de conquista, ¿Cuántos siglos después?, el mismo eco aterrador en las montañas, el mismo estruendo de cañones lacerando los pulmones de las cordilleras, las grisáceas ojivas de núcleo atómico cayendo cual lluvia y de golpe sobre mortales víctimas.

El suelo nacional teñido con sangre de seres humanos, deshonrados y depositados en tumbas momentáneas, en tumbas provisionales, sin cortejos fúnebres, ni deudos, nadie para llorarlos, y sepultados como xx, pero de las cuales no se levantarán jamás...Veintitrés etnias, con sus adecuadas lenguas maternas, sus propios rasgos culturales y sus trajes multiétnicos. Pueblos nativos sin caciques de su propio pueblo, pero masacrados por su propia gente... dos bandos sanguinarios, dos grupos hermanos e hijos de la misma madre, empero enfrentados y sin razón alguna para destruirse. Los rostros de diversas tropas regadas en pleno corazón del altozano. Hermanos todos, hijos de la misma sangre. Luchando sin descanso, y enlistando a nuevos camaradas; con el único fin de exterminar al enemigo, encuadrado bajo el mando de un insatisfecho líder. Al mando de un execrable esbirro, descontrolado tirano, con quien hubo que partir y quien no los dejó volver jamás a casa. Adentrándose decididamente a través de silentes rumbos, y por senderos intransitables en que sus voces convierten las enormes montañas en apesadumbradas moradas a sus descompuestas figuras... más allá del corazón mayense y de sus espléndidos intelectuales; Asturias, Samayoa, Monteforte, Cardoza, Tito Monterroso...y cual otros nombres que en su lecho mortuorio, a todos ¡olvidarán...!

—¡Sigan avanzando, no se detengan! —Indicaba con su voz

quebradiza y fútil, animándolos en pleno avance. —¡Quien pierda el paso se queda perdido en esta serranía! —Replicaba el comandante, mientras sus manos embozaban el único flanco dispuesto entre las arboledas. A lo lejos, por sobre el cielo el azorado bajo el vuelo de unas carroñeras aves, persiguiéndolos cual verdugos, y esperando solo verlos caer, para destrozar sus entrañas por sobre la roja sangre.

—Aquí se aclimatan o aclimueren... -Repetía- de cuando en cuando el líder rebelde a sus subordinados, mientras ellos seguían internándose en la oscura sierra.

Maco, callaba mientras sus demás compañeros seguían a paso redoblado al capitán, su mirada perdía el brillo usual de la edad juvenil debido a las razones que le hicieron escapar de su amado hogar. A su lado avanzaba David, quien mostrándose silencioso y cabizbajo, demarcaba en dicha expresión su tristeza irremisible. Siempre estuvo acostumbrado a controlar la situación, a tomar la iniciativa y esta vez no sería la excepción, aunque debía ser frío como esta oscura noche, sabía que en la soledad de la montaña ya no estaban solos, advertía las sombras de tres hombres, y quienes actuando encubierto, se aprestaban a apresarlos. Contuvo la respiración y actúo con naturalidad, como solía hacerlo en momentos como el actual, casi nunca se dejaba llevar por la primera impresión, debía ser precavido, para valiéndose de su experiencia obtener una escapatoria segura, pero sabía que esto no sería para nada fácil... atrás del comando, un horizonte brumoso y sus pasos aquietantes morían con la tarde. Pero ninguno de ellos deseaba retornar deshonrado, sino más bien continuar con lo planificado, hasta alcanzar un consenso, relucir insignias de conquista y de una victoria. Era la emoción con que David, se encaminaba hacia la montaña y tras los nuevos camaradas, sabía que podría caer en cualquier momento víctima de las balas enemigas, pero seguía al pie de la letra las instrucciones, por ello se encontraba ya en lo alto de un ciprés, viendo como sus amigos enfilaban rumbo a otro destino, dejando tras sus pasos un pequeño pueblo y al perderse el último de estos tras los matorrales, aún permaneció inmóvil sobre las ramas del abeto, cumpliendo así la orden y cual vigía unas cuantas horas contempló ese enigmático cenit, imponente por sobre su rostro.

Tras varios días internado con estos camaradas empezó a caer en cuenta el desdichado de Maco, que no había salida fácil a su situación, seguir instrucciones, alimentarse como alimaña sobreviviendo apenas como los demás, o caer víctima de las balas de sus enemigos, y que camuflados entre las cortezas de los árboles, tan apenas asomaban sus desconocidos rostros aunque la mayoría jóvenes como él, con sus fracciones de rasgos precolombinos. Sin embargo volverse hacia los suyos significaba ponerlos en peligro, y recalar una vez más en las palabras de aquel desgraciado que con toda malicia le relató una historia terrorífica...

—Espero que entendás patojo, nuestra triste situación. Pero estás entre compañeros y solo quiero que escuchés esta historia que te quiero compartir.

—Aunque apenas nos conozcamos, estoy dispuesto a escucharlo. Sobre todo porque ahora somos perseguidos por las tropas enemigas.

–Ahora recuerdo que cada noche le mentía a mi esposa, con ciertas excusas en el lecho nupcial. Conseguí en principio engañarla, esto por algún tiempo, luego me vi en la necesidad de confesarle en parte la verdad, pues necesitaba su apoyo. Sin embargo un día terminó por abandonarme y yo casi me vuelvo loco. Pero ahora estoy decidido a confesar esa verdad, para poder superar mi problema.

– ¿Tan terrible es, para que quiera romper su silencio?

–Cómo no tenes ni idea, pero préstame atención, trataré de no redundar en los detalles de mi problema... Pues resulta que el hogar conformado por mi esposa y mis dos hijas, a lo largo de quince benditos años. Empezaba a resquebrajarse, irremediablemente. Lo cual me parecía en cierto modo inaceptable, a pesar que las amaba con locura, y no fue por mi propia voluntad que así se sucedieran las cosas. Pero no pude manejarlas adecuadamente, lo cual lamento extremada-mente. Sobre todo porque nunca aprendí a separar mi trabajo, de mi vida personal. Me fue fácil superarlo durante el día, y todo parecía mi vida desenvolverse con suma normalidad, aunque lo conseguía solo hasta la hora de dormir. Porque luego, al caer la noche me refugiaba en un rincón de la cama y sin explicación alguna, al nomás quedar profundamente dormido, empezaba a tomar representación el horrendo cuadro, siendo yo sin duda alguna, uno de sus principales protagonistas, pero solo cumplía órdenes... -Se disculpó- ocasionando sendas interrogantes en su interlocutor, pero este no se atrevió a preguntarle nada. Tan apenas se limitó a contemplarlo con estupor, mientras este continuaba su narración.

—Presté servicio militar desde muy joven, y cumplí los años requeridos, pero me gustó la institución castrense y decidí por tanto quedarme de alta otro tiempo más, aprovechando de los beneficios que me proporcionaba.

Hizo una pausa, mientras veía a los cuatro puntos cardinales, como bus- cando a algún fisgón.

— "Así evitamos que segundos se enteren". –Se disculpó, antes de continuar con la conversación.

—No se preocupe. –contestó secamente, intentaba mantener la calma, a pesar de lo infausto del lugar y que le ocasionaba ciertas angustias. Sin embargo La curiosidad era mayúscula y le obligaba a permanecer a su lado, mientras su interlocutor iniciaba un tenebroso relato.

—Una ténebre tarde, acompañado por otros dos soldados rasos. Nos dirigíamos a una misión de la que no tenía ningún informe. Solo supe que íbamos hacia el altiplano de la república. Recuerdo que éramos dirigidos por el capitán Pablo Urbina, para quien las órdenes, debían ejecutarse al pie de la letra. Los subordinados lo sabíamos y no desobedeceríamos la consiguiente. Serían aproximadamente las ocho y media de la noche, cuando se adentramos en sus contornos, bajo un cenizo cielo y el vuelo descompuesto de unas carroñeras aves, y que nos hizo presagiar un mal en ciernes. Sin embargo el Capitán nos tranquilizó al ver a quienes esperaba, y nos ordenó iniciar de inmediato el trabajo, saltándose incluso todo protocolo. Nos adentramos por tanto en terrenos anegados, pero de nuestro completo dominio. El frío helado se colaba a través de las comisuras de la chaqueta, verde olivo; Incrustándose lapidario en nuestros huesos y me hacía titiritar. Recuerdo que un fuerte olor a pólvora se desperdigaba en las inmediaciones de la encrestada montaña y sin dudarlo dos veces, nos dijo el Capitán que prefería el calor del trópico. Comprendimos de inmediato su sentir y sin rechistar continuamos nuestro avance...Un abandonado camino corría a través de senderos polvorientos, desde donde se percibía el ruidoso y vorágineo desliz de un río, cuyas bulliciosas aguas hacían paralelo con el cantar de los grillos. Todo lo demás era silencio, de pronto una repentina detonación aceleró nuestros pasos y creo cierto morbo en el ambiente, pero comprobando que se trataba de asuntos de rutina con unos prisioneros, uno de los cuales era interrogado por sus captores, nuestros compañeros por cierto...este en compañía de otros dos desafortunados, esperaba que tuviéramos alguna compasión hacia su persona, recibiendo a cambio mayor castigo, tan insoportable como lo era el horrido clima para nosotros. Helándome tímpanos y huesos, como también a dicha víctima... contemplé su entristecida mirada, él me vio con menoscabo, y con su rostro aletargado supo que no sobreviviría esta noche. Lo supo de seguro, desde el momento de perder la libertad a manos de este comando. Sin embargo estaba determinado a no cruzar palabra alguna con sus captores, además comprendió que ninguno de los otros dos lo haría... "Antes muerto que esclavo será"... Es una de las máximas del himno Nacional, y la tarareó mientras estuvo en control de sus emociones. Lamentablemente fue tan breve esta lucidez, decayendo al igual que sus fuerzas. Sabía plenamente que no les detallaría sus actividades clandestinas, por ello enmudeció, envolviéndolo el oscuro manto de la noche, pero no salió de sus labios ni siquiera su nombre, limitándose a contemplar con lástima a su verdugo. Se produjo un silencio indescifrable, y un frío de ultratumba erizó su descompuesta anatomía, al sentir el cáustico metal traspasando su maxilar superior; suspendió el aliento y un grito descomunal escapó de su boca. Seguido de una orfebre pieza dental, elaborada por el arquitecto de la vida, en egregio y blanco marfil. Cayendo desde su embocadura, en estrepitosa caída, junto con otras perfectas piezas y grandes bocanadas de sangre. ¿Cómo no iba a perder el conocimiento?, luego del exterminio de la cordal, que con otras quince blanquecinas, perfectas y bellas piezas ornaban la diadema dental más perfeccionada del universo. Era una noche de pesadilla, suya y nada más... lo supo cayendo víctima del suplicio y tan lejos de los suyos, lo dedujo con el horrendo desenlace de la vida, su vida tocando el final...

Hizo una pausa, luego contuvo la respiración un momento, y antes de continuar la charla, lo contempló con estupor y sus miradas perdidas, buscando con álito de ilusión, el paraíso prometido y distado más allá del infinito.

–Llegado el turno del segundo, adentro de la caverna, en donde yacía inerte el cuerpo del primero. Un connacional cuyo error fue de seguro su ideología, el pensar que era posible cambiar la historia de un pueblo tan sufrido como el nuestro. Percibiendo de reojo, supo que le llegaba su turno. Este entró a través de un anegado camino hasta el fondo, con la frente en alto, con la consigna que ni la peor de las torturas, le harían delatar a sus amigos y compañeros de cruzada. Para hacerlo hablar, teníamos unas herramientas de construcción, con las que imitábamos filosos bisturís. Pero debido al óxido y corrosión de los objetos, era obvia su crujidera al incrustarse en la piel de los martirizados, cayendo más de una vez en un sopor descomunal, y nosotros los protagonistas, en el papel de un cirujano infernal. Ocasionando un sufrimiento descomunal. Hasta me lo imaginaba. Repentinamente dicho cuerpo fue sacudido ante la embestida atroz, y luego de la cruel tortura a que fuera sometido, cayó fulminado como el primero. Así fueron cediendo sus gritos, conforme la escena decaía su intensidad. Pero tampoco dijo una sola palabra, Recibiendo en castigo el daño más cruel que alguien pudiera so-portar.

Llegado el turno del tercero, El más sencillo de los tres. También le llegó el momento de entrar en faena, quiso oponerse a la orden girada, luego rectificó pues su formación le impedía desobedecer órdenes y encaminándose hacia la víctima, descubrió en esa mirada, la valentía del tigre. La arrogancia del león y la suspicacia del lobo. Corroboró entonces que este tampoco esgrimiría comentario delator alguno, sino muy por el contrario se mantendría fiel a sus creencias y leal a una causa, con el único propósito de cambiar las estructuras establecidas, por el simple hecho de haber nacido y sufrido en la periferia. Desde donde eslabonó y proyectó una transformación y un sueño impéretro. Sin embargo marchó al más allá sin verlo realizado. No hubo tiempo para arrepentimientos, el daño estaba consumado, desde entonces cargué con tan insoportable culpa, la que me hace tener pesadillas todas las noches. Haciéndome revolcar en el lecho como un desquiciado.

— ¡Hasta la victoria!, Compañeros. ¡Hasta la victoria! Sus voces cimbraban aletargadas, ante una alborada perspicaz y tradicional...

En contrapeso, el arribo de los esbirros, se daba cada tarde-noche, a eso de las dieciocho horas, llegaban al plexo de la Reformita, a bordo de unas camionetas de vidrios oscuros y sin portar la respectiva placa. Los pobladores los veían sin articular expresión vocal alguna, su temor permeaba en sus desplazares, tratándose de estos desalmados asesinos, preferían evitarlos en lo posible. Uno de estos era alto y delgado, color de tez blanca, portaba asimismo un sombrero de paja. Su otro compañero, de similar perfil, vestía pantalón de lona negro, camisa a cuadros y botas vaqueras, también con su respectivo sombrero. El tercero de estos, parecía el vivo retrato del vaquero John, Con la complexión fuerte, y cuya pistola cerca de la mano derecha, causaba desconfianza a quienes osaban mirarlo a los ojos, siendo esta la perdición de sus rivales.

2

Cuauhtlemallan, lugar de un sinnúmero de bosques con sus florestas de todas las especies, tamaños y tersuras. Es savia relicada precolombina en el sorbo secuencial de sus raíces. La abeja vespertina y nocturnal en su misterioso nombre, y el de cada una de las especies fáunicas que la habitan. Es el lienzo estertóreo unificando al infinito, y son cual las vértebras del suelo pródigo. Es la semilla tostada en el recodo del diurno espacio, y cual pendones multifacéticos dispuestos en el prefijo comulgar del tiempo. Es grafía, ideario y sonido del silencio. Pulmones, tórax y plexo purificante de la América precolombina, y de la Meta América. En cuyos bosques de arboledas multisectoriales y afluentes transparentes como crisálida glacial, asimismo como gélida mañana que descorre los últimos contornos del infinito... con sus anélidas lunadas en que descansan eternamente los ojos. Es la tierra derruida por el odio infernal de sus habitantes aborígenes, Iximché y Q´umarkaj, enfrentados en guerra fratricida...

Crisálida nativa y pura, es un santuario arrebolado en la pesadilla de dos pueblos: Cakchikeles y Quichés, enfrentados sin tregua alguna. Dos enemistados pueblos amancillando con sus ritos y cánticos los oclusivos oídos del viento, al sonido del, *-tun, tun, tun- el TUN,* y las melódicas notas de la marimba, la chirimía y el tambor nativo, retumbando victoriosos a oídos de la serranía. Por sobre; inmensos y fértiles valles de eterna ensoñación, cuya concavidad fuera arrasada inmisericordemente por un comando armado, -operación tierra arrasada-, pueblos arrasados, gentes arruinadas y expulsadas de su seno natural. Por sobre una lastimada gardenia, y cuya desflorada piel yace marchita, y en espera de ser redimida. Es la belleza   eternizada en un suspiro, en el ideal momento de una plástica sublime. Es relicario y campanario de una época que se extingue, pero que sin embargo quedará incólume y grabada en cada recodo de la piel y despertará con nuevos pálpitos, para deslumbrar a través de los poros de la cordillera, en un sueño generacional… Jamás apercibido…

Coactemallan, es el sonido de las voces apagadas con el viento y la brisa de la estación taciturna, que despierta de a pocos, para ser la princesa aborigen de otros tiempos…es el súbito espacio entre carcomes pesadillas y sueños que sustituyen lo encomioso de una era, ahí donde las cordilleras y montañas fueron tan puras y naturales. Pero hoy solo quedan los instantes en que se detuvo el paso de las horas, y fue pronunciado un verso a la resistencia de la estación y del entorno. Cuya extracción de cuerpos y demás restos mortales, sepulta lo más granado de una patria libre, -amancillada- la alicaída margarita sin primavera; además sin su flora y fauna, así como sus híbridos autóctonos y que aún transitan toda la anatomía del globo terráqueo y que permearán incólumes en el recuerdo, así como queda en la sien cada historia y su replicar...

Noches milenarias tornan al encuentro de estos trasnochadores adolescentes, quienes enclaustrados en el ocio del momento y de la inmadurez de la adolescencia, enfatizan algunos de sus proyectos en la emoción del momento. Sonrientes le veían pasar cada noche, sin imaginar la carga pesada sobre sus hombros y que le hacía verles apenas, con una pizca de motivación. Ellos en tanto continúan con sus quehaceres. Son absolutos dueños de sus sueños, de la ilusión, del romance y la fantasía. Así transitaban las etapas insaciables y efímeras del existir, ya sin expectativas y proyectos; conformándose todos con apenas existir.

– ¡Por lo menos alguien está muy emocionado este día!

–Bueno, a decir verdad, si estoy un poco agitado pero no por la razón que usted se imagina.

– ¿Ah no?, entonces será que acaso podría ser tan fino de sacarme de mi error, tenga la gentileza.

–No lo creo, Elizabeth. En ocasiones se hace necesario mantener los secretos tal y como están, en el fondo de la mente, y no andar escarbándolos.

–Yo no tengo secretos para ustedes, Marco Antonio.

–En ocasiones se hace necesario, callar ciertas cosas. ¿No le parece?,

–Lo que significa que no quiere contarme la razón, ¿verdad?

—Está bien, lo que sucede es que hoy nos pagan semana laboral y quiero comprarle algún presente a nuestra madrecita.

—Ya lo creo, hasta me puedo imaginar su rostro. Iluminado por la dicha.

—Ambos sabemos que ella se merece lo mejor...

—Dijo, sintiendo un tosco nudo en la garganta. Teniendo conocimiento de los escuadrones armados, y cuyos elementos sin mesura los perseguían por todos los recovecos de la colonia. Aunque a su llegada salían muy poco de los automóviles. Pero ante la fama que se habían granjeado con sus desmanes, arremetían una y otra vez contra sus personas, en esta barriada otrora pacífica y, empezaba a ser ya toda una rutina. Asimismo los daños que causaban a unos empobrecidos ciudadanos, y que temían por sus vidas, cada vez que veían esos desquiciados automotores, resonar sobre las calles empedradas de su colonia, persiguiéndolos como a delincuentes comunes.

De nuevo, los imaginó recostados en el paredón del frontispicio de la casa derruida por el terremoto, ahí entre risas, bromas y un sinfín de historias, recreábanse las horas de tedio senil...más no estaban esta gélida noche. Dejó por tanto de pensar en ellos un instante, y al finalizar sus apuntes en la libreta, decidió salir a tomar el fresco, para ordenar sus pensamientos, además de buscar a alguno de sus amigos de lucha, para conversar sobre temas de interés mutuo. Al abandonar su domicilio, con ánimo de informarse acerca de los giros que tomaba la lucha entre los dos bandos: izquierda-derecha, socialistas contra los gobernantes. Temió que una desgracia cerníase sobre su humanidad, sin embargo se sobre-puso, pero evitó caminar al lado de los automóviles, y viendo sus encendidos focos de frente, pensaba en algunas alternativas de sobrevivencia y otras ideas más, ya que la crisálida oscura de la estación, cernía sobre su vida inciertos apocalípticos que le ocasionaban pesar. Cuando aún buscaba nuevas estrategias, con el propósito de sobrevivir esta terrible época. Mientras sus agotados pasos determinaban un reparador descanso.

En los alrededores de la colonia había quien decía que él, era por lo general un ser misterioso y desconfiado. Pues desde su llegada al barrio, La Reformita, se le veía salir muy poco. Esto debíase a sus compromisos laborales, aunándosele las amenazas en su contra. Por tanto evitaba los lugares concurridos, en ocasiones pasaba de largo al centro histórico, como un fantasma, y en esta mañana tomó de manos del voceador un periódico. Empezó leyendo los titulares, luego lanzó una maldición y descargó todo su enfado en la esquina próxima de su domicilio. Desde hacía un tiempo le molestaban este tipo de noticias, sobre todo por el morbo implícito en estas al ser editadas. Usando en la mayoría de ocasiones, un lenguaje poco convencional. Inadecuado para relatar los actos de lesa humanidad en contra de las minorías, causándoles un dolor indescriptible a los deudos, quienes debían cargar con su luto riguroso, quizá por el resto de sus vidas. Debiendo como en este caso, encontrarse con la noticia de la portada y sin derecho de respuesta. Debido esto, a la consigna de exterminio, lanzada por el gobierno castrense en turno.

3

"La patria está de luto por nuestros compañeros asesinados en el cumplimiento del deber, debemos continuar la lucha". Él, como pocos comprendía a su pueblo. La clase trabajadora y sencilla, que sobrevivía con menos de lo necesario, y que por tanto debían seguir sus protestas.

Dentro del seno de los grupos estudiantiles, cuarenta y ocho horas no eran suficientes, para mitigar tanto dolor.

Ni siquiera toda una vida era suficiente para reflexionar y, optimizar. Con interés de corregir ciertos errores y escapar de esta cacería. Así se sintió de pronto, Marco Antonio. Atrapado, buscando y rebuscando en el fondo del corazón un alivio a su pesar, y el confort a tanto duelo. Pues no había finalizado el sepelio de algún amigo, cuando ya caía abatido otro, acumulándose todos los pesares sobre sus corazones y pechos, así como sobre suelo patrio, y los días de luto se sucedían todos, como hacia un encuentro dantesco, hacia finales de este frío mes de febrero. Esto lo infería al ver sus alicaídos semblantes, aunque de momento solo podía consolarlos, leyéndoles un boletín en el que patentizaban como organización estudiantil su apoyo a los familiares del caído en desgracia. Además se exigía el pronto esclarecimiento de tan execrable crimen, asimismo la identidad de los autores intelectuales y materiales, como también exigirían todo el peso de la ley sobre estos.

La víctima mortal de este crimen, otro estudiante universitario, quien habiendo sido un distinguido líder estudiantil, también caía en el campo del honor. Sus amigos llegaron a su funeral, y luego sepultar al camarada, sopesaron si era menester abandonar el país para preservar la integridad, o quedarse a sufrir las consecuencias. Finalizando con el hecho de despedir al amigo del alma, empero tomando precauciones necesarias, y optaron por disfrazar sus rostros, ya que sus enemigos no dormían en su afán de sorprenderlos, Marco Antonio lo sabía. Pero seguía determinado a continuar de frente, no había tiempo para mezquindades. Sabía que a veces para que la patria sobreviva, alguien debe sacrificarse. Esta vez sin duda que le correspondía hacerlo. A pesar del dolor que esto le producía a sus seres queridos.

Además pensó que los grandes hombres de la humanidad, dejan un legado tras sí, son humanistas y por lo general viven pocos años. Este sería su caso, lo presentía cada vez que recapitulaba los acontecimientos recientes. Sin embargo, las continuas jornadas de protesta y lucha desigual continuaban, no había marcha atrás, como tampoco voluntad política por parte del sector oficial para mediar en el conflicto. Esto originó en los últimos días innumerables plantones por parte de los inconformes, quienes armados de pancartas y cánticos, irrumpían de nuevo en el escenario con vítores y consignas, pero sus silbas ya habían cobrado la vida de tan invalorables líderes. Siendo la mayoría de estos acusados de pertenecer a las fuerzas insurgentes, por tanto perseguidos sin tregua y luego capturados. Pensar en todo ello, le hizo caer en un insomnio incurable, razón por la cual evitó dormir esta noche...

...El alba los encontró de frente, convidándoles su clima bienhechor. Llenaban de colorido las calles, incluso todas las arterias viales de la zona doce, como marejada humana. Dirigiéndose con multitudinario colorido, hacia un punto definido en la franja central, mientras él, se dirigía con rumbo a la Escuela Normal Ahora convertida en centro de cuantiosas problemáticas, evasiones y recurrencias administrativas. Se los encontró cerca del recinto educativo en que laboraba, y sin cruzar palabra alguna con estos, escuchó algunas de sus conversaciones, y embargado por la emoción al conocer sus propuestas, decidió escucharlos un momento. Pero le sobresaltó uno de los problemas que se traían entre manos, esto debido a que afectaba a uno de los muchachos.

– ¿Por qué no viene con ustedes, Hugo? –Preguntó quién dirigía este singular encuentro.

–Bueno aparte de trabajar demasiado, parece que tuvo un problema con su papá, la semana pasada. –Contestó el otro, aunque sin redundar detalles.

– ¿Sería para tanto? –Interrogó de nuevo a su interlocutor, con cierta preocupación ceñida en el rostro.

–Tal vez lo fue y tal vez no, pero te lo voy a contar como

me lo contó doña

Rafaela. –Participó un tercero.

–Resulta, que el jueves recién pasado. Llegó don Adrián, ebrio a su casa y empezó a agredirla. No conforme también maltrató a los niños, llamándolos unos buenos para nada, malparidos y otros denigrantes calificativos. Para cuando Hugo regresó de su trabajo, ya el señor se había ensañado contra su familia, causándoles tanto daño, ¿pueden imaginárselo?

–Es lamentable como una persona pierde el control a causa del alcohol, y llega a ser tan bestial con su propia familia.

–Pero don Adrián abusa porque nadie le ha dado una lección. Déjenlo estar, su propia suerte está labrando.

–Ahora recuerdo que cuando éramos pequeños, don Rafael llegaba ebrio a su casa y como por lo general solía quedarme ahí, acompañando a su familia. Él en estado etílico le pegaba hasta al chucho, no digamos a ellos, con decirles que hasta yo alcanzaba a veces una parte de sus cinchazos y castigos.

–Yo le advertí la semana pasada, ¡que está jugando con fuego! Recuerden que hace menos de un mes, les hizo lo mismo. Pero eso se acabó, y no permitiré que lo vuelva a hacer. Por lo visto, no entendió el mensaje. ¡Tendré que ser más drástico la próxima vez!

–Ya basta, Luis. Recordá que estás hablando del padre de un amigo. Eso debe ser suficiente para no molestarlo. Además no nos reunimos, para solucionar ese tipo de problemas. ¡Imagínate cuándo acabaríamos!

–De igual manera, es injusto quedarse de brazos cruzados.

—Al menos démosle un susto, cuando llegue borracho a su casa a importunarlos. ¡Van a ver cómo reacciona!, hasta nos reiremos sin lugar a dudas.

—Podría ser, pero no me gustaría que Hugo, se moleste con nosotros.

— ¡Habrá que pensarlo bien!

—Lo mismo va a pensar Hugo.

— ¿Recuerdan lo alto y corpulento que es?, ¡el papá no le llega ni al hombro!

—Sin embargo por eso no deja de ser su padre.

— ¿Y eso qué prueba? Nosotros también estamos altos, no por ello podemos desquitarnos del daño que ellos nos causan, ellos también sufrieron en su época.

—Pero imagínense que don Adrián, en estado etílico, barrió y trapeó con la dignidad de nuestro buen Hugo, luego empezó a pegarle en la cara y tan valiente amigo, ¡Ni las manos metió, para defenderse!, y para colmo de males le repetía sin ton: — "Pégueme duro papá, péqueme duro, quítese la cólera".

— ¡Qué valiente amigo el que tenemos, Es admirable!,

— ¡Así es! no cabe duda que nuestro amigo es un caso único.

—Siempre admiré su forma educada de comportarse.

—Hoy me doy cuenta la falta que nos hará en las reuniones, pero nosotros estaremos al tanto de la situación en su hogar, ¡eso se lo debemos!

— ¿Entonces recuerdan la broma que le jugamos a don, Rafael?

–Pero por poco se nos pasa la mano, recuerdan lo que le pasó al susodicho la última vez que llegó borracho a su casa. No sé de donde sacamos las ideas, pero valió la pena.

-Solamente utilizamos el ingenio, pero lo de los disfraces simulando al cadejo y la llorona, ¡eso sí que fue genial!

–Bien merecido se lo tenía, ¡eso y mucho más!

–Vaya montaje el que improvisamos, felicítoles por el éxito.

– ¿Recuerdan la cara de terror que tenía?, casi le dio un infarto.

–Cuando lo recuerdo me da tanta risa que casi hasta me orino.

– ¿A quién no?, ¡con tremendo susto!

–A mí, se me cae la cara de vergüenza, cuando me lo encuentro sobre la décima, y me saluda. Hace unos días le contó a mi tía Luisa, que dejó de tomar, el día que unos malos espíritus se lo querían llevar al más allá. Supuso que era debido a sus abusos en contra de su esposa e hijos. A ella le causa gracia, a mí me da por reír, y el pobre hombre no se explica, por qué no le sucedió lo mismo a sus ex compañeros de farra. ¡Eso es lo único que no acepta!, pero aprendió la lección.

–Entonces hagamos lo mismo con los otros, así dejarán de despilfarrar el dinero en guaro y mujeres de la vida fácil.

–No creo que sea pertinente, estoy de acuerdo con darle una lección a don Chalo, y lo haremos, pero de eso a lo otro, hay una gran brecha y no la cruzaré, se los puedo hasta firmar si no me creen.

—Es cierto, pues si empezamos a cambiar con nuestras formas. A cuánto borracho deambula por las calles, seguro estoy que no vamos a terminar nunca con estos flagelos sociales.

—El compañero está en lo correcto, no podemos rehabilitar a tanto indigente. Ellos por alguna causa, lo son. Eso es seguro.

—Existen muchas razones para tales conductas, a veces cuando vamos por el trébol con mi tía y sus hijas. Una de ellas tiende a decir, ¡pobrecitos! Entonces ella la recrimina diciéndole: "pobrecita su esposa e hijos, él no está así por azar del destino. Está en dicho estado, porque le gusta estarlo".

—Pienso entonces que muchos de ellos lo ejemplifican, pero seguramente otros lo son, por algún trabajo.

—Tal vez por un fracaso, o una decepción amorosa.

—Esos son temas que no se tocan, no sé porque causa, ni siquiera la iglesia

oficial toma partido. Cuando son flagelos que a todas las dependencias del estado

les debería de interesar.

—Ustedes bien saben que por lo regular solo cuidan sus propios intereses, lo demás les importan un comino, por lo tanto será menester que seamos nosotros los que esta vez hagamos lo que sea necesario. Concluyó, de esta manera su pronunciamiento, luego algunos aplausos y silbas, denotaron el entusiasmo asimilado por los demás compañeros. Además el compromiso de enseñarle a las futuras generaciones lo necesario para sobrevivir, en un mundo tan desequilibrado, habiendo sido su eterna lucha y desafío. Agregando que en el caso contrario se caería en la ignominia, de qué manera podrían encontrar respuestas tangibles para la basta eternidad y sus misterios.

<h1 style="text-align:center">4</h1>

Desde muy pequeña, Elsita, soñaba con ser maestra de educación física o música, sin embargo no sabía nadar y tampoco nada acerca de música, y mucho menos interpretar algún instrumento, además el Instituto de formación musical estaba ubicado en la zona central y funcionaba únicamente por las noches. Por ello sopesó la alternativa más recomendable.

Ella, luego del almuerzo, dedicaba el tiempo para realizar sus tareas escolares, pues determinada a superarse, sabía que esto sería posible solo preparándose académicamente. Concluidos sus compromisos en el hogar, salía a conversar con sus amigas. Hablaban de los acontecimientos en la colonia, pues ya no había día de Dios, en que no ocurriera en su amada Reformita, algún acontecimiento inusual o detestable. Pero también conversaban de sus tareas, gustos musicales, aficiones, incluso de algunos muchachos de la cuadra y que las traía emocionadas. También iban hacia la esquina de la doce avenida a comer tostadas y planificar el siguiente repasito. Como los realizaban una vez al mes, bajo la respectiva supervisión de un adulto, sin embargo rehuían a una especie de suerte, pues a quien le correspondiera organizar el repaso y facilitar su domicilio para su realización, debía también proporcionar la comida para la refacción de los invitados.

Por todo ello, contemplar el barrio le era tan común. Analizarlo de arriba abajo y viceversa. ¿Cuántas veces lo habría recorrido hasta el momento?, enfilando desde su inicio por sobre la sexta calle, hasta la ubicación de su morada en la veinte. Catorce en total, umbreadas y coloridas cuadras, que recorría con emoción rebosante sobre su rostro de gardenia. Aunque la mayoría de estas no estaban asfaltadas, excepto la avenida Petapa, y las demás solamente empedradas, como las calles de La Antigua. Además no contaban dichas viviendas con sistema de drenajes, poseían por ello un pozo ciego para servicio de aguas servidas. Afortunadamente contaban con agua potable y luz eléctrica, dos de los servicios más fundamentales de la sobrevivencia del ser humano sobre la tierra, y que mejoraba sus condiciones de vida...

Para ella el futuro era promisorio, por ello se imaginaba Elsita que todo giraba normal en la barriada, evitándose así cualquier especie de sobresalto. Preocupándose únicamente del diario vivir, disfrutando su presente.

Imaginó en ocasiones, que esto era comprensible. En parte porque ahora sus mejillas expuestas ante la gracia del tiempo, eran diferentes, incluso las ojerizas por sobre sus cafés ojos, así como su pronunciada barbilla, como su edad actual. Inclusive sus pasos lentos por sobre el boulevard, de calles y callejas breves como la tarde. Expuesta imagen, ahí en donde un relámpago viboreante, descombró detalles usuales y vivencias de tinte fantástico, incluso algunas fantasmagóricas. Las recorrió todas, a paso duplo y dubitativamente…

–Por fin. –Pensó– al estar de nuevo en casa y, entrar por la décima calle a su barriada. Este su lugar de ensoñaciones y planes a granel, en otroras épocas su barrio, La Reformita. El amado rincón de ensoñaciones y planes a futuro, muy a pesar de su edad jovial, contando por entonces con la edad de las ilusiones. La etapa distada entre la adolescencia y la juventud. Algunas de sus amigas estudiaban en alguno de los institutos de la zona central; INCA o Belén, por ello varias de estas jovencitas, se unían al movimiento masivo popular, en su marcha pacífica y de protesta. Sin embargo como estudiaba en el Instituto Víctor Manuel de la Roca, se encaminaba esta mañana a sus respectivos estudios. Debido a la escasez de transporte debía apresurarse en sus quehaceres, pues se levantada desde las cinco con treinta minutos, y sentía que el tiempo volaba sobre su existencia, sin dejar una mácula de su íngrimo paso.

Tan solo una hora faltaba para que el autobús pasara sobre la diecinueve calle, y aunque su domicilio se ubicaba por sobre la veinte calle, de la once avenida, en pleno corazón de la zona doce, apenas una cuadra de la calle por donde cada mañana veía llegar al colectivo y lo abordaba con entusiasmo. Como lo hizo esta helada alborada, contemplando su antigua y amada morada, cuya construcción de un nivel, situada en esquina y de gran tamaño, con un patio al centro y sus habitaciones de adobe y techo de láminas de zinc, alrededor, le daban toda la seguridad que requería en esta edad jovial. El resto de casas era similar, como una réplica imaginada por algunos arquitectos de una era ya caduca, por ello se imaginaba que pronto estas sencillas y acogedoras moradas dejarían de serlo...

En casa del profesor, tonito, este despertó un poco confundido, sin embargo reanudando las funciones normales de su cerebro, confirmó la hora al levantarse. Iban a ser las cinco de la mañana. Sabía que no tenía tiempo para sus lamentares, y en tanto se vestía para la jornada laboral de este replicante día, se ubicó unos segundos en las últimas vivencias.

De nuevo eran algunos noticieros informaban medianamente acerca de algunas futilidades, evitándose dar mayores detalles acerca de lo que estaba ocurriendo en la ciudad capital. Todo esto debido al armamentismo en que de nuevo incurrían tanto el ejército como la policía, con el único fin de proseguir su lucha en contra de los insurrectos, y asestarles golpes directos a sus dirigentes. Quienes esgrimiendo sus consignas, salían a las calles en masiva protesta. Se despidió de ellas, sus más amados tesoros, Elizabeth y doña Flora Elena, prometiéndoles regresar pronto. Las amaba sobremanera, y sabía que al faltarles ambas sufrirían irremisiblemente, por ello procuraba compartir con ambas cada una de sus rutinas, informándoles hasta los detalles mínimos de sus quehaceres laborales.

-Ya regreso mamá.

-Vaya con dios mijo.

-Adiós Elizabeth.

-¡Hasta pronto, Marco Antonio!

-Las veré a mi regreso.

Les dijo, al contemplarlas exhaustivamente. Hubiese preferido quedarse con ellas, sin embargo ahora debía salir con rumbo a sus quehaceres laborales.

Salió aprisa, dirigiéndose por sobre la avenida principal, luego abordó el autobús con rumbo a la zona trece, en donde se situaba el recinto educativo. Asomó por el área de los museos, desde donde tenía una vista absoluta del recinto educativo en que laboraba. Hasta este momento, ad honorem. Hacía casi seis meses desde que ocupara vacante. Afortunadamente el informarle al Director de la Normal, acerca de las manifestaciones de sus educandos, en recorrido de La Escuela normalista hacia el Palacio Nacional, tuvo sus réditos, adjudicándole la plaza como Profesor titular de dicho centro educativo. Pasaron sus primeros días, semanas, meses, sin advertir ningún cambio en la cotidianidad, en el diario común de los ciudadanos, pero su devoción por la enseñanza le ayudó a sobreponerse al mal actual, sabía lo que debía hacerse en lo consiguiente para mejorar la situación de sus educandos... solo esperaba el momento oportuno para plantearlos, esperaba pacientemente, y en tanto se esmeraba en su quehacer profesional, en su día día laboral... pero la primera actividad en esta mañana de día lunes, fue la de organizar a sus estudiantes, y asignándoles las tareas concernientes a la ornamentación e higiene del recinto. destinó a un grupo de escolares para la limpieza del salón de clases, otro se encargaría del cuidado de los utensilios de limpieza, el tercero de las actividades académicas extra aula. El resto se encargaría de almacenar cartón con que construirían el cielo falso del salón, cuyas paredes de cartón y piso de cemento, eran envidiados por los de primer ingreso, y esto porque los segundos debían recibir instrucción formativa a la intemperie, o en salones sin pavimento. En donde la quimera campeaba como la vida misma, sobre alborozadas almas.

5

–El costo de la revolución es alto, cuando pareciera que están acabando con el movimiento popular, la verdad que lo que está acabando es el miedo al terror fascista. La verdad es que cada vez hay más hambre, enfermedad y desempleo, y esto es lo que garantiza el triunfo de la lucha del pueblo... "guatemalteco: ¿Sabes hasta dónde piensan llegar los que asesinan a los universitarios defensores de la democracia y de los intereses patrios?

Esta postura se la aprendió a los grandes líderes estudiantiles y magisteriales. Entre quienes contaba al Profesor, Marco Antonio Urizar, cada vez que él, departía con sus compañeros de infortunio. Alguna de sus proyecciones y encauces. Guiado por su visión humanitaria desvelo y suplicio en favor de las clase desposeídas. Concluyendo con estas palabras su discurso. Dejando así patentizada su postura.

La mañana se mostraba calurosa y desde la distancia un olor a azafrán, silicio y azufre, con cauda de incontrolables humaredas asentándose todas sobre el cenizo cielo, y despidiendo otra vez los olores químicos, repentinamente hasta fétidos, provenientes del área más industrial de la metrópoli. Empresas establecidas ahí, en pleno corazón de la zona doce. Cuyos desechos industriales sobreabundaban, afectando los pulmones de incontables personas, algunas de las cuales se veían mal y con extraña tosedera, replicaban. Luego en el silencio de la inocencia se alejaban, a través de la afamada avenida Petapa. Por donde desaparecía en busca del destino…

Este era solo otro día laboral, el comienzo de una semana en el pleno día lunes, marcado y remarcado sobre la candalerización anual, el incuestionable organigrama de producción. Estándares de calidad, alta competitividad, competencia leal organizada, planeamientos corporativos, diseños gerenciales, planes administrativos, organigramas institucionales. Adecuadas, cómodas y confortables instalaciones, ante cuyas oficinas un sinfín de lindas secretarias denegando empleos. Prestigiosas empresas de elite, nacionales, transnacionales y anexas. Pequeñas y grandes exportadoras, empero en todas una puntualidad execrable, y este era solo otro día laboral más.

Era común para todos los trabajadores, esa prisa por llegar a la hora establecida, al amparo del tiempo. Corriendo indescifrable y desde todas direcciones y con rumbo ignoto al ocaso de su existencia, mientras risueña los esperaba la dueña del silencio y su afilada hoz. Marco Antonio, lo presentía a cada paso, y descubría en sus vaivenes alguna pequeña partícula del sino, era como si la distancia recorrida, y los días vividos, le conducían con rumbo a un destino inhumano e inmerecido. Incluso en varias ocasiones se vio obligado, a llamar a un reportero de su confianza, para salvaguardar su integridad física, y este acudió a su llamado. Pero ahora era otra la razón, una intriga posada en su mente, algo que le impedía conciliar el sueño, y pensó hacerlo del conocimiento de la opinión pública, a través de este periodista. Lo consideró durante varios días, era por tanto una posibilidad, sin embargo de momento debía cumplir con la actividad de día viernes, en la que estarían representadas la mayoría de sindicatos y demás movimientos estudiantiles, de los que era uno de los ilustres. El recorrido de varios kilómetros lo recorrerían a pleno sol, ya que era una jornada programada con antelación.

Se trataba otra vez de una manifestación masiva. De la que tomaban participación los diversos sectores contrarios a la clase patronal, y en efecto al sector industrial. Esto en su inconformidad por sus diversas formas de subyugar el ímpetu y gallardía de la clase desfavorecida; por historia, destino, conformismo, o mala suerte. No lo sabía con exactitud, pero se hacía el llamado a la población, y esta se haría notar. Los líderes sindicales y estudiantiles confiaban que así sería…

—Esta vez saldremos a manifestar en contra de las autoridades. Sé que nos la jugamos debido a la situación actual, pero alguien debe hacerlo.

—De lo cual me siento tan orgullosa, mijo, y no creo que exista una madre que se sienta más orgullosa que yo. —Pero cuénteme, ¿cómo va todo en la Escuela Normal?

—No todo marcha como quisiéramos pero ya ve como son las cosas en este país. Prefieren gastarse el presupuesto nacional en armamentismo. Cuando lo concerniente sería hacerlo en educar a la niñez. Por esa causa debemos impartir clases en los viejos galerones, los cuales han sobrevivido el terremoto y el voraz incendio que estuvo cerca de destruirlos. ¿Cómo los podemos considerar salones de clase?

—Siento mucho la precaria situación por la que atraviesa en su campo laboral, pero no debe desesperarse. Piense que no hay mal que dure cien años.

—Pues nuestro cáncer está por cumplir las cinco centurias.

—Entonces sigan luchando que tarde o temprano tendrán respuesta.

—En efecto, créame que no he de morir sin ver levantado el edificio de la Escuela Normal, ¡se lo juro!

—Esa actitud me parece la correcta, mijo.

—Lo mejor está por venir, imagínese que continuaremos con las protestas y de ser necesario tomaremos medidas de hecho.

—Deben hacerlo y pronto, si no vea esta nota del periódico. En la que este gobierno se lava las manos de nuevo. Con el aval de estos columnistas.

Leyó de nuevo la terrible noticia, aparecía firmada con seudónimo abajo. Aunque no le causó ninguna gracia y se encontró en la sala del domicilio de su abuelita. Comentándole la esotérica actividad periodística.

—Cuando encuentro este tipo de noticias, analizadas de esa manera. Me dan ganas de aludir al hijo de la chingada que se atreve a hacerlo. También me pasa por la mente, largarme muy lejos de esta tierra. Tan lejos a donde no me avergüence de nuestros problemas y olvidarme de todo esto. Empezar una nueva vida, cambiar mis pensamientos, vivir en un país sin injusticia y en donde hablar de democracia sea sinónimo de igualdad, libertad y bien común. En donde todos sepan respetar los derechos del otro y se pueda trabajar por el bienestar personal.

—Lo cual me parece correcto, pero no puede abandonarnos a nuestra suerte, aunque en lo personal me gustaría verlo realizado, habiendo sido reconocido como el mejor de su generación, tanto por el claustro de maestros, personal administrativo, compañeros de clase, y padres de familia.

—Muchas gracias, valoro sus palabras, si todos los compatriotas pensaran como usted, en esta patria habría más justicia social.

—Estoy convencida que lo hacen, aunque no se lo expresen, es un hecho, solo debe confiar en ellos. Además todos ellos han demostrado cuanto lo estiman y valoran, se lo aseguro. Lo noté desde que empezaron a reunirse.

—Lo intento por lo general, aunque a veces tiendo a identificarlo como un infiltrado entre nuestras filas.

—De eso debemos cuidarnos hoy más que nunca.

—Pero en lo personal conozco a todos ellos y los considero tus amigos.

—Ahora ya no estoy tan seguro de ello, llegué a decirle a mis alumnos normalistas, que no se fíen ni de sus propios compañeros, que hasta ellos los pueden traicionar. Que tengan cuidado y que no caminen solos, porque así serán fáciles víctimas.

—La desconfianza conlleva a la zozobra, pero le doy el beneficio de la duda.

–Siempre encuentro en sus palabras todo un cúmulo de conocimiento, experiencia y sabiduría. Por esa razón me gusta visitarla, trae paz a mi alma.

–Me agrada serle útil, mijo, además sus visitas me ayudan…

–Informarnos de todo lo que sucede a nuestro alrededor es necesario.

–Entonces lo veré en breve sufriendo otra decepción.

Las últimas palabras de la madre, parecieron difuminarse todas, ante la réplica de un airecito juguetón y mimoso, posado frente al horizonte. Hasta donde elevó la mirada en busca de respuestas. De consuelo a su congoja. La cual parecía crecer con el paso de los minutos. Conocía el papel importante que jugaba su hijo, ni siquiera portaba arma de fuego alguna. Cuando un grupo de hombres fuertemente armados le acosaban a sol y a sombra. Seguramente tarde o temprano lo encontrarían, entonces sería su fin. Era lo que temía desde unos días previos y esto le impedía dormir por las noches. Él sin embargo se lo tomaba con cierta calma.

6

Ya para abandonar la instalación donde laboraba, recibió un telegrama, el cual estaba firmado por unas iniciales, y acrecentaba la angustia de su semblante. Mientras el último reporte periodístico llegó hasta sus manos. Tratábase de un periódico de mediana circulación, además era competencia para el medio escrito en que laboraba, pero le llamó la atención el hecho que enfocara desde diversas perspectivas la situación agravante. Lo observó aprisa y sin recalar en los detalles, notó que el editorial alcanzaba puntos extremos... entretenido leía una y otra vez el documento, luego buscaba el nombre de su autor, con ánimo de identificarlo.

Pero solo encontró dos iniciales debajo del mismo. Pero al leer el documento, se identificó con sus palabras:

Despacio marchan nuestros conciudadanos, con rumbo al paraíso, y sin boleto de retorno. Se marchan llevando en la mente, un torrencial efluvio de incógnitas. Nada parece tan real y todo es de pronto diferente. La vida misma es una ilusión, una verdad a medias, una pesadilla imposible de superar. Convertida en entorno de un ideal, de una postura utópica. En que se despierta de a pocos, en medio de la frívola noche. Desfilan como peregrinos, de una vida inconclusa, intentaron realizar tantos sueños y lo único que encontraron, fue abandono, pesar y dolor. Debiéndose marchar ante el amparo de lo irresoluto, ante la mirada desviada de lo inmarcesible, allá donde el llanto asemeja al silencio y las palabras balbucean encuentros insostenibles. Sus vestigios ya pesan un ápice, sus recuerdos van apagándose tras la estación, como una minúscula vela encendida en la pletórica noche y que sucumbe ante el enorme plexo azabache. Nunca vieron un cambio valioso, en relación a su esfuerzo, y debieron pagar con sus preciadas vidas. Por la simple razón de pensar distinto a los otros, los minoritarios. Quienes se creen superiores, por la simple razón del poder con que llegaron a doblegar a sus semejantes.

R.H.F.

Ante la respuesta positiva que obtuvo este trabajo periodístico. El editor del periódico lo esperaba en su oficina, para definir juntos alguna estrategia con motivo de la problemática acrecentada en el país, considerando la situación generalizada y violenta, establecida sobre territorio nacional. Era el momento oportuno para sacarle partido a la carrera en la que se licenció y que mejor que en uno de los periódicos nacionales.

–Discúlpeme Mario. –inició este. –como usted comprenderá, las estadísticas no fallan nunca. Aunque las sigamos considerando frías. Cada día el número de campesinos secuestrados es incalculable. Se intensifica la ira en contra de los estudiantes universitarios. Entonces necesito de toda su creatividad, para enfocar dichos flagelos, darles la notoriedad respectiva sin caer en sensacionalismos.

– ¿Pero acaso cree usted que esta guerra interna se siga librando con mayor intensidad en el futuro?

–Le puedo asegurar sin temor a equivocarme que esta va para largo. Entienda entonces porque le sugiero prepararse.

– ¿Está absolutamente seguro?

–Sí, pero nosotros informaremos sin tomar partido a favor de ninguno de los bandos involucrados.

–Usted sabrá mejor que nadie, yo tan solo, ¡haré mi trabajo!

– ¡Trabajo, Jajaja...! ¡Si usted lo dice!

La postura de su voz enfadó al columnista, quien intentaba ser objetivo como pocos, en medio de un conflicto recrudeciéndose, y los rumores del poco profesionalismo de sus colegas.

– ¿Cómo voy a denigrar mi profesión? ¡Ni loco que estuviera!

–Entonces no se hable más, solo ponga manos a la obra.

–Enseguida, y si me necesita, aquí estaré toda la noche, tengo suficientes informes para leer por el resto de la vida.

–Ni que se diga, todos los que nos desenvolvemos en estos medios tenemos suficientes noticias para darle a nuestra gente lo que esta necesita.

Su voz parecía cargada con cierta ironía, incluso alguna especie de desenfado. Esto debido a que consideraba que en el periódico no le daban el sitial que merecía, cumplía su rol y no recibía retribución alguna…

—Al pie de la letra, pero comprende que podría publicar esta primicia en el periódico para el que laboro.

—Lo sé, y déjeme decirle que tiene mi consentimiento para hacerlo.

—En ese caso permítame consultarlo con la almohada, ¡usted comprende! Las represalias son considerables.

—Usted sabrá lo que procede, yo cumplí con el ofrecimiento.

— ¿Cómo las ve, mi distinguido Licenciado?

—Muy interesante, aquí tenemos suficiente material para destellar a nuestros lectores.

—Eso espero, por su bien y el mío.

—No se preocupe, verá que nos ira de maravilla, ¿y cuál es su augurio?

—Le diría que el siempre, pero esta vez me lo reservo, aunque me permito asegurarle que la columna saldrá publicada en el ejemplar de mañana y como es natural, espero se luzca.

—De esto puede estar seguro, ¿algún crédito por mi labor, distinguido jefe?

—Nada en especial, Rafita, pero mejore la calidad de nuestros artículos, luego veremos.

Los medios informativos, entre quienes se contaba este periodista. Pro-curaban alcanzar con sus lazas todos los pormenores del conflicto. Incluso este como una iniciativa propia y en una oficina del centro histórico. Gastaba y malgastaba frases alusivas a su micro proyecto. Empezaba a surgir la idea en su mente, y deseaba registrarla. Nada del otro mundo tampoco de reciente invención, pero le haría sobresalir en una profesión poco meritoria, de media paga y escaso porvenir…así era su vida, emocionante a veces y por lo general las noticias llegaban como lluvia invernante, y entendía que solo debía otorgarles una identidad adecuada. Luego un poco de maquiavelismo, un gramo de perspicacia y listo. Sabía que la mayoría de pseudolectores, se conforman con leer los titulares, de los documentos periodísticos.

Otros ciudadanos que se encandilan con las imágenes espectaculares, sin olvidarse de los amantes del sensacionalismo, del que se consideraba seguidor y por último el infaltable amarillismo.

Una de las más recurrentes maneras de envolver a los lectores, aunque en dicho punto prefería ser mesurado, acercándose en su preferencia al periodismo de altura. Lo constató con agrado, observando de nuevo el documento.

7

Ya no era la misma muchachita que llegó procedente de, El Progreso. Ahora Émile del Valle, era toda una profesional. Además una mujer encantadora y bella. Sin embargo también seguía siendo una mujer enamorada y sentía como sus sueños se desplomaban sobre la acera, grisáceo enverdecida de la colonia.

Evitaba con sus amigas el tema, desde unos días atrás. Esto con mayor fuerza de voluntad ante su familia. Sabía que les causaría tanto daño su partida, por tanto intentaba disfrutar esos momentos en su compañía. Sintiendo como un nudo laceraba su respiración, mientras recalaba de pronto en su inminente exilio, a pesar de su juvenal edad... allí quedaban sus fantasías de niña y mujer joven. Pero estas vagarían perennes por el espacio. Al través del horizonte y algún día volvería a reencausarlas. Vendría a reclamar lo que por derecho le pertenecía, un espacio para su nombre. Cual un lugar en la vida del hombre a quien amaba con todas sus fuerzas. Sin embargo respetaba su decisión a pesar del mal que esto le acarreaba a su juvenal existencia, ese daño incrustado en sus venas. Cada vez que oía acerca de la muerte de algún estudiante y que ella conocía. Evitaba por ello los noticieros y periódicos, debido a lo cruento de la lucha armada, temía enterarse algún día que alguno de sus familiares caía en la redada de las fuerzas de seguridad, por ello se abstenía de leer cualquier tipo de información.

Contempló desde el frontispicio del colegio, en donde desarrollaba su quehacer profesional. ¡Cuántas generaciones de noveles estudiantes!, aprendiendo en cada una de sus enseñanzas. Compartió con ellos un ciclo de su aprendizaje. Pues conocía que las bases de una buena educación, están cimentadas desde la primaria.

Ahora marchaba de su patria, pero sabía que algún día retornaría para ver sus ilusiones florecer, al lado de su familia. Cuando la patria recobrara su señorío, a llorar por aquellos a los que amó como a sus hermanos, con quienes convivió las intensas y descomunales jornadas.

Más varios de estos cayeron víctimas de la traición, insignes combatientes en la montaña del honor. Sobresalir mil veces bajo ese numístico cielo, tan raso y de mil colores adheridos al pecho.

Ella, una valiosa mujer luchando con sus ideales y que veía caer abatidos todos entre las calles que dejaba atrás. Pero sentíase orgullosa de haber luchado por estos, en tiempos de guerrillas asentadas sobre el altiplano, las Verapaces, la Sierra de las Minas y el triángulo Ixil. Vivaces estampas comulgando entornos verdi plateados, en un devenir insurrecto. Recostados bajo espesos bosques, inundando el litoral y la sierra de las Minas, donde enfrentaron a sus enemigos, bajo su propia consigna. Hermanos todos, hijos de la misma madre, y cayeron mortalmente heridos por armas mortales. Por todos ellos lloraba una vez más, como si no hubiera límite para su dolor. Uno de sus grandes ideales era vivir en un mundo más equitativo, en el que la pobreza desmedida de unos, fuera aplacada por la riqueza desmesurada de los otros. Un orbe equilibrado y digno, para el vasto infinito. Donde cada país pudiera resolver sus conflictos pacíficamente, sin la intromisión inoportuna de los países desarrollados y del primer orden. Con cuya incursión en políticas locales, únicamente enmarcan sus mezquinos intereses. Pretendía existir en una patria dignificada por su pacífica gente. Donde el derecho a la salud, educación y a la vida, fuese una realidad inherente al ser humano. Viajar a través de un mundo sin fronteras. Entre vías bastas y senderos naturales cargados de vida. Donde las diversas culturas y cosmogonías pudiesen convivir unificadas. Sin embargo esta vez sentía sus trémulas lágrimas, insuficientes para mermar su dolor. Pero libremente descendían desde sus bellos ojazos. Pues la represión contra la clase trabajadora, alcanzaba límites de lesa humanidad y holocáusticos.

Marco Antonio, tomó de nuevo el matutino. Con intención de informarse de los acontecimientos más relevantes del día. Situándose como de costumbre en algunos de los titulares, y le llamó la atención que en este periódico realizaran un recuento de los más sangrientos hechos de violencia, de las últimas setenta y dos horas. ¡Vaya qué había noticias a granel!, recopiladas desde distintos puntos de la teñida patria. Siendo los tres días los más

155

sanguinarios de las postrimeras épocas. La enorme cantidad de muertes a causa del conflicto, llenaría en breve momentos páginas completas de todos los periódicos. No resultaba entonces extraño el que se tomara en consideración, la manera de abordar el asunto por los periodistas, empero impresionaba la minúscula cantidad de extintos de forma natural, la cantidad de defunciones por días era impresionante. Absorto en la lectura, dobló el periódico entre sus manos, pero no quiso leer los detalles más tétricos y crueles, evitándose así el innecesario amarillismo, demasiado pesar le causaba la sola noticia, y quedarse absorto en las gráficas con cierto sensacionalismo, no era su costumbre, atónito con las grafías e imágenes de lo más frecuente, el pan de cada día para la población. El día miércoles hubo un pequeño descenso en cuanto al número de víctimas, no así en la forma inhumana de asesinarlos. Aun así tenía un largo y acucioso trabajo, antes de dar su beneplácito para la impresión de estas noticias, las cuales seguían causándole tanto pesar. Sabiendo que varias de las víctimas eran amigos suyos y estudiantes san carlistas.

Del día lunes 11, al viernes 15 de los corrientes... se contabilizaba un total de catorce muertos, La mayoría de estos enmarcados por la saña con que fueron asesinados. Por ello no pudieron identificar sus identidades, ni lugares de origen, aunque la mayoría provenía del interior de la república. Sin embargo se contaba con la información estadística siguiente: dos de estos fueron decapitados y evidenciaban señales de tortura, además se ampliaba en el informe oficial que estos occisos no contaban con documentos de identificación, y que aparecieron en unos terrenos baldíos, en las cercanías del kilómetro veintiocho, de la ruta al Atlántico.

También fueron descubiertos los cadáveres de tres campesinos, en estado de descomposición, entre unos cañaverales, todos presentaban el tiro de gracia. Asimismo fueron localizados los cuerpos de unos estudiantes, a los cuales previo a matarlos les arrancaron algunas piezas dentales, la lengua, así como las uñas de los dedos y parte de la piel del rostro. Dejándoles una nota sobre sus cuerpos, en la cual se aseguraba que se trataba de elementos de la guerrilla, y que no habría indulto para dichos rebeldes.

En la oficina del periódico, la reunión de jueves; congregaba al jefe de edición, con los corresponsales y el corrector de estilo. Con objeto de matizar de mejor manera los informes periodísticos. El encargado del editorial del día viernes, aun sopesaba algunas de las más recientes noticias para enfocar desde dicha arista, su enfoque. Este Corresponsal, sabía desde muchos años atrás. En su época de formación profesional, que el éxito del periodismo, muchas veces parte de un buen titular, y de la de veracidad de la fuente. Deseaba sobresalir en este medio impreso. Además sería un buen desafío, y le significaría reencontrarse en medio de una sociedad tan inhumana y excluyente. Tratándose en la mayoría de los casos de gente discriminativa. Lo cual tuvo que superar en sus años de universitario. Experimentando en carne propia dicho correctivo. Por el simple hecho de provenir de una cuna humilde, aunado a su escaso atractivo físico: Baja estatura, complexión débil, y una grácil sonrisa, que hacía dualidad con su gangueante forma de hablar.

En más de alguna ocasión le sugirieron que se defendía mejor callado. Lo cual no le causó ninguna gracia. Razones de sobra para querer convertirse en un periodista de renombre, lo lograría a cualquier precio. Y como el conflicto entraba en su fase decisiva, entonces podría al fin ser determinante su participación. Había obtenido el título de Licenciado, en una Universidad de prestigio y estaba decidido a sacarle réditos a la carrera. Disponía en su labor con fuentes confíables, entre quienes contaba a los cuerpos de socorro. También las fuerzas de seguridad y de ser necesario, podría apersonarse al lugar de los hechos... por ello esta fría noche se encontraba en su despacho. Con un apilado cúmulo de notas sobre el escritorio, y sentado en una silla, pensaba en su escrito del siguiente día.

Para Émile, se trataba de un columnista objetivo. Leyó algunas de sus columnas y le parecieron adecuadas a la época, enfocando sus ideas el meollo de la situación nacional, en las que realizaba acotaciones puntuales acerca de las aristas del conflicto, incluso de la forma de remediarlo. El trato de cada nota lo realizaba de manera profesional, únicamente le extrañaba el que firmara sus artículos, con pseudónimo. Lo que carecía de mayor importancia. Comprendió a la sazón que este periodista, deseara mantenerse en el anonimato, quizás le era necesario para mantenerse a salvo, en esta profesión cada vez más peligrosa, y que cobraba la vida de innumerables periodistas. Por lo cual editaba así sus trabajos, para preservar su integridad física. Pensó varias noches en ello, luego consultó con la almohada, para decidirse a concederle una entrevista. Conocía los riesgos que suponían el hacerlo. Pero a la vez lo consideraba como un aliado. Mientras tanto pasó la vista una y otra vez sobre otro artículo periodístico.

Ubicó la fecha, y de nuevo el nombre del autor: Sujetó el periódico con mayor fuerza y quedose pensativa unos instantes, mientras el medio día sucumbía, ante los desazones del infinito. Salía de sus cavilares al escuchar una voz familiar, acercándose sigilosa.

—Vaya por fin te veo sonreír, ¿a qué se debe esa alegría repentina?

—A una noticia que acabo de leer.

—Por lo visto, aún existen buenos periodistas en estos medios impresos. Lo cual me llena de satisfacción.

—Debiéndose ellos al pueblo y constituidos en el cuarto poder, es lo menos que esperamos de ellos.

—Efectivamente, en todas estas empresas aún hay buenos profesionales.

—Figúrese que alguna vez quise estudiar periodismo, pero toda esa injusticia social que nos rodea. Me hizo especializarme en el campo de la enseñanza, pues como docente puedo despertar la conciencia de mis educandos para que ellos se interesen por sus derechos y los de los demás.

8

Ya no existía interés alguno por mediar a favor de un cese al fuego. Las noticias pululaban execrables masacres en lejanas comunidades, donde no emergía el astro de la justicia para las víctimas. Y ningún organismo pronunciaba consoladoras dicciones. Sino más bien sentencias lapidarias, contra un movimiento ideológico que podría cambiarle la cara al destino de los países más subdesarrollados. Pero por otro lado obligar a los poderosos a inyectar su capital en programas socialistas y eso no les convenía.

Esto en tanto no parecía preocuparles a la mayoría de los adolescentes. Quienes parecían transitar la vida sin mayúsculos contratiempos. Preferían matar el tiempo a su manera. Dentro de las más diversas bromas que se jugaban, estaba la de esconderse del resto. Para lo cual uno de los más crédulos, en confabulación con el más lúcido. Gritaba que los acechaba la azul, y debían ocultarse momentáneamente. El resto de los muchachos, con cara de turbación, optaban por ocultarse en el que consideraban sería el escondite más perfecto. Pues tenían prohibido esconderse en sus respectivos domicilios, esto para no ser presa fácil del enemigo. De esta cuenta encontraban algún resguardo entre las frías ramas de algún árbol, en alguna marquesina. En la oscuridad de alguna calle, incluso en la tienda próxima adyacente. Existía incluso un inaudito refugio, caminando a través de las líneas del tren. Hasta unos antiguos drenajes, deplorables, en estado de abandono. Conforme avanzaba la noche algunos de los más ingenuos, salía de su escondite. Siendo nulificado por los guías del juego. Dejándolo solitario en el centro de la calle, elegida para el esparcimiento. El que a su vez hacían coincidir con lo lúgubre del escenario, pues la mayoría de las calles y avenidas adyacentes a la zona doce. Estas carecían de alumbrado público. Esto propiciaba un ambiente adecuado para las diversas historias de aparecidos y fantasmas. Para los adolescentes era costumbre de la época, el salir a la calle apenas cobijados por la camisa escolar, sin más abrigo. Tampoco temían a los peligros, y eran pródigos en cuanto a los recursos de ingenio.

Pero tenían prohibido jugar los afamados juegos de baraja. Por lo general siendo intimidados por los policías. Quienes decomisaban las barajas, y acto seguido; amenazaban con llevárselos detenidos...

En ocasiones solían burlar a la autoridad. Para jugarse unas cuantas monedas, en ese enviciante juego... Por sobre la quince calle, era común ver a cinco muchachos. Deambulando como sombras pernoctantes, en busca de peligros y aventuras. Las personas que residían en las inmediaciones de Carabanchel, les temían y al verlos acercarse hasta sus domicilios, optaban por reforzar puertas y ventanas. Muchos decían que René Rojas; líder de estos, era cruel y sanguinario. Una noche oscura, en el afamado mes de las flores. Salió doña Lorena, a buscar a su pequeño perro. No hacía ni quince minutos, desde que se adentrara en las oscuras inmediaciones, cuando se topó a los mal afamados adolescentes.

—Si no se le perdió nada vuélvase a su casa. —Le ordenó, con sadismo el malhechor. Doña Lorena, hubiese querido ser su progenitora. Para darle una buena lección. Lastimosamente decían las malas lenguas que él, no tenía padres. Además era dueño del resentimiento. ¿Qué le podría importar el suplicio de los demás? Cuando era además tan común que muchos padres de familia, debido a la caótica situación económica, trabajaran el doble por un mísero sueldo y descuidar la educación de sus hijos. Empezaba a cobrar fuerza, el hecho que la mujer ya no se quedase en casa. Pues debía salir a trabajar, para ganar otro sala-rio, con intención de mejorar el sustento del hogar. Lo cual empezó a propiciar ale-jamientos perjudiciales para los jóvenes y niños, para quienes la educación les fue menguada. Arrebatada a contra voluntad.

Alejándose deprisa, vio a lo lejos otras figuras blandiéndose desaliñadamente. Se acercó hasta divisar sus rostros. La tranquilidad tornó a su ser, al ver que se trataba de unos noveles estudiantes.

— ¿Que hace por estos lugares, a estas horas de la noche? — Le preguntó, uno de estos, observándola minuciosamente.

—Busco a mi perro. Tal vez lo han visto ustedes por ahí. Es pequeño; de pelaje blanco y con una manchas negras en el lomo.

—Lamento desilusionarla, pero no lo hemos visto. Si lo encontramos lo llevaremos hasta su casa, por de pronto será mejor que vuelva a su hogar.

—Gracias, se los agradezco infinitamente, y si en caso no regresa, saldré por la mañana a buscarlo.

Esta fría mañana, Marco Antonio. Entró deprisa a la pequeña habitación, contemplándola como no lo hiciera antes, solo faltaban unos minutos para las seis de la mañana, estaba por salir del domicilio y la prisa de hacerlo se convertía en su peor enemiga. Necesitaba tiempo para sus planes, mucho más que el vivido hasta el momento.

Afuera un grupo de personas delataban para sus ojos orfebrerías disfraza-das de mortales trampas. Temía una catástrofe un atentado que cernía sus trémulas trenzas sobre su rostro, aletargado y frío, empero salió en busca del destino, el propio. Ante tal compromiso, irguió el pecho y salió con valentía a recorrer todas las calles de la ciudad.

Ella, la encantadora Émile del Valle. También saldría en unos instantes hacia un destino incierto, pero con ánimo de cruzárselo por sobre la avenida, esa que siempre transitaba. Por la que le vio tantas veces, calle abajo. Con un cúmulo de sueños al hombro. Deseaba decirle algunas intimidades suyas, despedirse por si acaso no se volvieran a ver, incluso contarle que extrañamente lo había soñado solo unas noches atrás y desde entonces no dejaba de pensar en su persona. Sin embargo no encontraba las palabras precisas para exteriorizárselo.

La mañana continuaba su marcha irremisible hacia el más

allá, como la vida misma. En la ducha jugó unos instantes con sus cabellos, teñidos en coloración caoba, y luego de bañar su piel con fresca loción, vestir su curvilíneo cuerpo con delicadas prendas, sus favoritas y que le envigaron tan débiles lágrimas. Ella por lo tanto, salió temblorosa a través del andén que debía conducirla en camino al destierro. Quiso despedirse de los muchachos, de las estancias placenteras, dispuestas por sobre la colonia Roosevelt. Escapó a través de la esquina brumosa. Donde conoció a quien la hacía suspirar cual colegiala y que sin merecerlo, la rechazó inmisericordemente. Todo esto le seguía pareciendo descabellado e inhumano. Cuántas ideas maquiavélicas para exterminar a los grupos de izquierda.

– ¿Quién podría entonces sobrevivir este nefasto año? –se preguntaba. Seguramente varios de sus amigos no podrían escapar, mientras ella se alejaba en contra de su voluntad, pero donde nadie la señalara y condenara por sus ideales.

Tal vez ya no volvería a ver a sus padres, quienes provenientes de familias asalariadas, le costearon los estudios con gran dificultad, y ahora que más la necesitaban, la veían partir con rumbo ignorado. Estaba determinada a continuar la lucha, aun en la distancia, en algún país libre del imperialismo, que asentado sobre tierras latinoamericanas, dicta políticas austeras y siguen condenando a estos países dependientes. En que prolifera el armamentismo en manos inadecuadas. Se incrementa el analfabetismo, debido al abandono de los programas educativos y de avance general.

Habiéndose demostrado en países emergentes, que la base

del desarrollo se fundamenta en una educación de calidad, a la que tengan acceso todos los ciudadanos. Empero disminuyen los recursos naturales, pues la ambición de esos pocos no tiene techo. Atrás quedaban ya esos días de lucha y consignas, en contra de los sistemas de poder, acuñados a esta patria con fines de dominio. La lucha descarnizada lanzando bombas panfleteras, contra la lluvia de balas que acogían sus frágiles cuerpos. Sus vehementes proclamas y consignas acalladas con lujo de fuerza, recibiendo por ello cero tolerancia, por parte de grupos afines al gobierno en turno. Conocía que varios temas de desarrollo rural, seguían engavetados en archiveros burocráticos, y no alcanzan siquiera el tapete de la discusión, siendo de primera importancia, su puesta en marcha.

En este Edén de los vende patria, de los insignes usureros, jugando con la necesidad de millones de personas, quienes a golpe de pecho y espalda sobreviven un día, una hora, un minuto, una oscura noche más. Conformándose con esta suerte con la que nacieron y piensa cargar por el resto de sus vidas. Sin llegar a imaginar que aun cargan sobre sus hombros, todo el equilibrio de esta sociedad y sus pesares...de esta madre patria quedándose desguarnecida y sin hijos, ella lo sabía al volver la mirada a esos días veraniegos: Cuántos días, semanas y meses, compartiendo por los lugares ecosistémicos de la zona seis junto a sus amigos, deambulando cual pequeños fantasmas, en busca de diversión, perdiéndose al través de sinuosas colonias, así como por los rincones aledaños del Sipa, al través de distantes esplendores, por donde rumbeaba el lisonjero destino. Allí se paseaban eternas horas de ensoñación, al igual que otros adolescentes con sus novias.

Unos menos favorecidos que los primeros aprendiendo a fumar la hierba y dedicados a otros vicios, incluyéndose la bebida fermentada, pero era de seguro, a escondidas de sus padres...

Uno de los muchos visitadores, enigmático por lo habitual. Parecía ocultarse de alguien, pues siempre andaba alerta. Observando inquietamente y hacia todos lados. Escapando cual gacela de sus devoradores. Él, siempre andaba en algo criminal, nadie sabía con exactitud en que. Sin embargo se intuía al observar sus movimientos. Cargados de pulcritud, de mesura y como si temiese a su propia sombra. Carballo era su apelativo, y le hacía honores a su extraño nombre con su apariencia física.

Casi siempre llegaba al lugar como todos los demás. Esgrimiendo una pletórica emoción, pero una y otra vez salía de ahí huyendo de los uniformados, y quienes corrían velozmente en procura de su captura. En su tez morena, complexión y estatura, media. Además escurridizo y misterioso como la noche. Así fue siempre, hasta el día de su desaparición, cuando dejó de aparecerse por dichos rumbos, su dispersión fue todo un suceso en el ambiente, y del que se comentaba en la cuadra. Se difundían varias hipótesis al respecto, pero ninguna parecía tan certera. Algunos de sus amigos lo buscaron incansablemente hasta perder las esperanzas. Otro de los visitantes conocido solamente con el mote del Inmortal. Era apenas un adolescente por entonces. Pensaba solo en el presente, disfrutando el aire fresco de las montañas, adyacentes a su morada. Sin embargo también sufrió en carne propia, persecución y aterrorizantes disgustos con los uniformados de verde olivo, con quienes tuvo más de algún encuentro...

Candorosos instantes desde una época febril a cada paso y recodo, disipándose todos ante la columna del tiempo. Ya no quedaban huellas del invierno, como tampoco lagrimales ante sus ojos. Pues habiendo derramado cuantiosas y dolientes, otrora por el hermano caído en desgracia, en manos de los esbirros de la democracia. De los enemigos del cambio de sistema, para quienes la transformación de las entidades de gobierno. Les deparaba la pérdida de sus privilegios, los cuales les fueron heredados de manera solapada, desde épocas coloniales y ante tal arbitrariedad, percibió un llamado al que acudió de inmediato. Portando consigo su única valía, la vida, efímera y frágil. Cual la existencia de la estación, decayendo espaciosamente ante su mirada.

El silencio de los alrededores, tejía escabrosos desalientos sobre su rostro. La oscura noche y el insomnio desvelador, le hicieron reaccionar. Con ánimo de tomar todas las medidas necesarias, para salir del atolladero en que se encontraban, como movimiento estudiantil. Percibió algunas esperanzas, aunque diluyentes tras la esfera meridional. La que evadió tratando al fin de situar allí aquella luz que de niño guiara sus pasos. Así como las voces amigables de vastos pensadores, quienes encausaron su vida a través de vertiginosos caminos de la erudición y la educación, rumbos que transitó desde temprana edad, pues sabía que la lumbre del ser humano es su amor al conocimiento, a las ciencias y las matemáticas. Pero por sobre todas las cosas, esa flama de libertad y ecuanimidad oscila en servir al prójimo, como bien lo aprendiera de sus mentores.

Tornó la vista hacia la calle contraria, por donde se

acercaban algunos de los más noveles estudiantes. Viéndolos pasar deprisa y sin consuelo, se detuvo un instante. Buscando en ellos algunos indicios, quizá algún parentesco e incluso vestigios de su época dorada y que tocó su final, irremisiblemente. Más ninguno pareció intimado en sus efemérides, pues eran muy distintos a sus amigos. Aquellos que engrosaron filas de grupos inconformes, alineados al evolucionismo, y contra el despótico sistema de gobiernos dictatoriales. Comprendió entonces el que ninguno quisiera detenerse para saludarlo. Como tampoco el tiempo detenía su frenética evasión, ante sus rápidas huellas, apuntalando las once de la mañana, sobre suelo patrio. Así notó, los apáticos rostros de sus interlocutores: Mario, José, Francisco, Rubén, y otros más, marchando toscos e indiferentes ante su peregrinar y se alejaron con rumbo a sus moradas. Empero en su mente guardaba los nombres de sus valientes compañeros, sabiendo que ellos recordarían cada uno de los pormenores de esta revuelta y sus célebres ponderaciones...

Esta fue la determinación de varias de las víctimas. Llegar hasta las últimas consecuencias, con tal de envigar sobre cielo nacional una ilusión tardía. Sobre el rostro de sus conciudadanos, quienes además como hermanos, camaradas y amigos suyos, cayeron como otros en las trampas del enemigo y de la CIA...pero esto último solo algunos pocos se atrevieron a denunciar, porque fueron acallados por fuertes golpes... inclusive víctimas de un sistema, de una forma de vida. Sublevación, rebeldía, y compromiso con un estrato social. Al cual se pertenece con determinación y apego.

Cada uno de estos, engrosaba las filas rebeldes. Y se fueron dejando tras sí un encono proverbial y su silueta recostándose en los vados, recalaba nostalgias sutiles en los hogares asentados sobre las faldas de la zona doce. Un nudo en la lejanía, la despedida a sus familiares, ese indecible adiós que apresaba recuerdos furtivos...

Este grupo de estudiantes. Lo veían de igual manera al salir de sus hogares, para encaminarse con rumbo a una colonia cercana. Dejando tras sí esos años de estudio y preparación académica. Un logro más en su corta vida, aunque de pronto, debían acudir al llamado que los líderes estudiantiles les hacían. Ahora la patria los necesitaba. Por lo tanto se reunían; con las mismas premisas e intenciones que otros grupos sindicalizados. La consigna a voz en pecho...

Todo esto lo sabía, siendo una víctima del envolvente sistema. Del que huía cansada de infames promesas. De constantes amenazas, por la simple razón de pensar distinto a los ejes de poder. Por proyectarse como una mujer libre, colmada de ilusiones, sueños y proyecciones. Una carrera superior conclusa, así como sus fantasías, lejanas e inalcanzables en esta patria. Como su destino y al que partía con el corazón hecho un nudo. Lanzó su bolso sobre la mesa, mientras se llevaba las manos al rostro. En procura de entender el oscuro panorama, cernido sobre el horizonte chapín. Tomó de nuevo el diario y lo leyó una vez más, pareciéndole un pequeño reconocimiento. No sabía concretamente para quien, pero estaba convencida, que llegaría hasta el sentimiento más recóndito de esas sencillas personas, víctimas del conflicto armado. Por quienes sintió compasión, luego unas frías lágrimas rodaron por sus mejillas, pensado en el asesinato de una ex estudiante san carlista, quien previamente fue ultrajada, y su cuerpo apareció a inmediaciones de Escuintla...en alguna ocasión se la encontró en dicha casa de estudios, y la admiró tanto por su porte y belleza, así como por sus dotes de liderazgo y valentía, que esgrimía en sus palabras. Aún le parecía frustrante su deceso, y pensó en los padres de familia que ven caer a sus vástagos en el campo del honor, portando como única arma, sus ideales, ante lo cual cayó en el conflicto de la soledad existencial y caducidad del ser humano. Un abismo apenas perceptible en el alma de Émile.

9

La colonia Roosevelt con sus casas de adobe. Sus calles de terracería y el colorido deambular de los caminantes en busca de otros horizontes. Cual las mismas avecillas de siempre, sobrevolando con rumbo al zenit. Hasta donde se alzaban sus raudos sueños. Propagándose vertiginosos cual neblina, sobre infinidad de casas alineadas todas en dirección crepuscular. Por donde, Marco Antonio, paseara sus años juveniles. Apostados de pronto entre celajes, a la vera de los más hermosas evocaciones, y que volvían apostándose ante su alma de hombre libre, de soñados y bardo. A la postre los adolescentes, pernoctando de a pocos a lo largo de la doce avenida. Entre cuyas callejas adornadas de fango y de hiedra, encontraba los encauces para dominar las fases diversas de sana diversión, en noches domingueras como esta. Las danzarinas arboledas propiciantes de un clima sideral y acariciante de avenidas y calles balastradas de sueños y anhelos pacifistas. A lo lejos el arribo a esta urbe de los niños de retorno a sus hogares, y luego de su jornada estudiantil en esta tarde. Sin embargo encontraba rostros extraños, enemigos ocultos a través de las vastas calles, por las que anduvo en años de infancia y que ahora transitaba deprisa, sin disfrutar las puestas del sol, tan emocionantes. Caminaba sin sentir las latitudes del alma, tan solo los fríos pesares y que lo acongojaban. Como esta en la que los vecinos salían a las aceras, para contemplar el inusual brillo de la mística luna; danzarina, oclusiva y coqueta, enclaustrando en su seno a las oscuras nubes. Apostadas sobre el umbral del horizonte y que le hacía temer una celada, ante lo cual caminó aprisa, en busca de su hogar, dispuesto en la colonia Reformita, A la que enfilaba con determinación.

A su ingreso a la pequeña urbe, se encontró con decenas de personas deambulando por sobre la Avenida Petapa, denotando como se iba adormeciendo en su cubículo la ofuscada luna. Alumbrándoles de cuando en cuando el rostro, adornándoselos de sombreadas líneas. ¡Ah, la eterna compañera! Encausante de sus sueños, y con quien repasaban sus sempiternas ilusiones. El temor no era parte de sus días, como si lo eran los juegos y diversiones con que retozaban, sin imaginar lo que se estaba fraguando en su contra, Ensimismados en sus monotonías, cavilaciones y proyecciones futuras, tan solo veían ante sí, ese abismo brumoso de eterna ensoñación. Mientras los desalmados antagonistas preparaban el estacazo, llegaban desde el inicio de la colonia, armados hasta los dientes…

Él, los vio llegar con un temor indescriptible, lacerando sus articulaciones. Desde varios meses atrás tenían idea los vecinos de lo que pasaba tras la llegada

de estos escuadrones.

Aunque David, apenas entraba a la adolescencia. Sin embargo había sido testigo de varios cateos, y conocía la saña con que trataban a las personas señaladas de pertenecer a las fuerzas rebeldes. Ya en los últimos días, las centrales obreras estudiantiles fueron golpeadas de manera brutal por parte de los aparatos estatales. Entre otros estaba el secretario general de Fadua, y quien sufriera la más terrible crueldad sobre su persona. Además seguían cayendo los estudiantes en emboscadas. El ambiente en las calles era hostil, entrando de nuevo a escena y por parte de las fuerzas de seguridad, el famoso "noctambulismo".

Esta vez lo llevaron a cabo, con el cateo de algunas casas domiciliares. Pues según aducían los uniformados, que algunas eran propiedad de los líderes revolucionarios en la zona once. Justificando así su procederes en contra de sus víctimas, llevándoselos insufacto y violentando la privacidad de sus hogares. De los que al finalizar la diligencia procedieron a robar algunos enseres, y que a criterio de orejas y judiciales conviniese. En algunos de los casos hasta llegaron al extremo de hacer propuestas sexuales a las víctimas, ofreciendo como prebenda, un mejor trato en el reclusorio. Sobre todo porque en la Penitenciaría Central, de la Torre de Tribunales, existía el afamado Triángulo. En donde estaban recluidos los presos más peligrosos, empero ahí encerraban también a los presos revolucionarios. Se rumoraba además en las diversas zonas de la capital, que llegaban algunos elementos del Comando Seis, en horas de la madrugada llevándose detenidas a incontables personas, a quienes luego hacían desaparecer.

De todo esto se comentaba este día, la alarma entre vecinos era general, debido a la fuerza utilizada para tales propósitos, pues los uniformados se instalaron desde la veinte calle, abarcando incluso las inmediaciones del mercado de la zona once. En tanto por sobre la doce avenida y tercera calle, ahí de manera violenta efectuaron varios cateos. Los resultados saltaban a la vista y eran hechos condenables. Más no hubo pronunciamiento de los organismos internacionales. Por lo que actuaron al amparo de la impunidad, habiendo forzado las puertas de acceso al recinto y demás dormitorios. Dejando tras sí, un panorama lapidario.

Él, al verlos avanzar a través de la avenida en donde dio sus primeros pasos. Ahí donde coincidieron sus juegos infantiles en compañía de sus amigos. Y muchos de estos ya desaparecidos, por estos a quienes veía con desconcierto. Esta vez los siguió a cierta distancia. Sin embargo procedían con pleno uso de brutalidad y a pleno orden del día, sin importarles un carajo sus acciones. Empero David, veíalos con cierto desasosiego, sobrecogiéndolo el pesar al detenerse estos ante su casa. Estuvieron contemplando a través de las demás arterias viales, luego aseguraron el área y procedieron con las capturas. La primera víctima era doña, Mariita. A quien luego desaparecieron de su amada barriada, y sin réplica, enseguida…

Absolutamente nada pudo hacer David, para proteger a sus seres queridos. Intentó defender a quien más amaba en la vida. Sin embargo ante la mirada atónita de otros testigos, y de su misma desidia, estos con uso de la fuerza se la llevaron con rumbo ignorado. Acusada de pertenecer a las fuerzas rebeldes, y sin pruebas en su contra, sencillamente fue condenada sin juicio, al encierro. Los demás vecinos al igual que su persona guardaron silencio, pues temían también por sus vidas y las de sus familiares. Empezando a partir de este momento su tragedia. Entonces decidió enlistarse en las filas rebeldes y partió con rumbo a la montaña...a lo lejos un grupo de niños se entretenían preparando un juego grupal, similar al que solía jugar en estas calles desde su edad primera. Los contempló con pesadumbre sabiendo que sus días felices quedaban tras sus pasos. Cautivos en esa etapa que hoy tocaba fin. Pero pudo recordar, a quien solía buscarlo cada noche, ahí en esos oscuros rumbos. Donde ahora quedaba el amparo de la lejanía, cargada de provechosas rutinas. Un pasado y aquel recuerdo llamándolo con angustia inconfesable...con su bella voz de madre...llamándolo en el silencio de su intrigante universo.

Marco Antonio Urízar

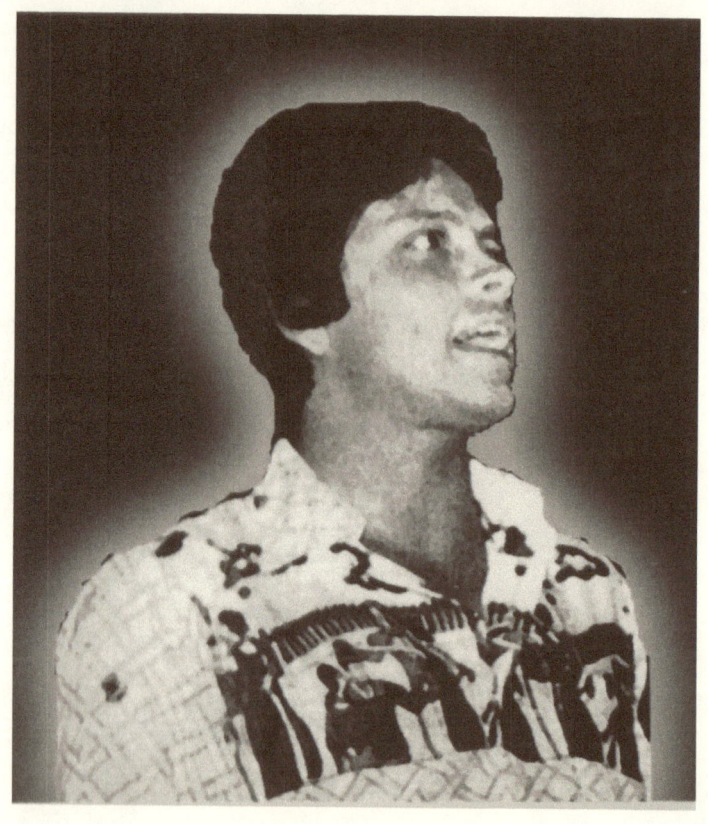

Un mártir olvidado en la época
del conflicto armado en Guatemala
Q.E.P.D, 1962-1980.

CUARTA PARTE

Lean, lean todo lo que puedan. Jamás se olviden de leer un libro. Lean todo lo que puedan,

lo que tienen en su mente nadie se los arrebatará.

IV

1

Intentaba olvidarse de todo, incluso mandarlo todo al diablo. Cambiar por otra su bandera, en azul y blanco. Borrarse del habla su idioma. Y de su inmortalizado nombre ni una sílaba se nombre. Pero lo repite en su mente varias veces; Marco, Marco, Marco. El marco de una febril tarde, tan distinta a su agonía. Mientras las camuflajeadas figuras descorren caminos y rumbos con sus manos destructoras. Ya se sitúan en las arboledas. Parecen momificadas almas de dioses, planeando su fin. Determinando un certero golpe. En tanto sus perseguidores ya cargan sus armas, le apuntan al corazón. Danzan las hojas al seol, borrando las nieblas. ¡Oh!, si tan solo le fuera posible salir bien librado. Empero recapitula las ocasiones en que fue violentada la Universidad. Entonces percibe a las víctimas cayendo en esos suelos. Entonces tiembla su cuerpo y presiente que su fin está próximo, pero sabe que no será hoy. Pues presiente que tras la cortina solamente emerge lo incierto, lo inmaterial.

Deprisa van los pasos en procura del futuro. Van apoyándose en amaneceres, recostándose inquisitivos a través de estruendosos tiempos. Resguardan solo pequeños instantes y vistas caducas.

Más de nuevo son diez, veinte, cien, los que alcanza a contar y de pronto cuenta emotivas llegadas y, crueles despedidas. Una vez más empezaba el conteo, cien, doscientos, mil pasos para escapar del presente. Ese que le lacera por dentro. Cuántos destinos hubo de transitar para para encontrar un puerto seguro. Cuántos amaneceres similares y en mucho distintos a este, suyo e impropio. Lo siente así, al recapitularse muy solo. Solitario ha despertado del letargo. Esta vez muy lejos de todo lo que ama y, separado de los suyos. Separado de sus libros. Pero sabe las razones que le hicieron cambiar su forma de ser y pensar. De perderse en su propio limbo. Aunque hoy lo guían con rumbo a su destierro. Es casi el mismo que tomaron sus amigos de encrucijada. Lo transitan a paso firme. Por tanto va escampando la figura por entre frontales húmedos y fríos. Va cual pequeña alimaña y agazapado, minúscula sombra de la noche. Su noche silente. Infiere callar la respiración, silenciando las palabras y pensamientos. Murallas de piedra, corroídas por el mal clima. Enormes paredes de ladrillo, como ceibas peteneras. Si tan solo fueran los escombros como los que le salvaron en el pasado. Aunque solo divisan enormes paredes de adobe, paredes de mil recintos, aunque todos enclaustrados; donde recostar la mirada. Si tan solo fueran su refugio para descansar sus párpados. Y enquistar ahí hacia un sueño profundo. Pero de nuevo yacen cerrados y, otros van cerrándose de golpe ante su vista. Cuando infiere que el miedo tiene un sabor amargo en la boca. Y los recuerdos teñidos de olvido. Como polvorientos ventanales. En que la mirada soñolea en busca del horizonte.

Entre tanto ellos, sus grandes amigos. Llegaron desde distintos puntos de la periferia capitalina, a despedirlo, sabiendo que ya no quedaban muchos como él, pero conscientes que su integridad física estaba por encima de cualquier responsabilidad, arriba de cualquier contexto social, pues era necesario que sobreviviera a la cacería de brujas, lanzada por las fuerzas de seguridad en contra de los líderes sindicales, magisteriales y estudiantiles. Por lo cual Marco Antonio, se alejaba momentáneamente de su amada Reformita. Como antes lo hiciera de la zona seis, en alguna ocasión de la colonia el Molino, la colonia Belén, y previamente las zonas once y doce, así como la colonia San Francisco I, en la zona seis de Mixco.

Varios de sus camaradas salían en desbandada, cual sinnúmero de abejas en busca de otros madrigales, huían también de la cacería lanzada contra sus personas; cual despavoridas luciérnagas en búsqueda de otra residencia. Recordó entonces esos instantes inolvidables, cuando se reunían en esa pequeña colonia, Belén, a pocas cuadras del mercado, en una sencilla morada. Su primogénito contaba escasos meses de vida, y Amelí, su compañera de mil luchas, convertida en su apoyo. Acompañándolo en varias de las manifestaciones, incluso días previos, se reunía con varios de sus compañeros, con ánimo de elaborar las mantas que servirían para la propia manifestación. En las que denunciarían los malos manejos del gobierno del Presidente, Lucas García.

Compraron pintura en spray, costales de manta y otros insumos necesarios para su elaboración. Algunas mantas refiriéndose a muchos de los desaparecidos y pedían la aclaración de estos flagelos. Asimismo el esclarecimiento de las muertes violentas de académicos y estudiantes san carlistas; Entre otros la de Julio Cesar del Valle, Maco Pereira, e Iván Alfonso Bravo. Acaecidas en las más recientes muestras de ingobernabilidad en suelo nacional. Estuvo Contemplando abstraído esos rostros amigos, pareciéndole que los conocía desde tiempo atrás, de seguro desde que nacieron, y sería extrañado por estos lares. Así lo percibió su amigo Paco, al despedirlo afectuosamente.

Todos los demás lo sabían al decirle adiós. Pero preferían esto a perderlo definitivamente…Con su partida, el interminable tiempo iba refrendando este triste momento para la posteridad. En decoro de la pequeña cópula natural, desde donde lo vieron partir. Ahí donde antes emergieron miles de ideas, para la causa, desde su perspectiva habitual, esclarecidas todas ante el eclipse de las mañanas furtivas. Y que de pronto caían todas en aluvión nocturno, lacerándoles el corazón. Ante la mirada cardenal del cielo, atenazando sus alicaídos rostros. Rodeando lacónicamente una pequeña encina. En donde retomar otras épocas, les fue motivo de sinsabores, añoranzas y júbilo. Un encono de coexistencia que les fue propicio, benefactor y a la vez tan especial. Pero que comprendían no se repetiría en ningún tiempo, ¡jamás! La patria valoraba silente sus encauces. Pues carente de héroes y caudillos, esperaba el resurgir de otros adalides. Los últimos caían como parvada de luciérnagas. En medio de una oscura noche, sus lumbres iban apagándose. Una tras otra y disiparon su voz, sentenciosa.

De nuevo era ya solo un murmullo, el sonido de un

cascabel entrecortándose muy lentamente por sobre el panorama, por sobre su paisaje natural. Marchando tras sí, cuantiosas mañanas y sus respectivos atardeceres. Empero su situación empeoró a tal grado, que presentía pasos, escuchaba voces, soñaba que un helicóptero en horas nocturnas, llegaba hasta su residencia en la zona doce, y sus tripulantes se lo llevaban con lujo de fuerza. Al despertar del sueño, aterrado compartía los pormenores. Convirtiendo en reiterativa la frase:

– ¡Cuando me muera, sabrán quién soy yo!.. –Escuchó, Elizabeth que decía esa tarde, serían cerca de las quince horas en este extraño y fatídico día jueves, y en tanto se preparaba para salir con rumbo a la zona central, en donde editarían un manifiesto dedicado a otras víctimas san carlistas. Mientras ella, y como ya era costumbre, lavaba los trastes en la pila, situada junto a las gradas. Su rostro entristecido suprimió las palabras que brotaron de su pecho:

–¡Hay no! ¡No me diga esas cosas! –Murmuró ella, aquejando un nudo en la garganta, y que le impedía hablar.

–Vi de nuevo en mi sueño, como revoloteaba cual ave carroñera ese helicóptero, el mismo de siempre. En el que se ve a los uniformados de verde olivo, y llegan hasta acá buscándome.

Sabía que esta vez no bromeaba, como solía hacerlo con frecuencia, haciéndola reír incansablemente, sin embargo ahora le parecieron poco crédulas sus palabras, aunque brotaron las lágrimas de sus ojos. Reconociendo el enorme compromiso que se cargaba por los suyos. Convirtiéndose en frase común de sus labios, era quizá un recordatorio a su valía, con un dejo de frustración y nostalgia. Era ya una constante a partir de las más recientes manifestaciones. Incluso lo refería a quienes más amaba, sus padres. Se los recordaba constantemente, con un simple propósito. Ser recordado como uno de los que se atrevieron a dictar nuevos encauces, a guiar. En un país donde todo es común y rutinario. Donde los cambios provocan insólitos desplomes, así como la inconformidad de la clase imperante. A veces por abierto temor, acomodo y/o mediocridad. Convirtiendo a esta desolada tierra, en el paraíso de la eterna añoranza. En cuna de la apatía e indiferencia de sus conciudadanos. Quienes en su mayoría, caracterizados por doblegarse ante el opresor, Entregan con propias manos lo más preciado. Luego conexos en eternas lloraderas, confórmanse con escasa regalía y son fatales víctimas de su escasa preparación académica.

Contempló desesperado todo un latifundio. Por el que bregaba desconsolado, procurándose un resquicio, una salida momentánea. Un escape milagroso, para continuar en otro momento su disputa. Pero seguro de no doblegarse ante quienes lo asediaban, y procuraban darle fin a su vida. Multiplicando sus dominios territoriales y beneficiándose de sus doradas cálices. Ella se limitó a contemplarlo en silencio, sentía una profunda admiración por su hermano mayor, así como un cariño sin puntos de medición.

De pronto dejó caer de sus manos un pletórico reportaje, en que se hacía memoria de sus amigos y camaradas caídos. Lo que le hacía suponer que su turno llegaba, cual la tormenta rodeada de un tórrido invierno. La azabache aurora lo esperaba, ocultándose detrás de la cortina. Aunque aún quedaban algunas verdades por decir, y aprovechando estos fatales resquicios. Lo dijo de nuevo, como un suave musitar. Ocultándose a través de sus soñolientos parajes. Además para que de una vez por todas, ¡valoraran su esfuerzo!

Flora Elena, su querida madre, lo sabía. Haciéndose partícipe de sus idea-les. Admirándolo sobremanera, además Elizabeth, sentíase orgullosa por sus contribuciones a una causa tan noble. Lo reconocía cuando éste, departía sus magníficos proyectos ante algunos detractores, quienes refutaban sus ideas socialistas, por tanto ella lo hacía, ¡exaltándolo! Don Antonio y algunos de sus amigos más cercanos, admiraban a este valiente adalid. Así como a sus demás compañeros de lucha. Sabiendo que en este suelo es poco valorable una cruzada como la emprendida con determinación, por estos ilustres esforzados, a quienes escudaba con esmero. Sabiendo cuán valerosos eran a la causa, indispensables, insustituibles, tampoco era el primero en descubrirlo. Sin embargo la sola idea del fracaso y la idea del anonimato, le hacía sufrir, padecer en silencio.

Cuán pesada sintió la responsabilidad, recostada sobre sus hombros. Un compromiso abdicando en su lacerado pecho. De pronto se encontraba en el vórtice del parte aguas, y debía decidir. Si era menester continuar, o muy por el contrario renunciar definitivamente a esta empresa. Nunca imaginó que tendría que sopesarlo. Sin embargo había caído en el cumplimiento de su deber, uno de los más grandes ideólogos que se ha levantado en esta sufrida tierra. El Licenciado, López Larrave. Así también el gran Oliverio Castañeda de León, uno de los más connotados líderes estudiantiles... de quienes guardaba grandes ejemplos, atesoraba sus doctas enseñanzas, y en ausencia de estos insignes, decidió junto a otros valientes. Tomar la estafeta y continuar el camino trazado por estos.

Acompañándose en ocasiones de Fernando, considerado dentro del entorno actual, como uno de los más sobresalientes guías. Solían conversar largas e interminables horas, acerca del devenir de los tiempos. Asimismo de cambios necesarios, para esclarecer el panorama social y político de esta nación. En momentos en que los líderes estudiantiles caían a montones, a manos de los escuadrones de la muerte, fuerzas represivas anticomunistas, de cuyas celadas escapó, en incontables ocasiones.

Para ambas madre y hermana, contemplándolo íntegramente, era necesario que saliera al exilio. Muy a pesar de la falta que les haría. Pues eran tan unidos, y esta encrucijada les alejaba indefinidamente. No obstante Marco Antonio estaba determinado a llegar a las últimas instancias, hasta advertir un cambio. Por ello debía continuar la lucha desde suelo patrio. Quedarse a sufrir las consecuencias, las que sabía serían deplorables.

Apesadumbrado las vio de reojo. Cuando el universo parecía cerrar tras su silueta. Cada uno de los más importantes momentos, en su compañía. Ahora la eternidad con cauda de suplicio, acercaba sus ciclos sobre su ajetreada anatomía. El tiempo aletargaba incontables tormentos a las emblemáticas horas. De las que se iba desprendiendo involuntariamente, como una estampa violetica y circunspecta a la eternidad. Pero seguía siendo tan solo un ser de carne y hueso. Un hombre mortal vulnerable al dolor, atormentado por el suplicio de varios estudiantes, quienes en lucha desigual, perdieron la vida. No sin antes ser torturados inmisericordemente, por los más salvajes seres que esta tierra ha procreado. Por dicha razón esquivó las miradas de estas dos increíbles y maravillosas mujeres, pues debía alejarse cuanto fuera posible de ellas. Para protegerlas, librarlas ante cualquier eventualidad. Las cosas estaban cada vez peor, y no podía seguir corriendo esos riesgos, pues las amenazas seguían llegando de todas partes. Debiendo ante ello ocultarse hasta de sus propios camaradas, incluso de las personas que tanto amaba. Sus cansinos pasos iban enmarcando de huellas el sendero, desde donde solía contemplar la bomba comunal y que surtía vital líquido al barrio. Desde ahí...Sentíase libre, triunfador y protegido. Era como su cuartel general. Pero ahora se alejaba sin desearlo, tomaba un nuevo rumbo, iba en busca de otros derroteros.

–Pronto volveré. –Se dijo. Eslabonando a cada paso un sinnúmero de añoranzas. Todas apiladas sobre el horizonte, ahora nebuloso como sus ojos, como los de una fiera herida. El hálito de la mirada agolpando sobre sus hombros las pesadas cadenas de sufrimiento, y con total frustración marchó, desfilando como lo haría un esforzado. Él lo era, siempre lo fue y sobradamente. Marchar le era menester, pero no quiso salir fuera de las fronteras patrias, pues el desenlace de lo planteado estaba dentro de las mismas. Quedarse como lo hace el capitán en su embarcación a punto de naufragar en alta mar. Aunque no era recomen-dable, lo supo al ver caer uno a uno, a los más valientes compañeros de causa. A quienes amó como a sus hermanos. Cuánto le dolía pensar que todo lo proyectado, lo antes ficticio, estaba por cobrar réditos. Lamentablemente eran mucho más numerosos los detractores, que quienes se atrevían a desafiar al sistema. Así como de los campesinos, luchando enconadamente por una posibilidad abierta en el horizonte. Su sombra petrificada en un entorno de su mirada, constelaba grisáceos momentos y que no volverían jamás a cruzar sigilosos el mundo celeste de sus miradas...

– ¡Cuando muera van a saber quién soy yo!.. Era la frase, que empezaba a cobrar vida una vez más en el subconsciente. En lo profundo del alma, donde tienen cabida los ideales y utopías. Ante tal seguridad elevaba de nuevo la mirada hacia el horizonte, denso y cadencioso, con la emotividad de los años imberbes posada sobre su rostro.

2

Es la adolescencia una edad de temeridades, época de esplendorosa ilusión, de magia, encanto y proyecciones constantes...

Estaba viviendo con su familia por entonces en la colonia Roosevelt. Contemplando emocionado ese pródigo entorno. En medio de una zona popular, con sus pequeñas construcciones de adobe. Sus ínfimas calles, azotadas por el azote del viento invernal. A través de ellas y por sobre la afamada calzada Roosevelt, aparecieron tres de sus amigos: Rudy, Víctor y Hugo, quienes vivían en colonias diferentes pero todos en la zona once. Los tres desde solo un tiempo atrás solían visitarlo en su casa, ella los vio con curiosidad, sin embargo olvidó pronto esos rostros amigos, pues prefería continuar sus quehaceres y no inmiscuirse en esas cuestiones. A ellos les parecía una muchachita curiosa, y sin volver la mirada salieron a la calle, en dirección del trébol, en donde harían una parada. Luego enfilarían con rumbo a los campos del Roosevelt, en donde además de practicar un rato al fútbol, platicaban temas recientes y de interés general. Otros integrantes del equipo empezaban a reunirse junto a ellos. Con una emotividad que saltaba a la vista...

Cada uno de ellos lo reflejaba en su manera de ver la vida, en su preocupación por los cambios naturales. En sus palabras acerca de un tema, y en la manera como enfilaban por la calle Mariscal. Cada uno con enjundia y determinación tal, esbozando la gallardía característica de los años mozos. Así los vio Marco Antonio, al encontrárselos en la esquina de la doce avenida, en donde se despidió de ellos. Eran integrantes de un grupo sindical y popular. Se encaminaban rumbo a la oficina central, ubicada en la zona uno.

-¿Estamos preparados para lo que sigue?

-Por supuesto que lo estamos, aunque en ello nos devenga la chabela.

Estas palabras confirmaron el compromiso de cada uno de ellos para con su gente.

Luego un largo silencio los acompañó a través de las calles, hasta internarse en los campos del Roosevelt. Donde eran esperados por otros adolescentes de su misma edad, aunque con ambiciones diferentes. Los curas presentes en los campos del CEJUSA, admiraban en gran manera a este grupo de futbolistas; de la categoría juvenil. Destacándose por sobre todos; Marco Antonio. No solo por su capacidad atlética, sino además por ser un excelente organizador de torneos. Las vitrinas de un mueble, situado en su dormitorio; lo constataban. Guardando orgullosamente allí, algunos de los trofeos con que lo habían condecorado. Sus compañeros de equipo lo rodeaban con beneplácito, previo al juego de esta mañana: también se hicieron presentes desde temprano, los demás jugadores.

Ahí estaba el colocho, un espigado centro delantero. Temible anotador de las defensas contrarias. Con su gran estatura y fiero porte, infundía respeto. También se encontraba realizando la respectiva calistenia, el ronco. Considerado un buen lateral; así como excelente marcador, aunque también mala leche y podadora. Un poco retirado del área estaba Christián, el gran capitán del equipo. A quien además de admiración, por sus dotes de buen futbolista, estratega y excelente persona, le debían cierta gratitud por sus sabios consejos. Para que vivieran sanamente. Por la línea lateral y realizando unos estiramientos, estaba el guardameta Valladares. Pero esta vez el más aplicado en la calistenia, sin duda era el zurdo García; un muchacho alto, delgado, de raza morena. Además oriundo de Izabal, quien con sus pintas, dominio de balón y capacidad definitoria, en el arco rival. Embelesaba a la afición presente. Su máxima aspiración, era jugar con uno de los cuatro grandes de la liga nacional. Para ello se entrenaba con ahínco, desde muy temprano. ¡Hasta el cansancio! Con la llegada de los cuatro muchachos, cambiaba su suerte.

—Yo no sé cómo les puedo pagar, por preocuparse por mí. Si no fuera por ustedes ya me hubiera regresado a mi pueblo, hasta hubiera renunciado a mis sueños.

—Nunca dejes aquello, que te hace soñar despierto. En ello debes enfocar toda tu pasión y alcanzarlo con determinación.

—Que les parece si olvidamos esas cosas y nos dedicamos a jugar.

–Me parece bien, –contestó Marco Antonio, y Adelantándoseles tomó entre sus manos el esférico y procedió a elegir a sus jugadores. Los otros parecían fascinados con la conversación iniciada solo unos momentos previos.

– ¿Cómo es qué sabes tanto del tema?

–Se debe comprender las distintas facetas por las que atraviesan, además valorar cada esfuerzo que realizan, eso es todo.

–Es comprensible, pero acaso ellas te han...

– ¿Contado sus vidas?, ¡no es necesario!, basta convivir un poco con ellas, lo demás es perceptible.

–Entiendo a la perfección, ahora viene a mi memoria un asunto. Tal vez recuerdan ustedes a Blanca Lidia.

– ¡Ah!, la novia de Ricardo.

–Sí, la parejita de la casa verde de la esquina.

–Esos que se encuentran bajo la palma que está entre la doce y trece calle.

–Exactamente, a ella me refiero.

– ¿Qué sucedió con ella? ¿Por qué tanto misterio?

– ¿Saben por qué se la pasa llorando todas las noches junto al balcón de la alameda? Sin un aparente motivo.

–La mera verdad es que nadie conoce las causas.

–No es un misterio, como lo consideran ustedes. Pues resulta que la otra noche lloraba amargamente, porque el tal Ricardo le compró un anillo de compromiso sin consultárselo y cuando su madre se enteró de la estratagema del pillo, le dio tremenda paliza y ella tuvo para pasársela toda una semana con su lloradera. Luego enfermó de gravedad su papá y la obligaron a cuidarlo de sol a sol. Después la gente, ustedes saben cómo es de malintencionada. Andaba con la bola que él caminaba con otra muchacha y desde entonces no hace sino pasársela llorando, y entre llanto y lamento grita, que nunca lo amó.

–Pobrecilla, como ha de sufrir por su gorrioncillo?

–Pero ella tuvo la culpa, pues nunca averiguó lo que le decían y ahora resulta que el buen Ricardo, siempre le fue fiel.

–Vaya pintoresca parejita...

–A propósito, ¿ya vieron cuánto público tenemos hoy?

–Bastante numeroso, un buen marco para este encuentro futbolístico.

Esta actividad deportiva, por lo general no pasaba de ser otra manera de compartir juntos. Pues se apreciaban tanto, eran tan unidos. Habían crecido bajo las mismas premisas, por lo que no tenían empacho en apoyarse. El marcador final era la prueba irrefutable, empate a dos goles. Sabiéndolo todos respetaban ese vínculo y sus posteriores ponderaciones.

3

Estaba por salir de la habitación, pero mil y una dudas lo refrenaban. Jamás se consideró un supersticioso, pero esta vez era distinto. Considerando las palabras previsoras de sus amigos, sentía el paladar amargo; la boca seca y en su epicentro un acolchonado nudo, que le quemaba el paladar. Las horas previas de la noche se las pasó ahogando bocanadas de aire tibio. El que exhalaba con gran dificultad y que luego internaba en sus pulmones... luego la agónica pesadilla sobre su lecho, le hizo tiritar friolentamente hasta el amanecer.

Contempló a través de la ventana, como el cielo se oscurecía. Como un mal presagio, repentinamente ante sus ojos. Y de nuevo un mal pensamiento se apoderó de su ser. Ya el reloj de pared estaba por marcar las 6:00 de la mañana, con una rutina cargada de tedio, de hastío, de inconformes jornaleros. Quienes tomaban el mismo rumbo de siempre, con emoción y enjundia. Alcanzando junto a sus sueños, la productividad de este pequeño país tercermundista. Tomó entre sus manos el manifiesto. Relataba en pocas palabras el cruento deceso de tres de sus grandes amigos. Asesinados dentro de un automóvil. Sería leído en la asamblea de fin de semana, exactamente en unas cuantas horas. Cuando dieran las tres de la tarde. Este fue redactado con el dolor expreso en las palabras, con la tristeza sumida en los rostros alicaídos, de los noveles estudiantes. Muchos de los cuales aún no comprendían, las verdaderas aristas del problema, y que se les venía encima.

Cuánta rabia experimentó, al leer los párrafos, dedicados en conjunto a los tres indefensos camaradas. Asesinados con saña, solo por desear un cambio y proclamarlo. Su único pecado fue idealizarlo, patentizarlo y luchar por él, aunque sin conseguirlo. Su única arma fueron sus ideas, liderando con ellas a otro grupo estudiantil. Cuyas consignas oscilaban en las máximas de la libertad, el derecho a una vida digna. Asimismo el derecho a la tierra. Un trato équido a los distintos pueblos, originales por derecho. La libre locomoción y por cada una de las cuales recibieron una considerable cantidad de balas en su frágil cuerpo. Muriendo completamente indefensos, dejando a padres y hermanos dolientes, así también a otros familiares y amigos, en luctuoso e interminable cortejo fúnebre. La lectura del manifiesto, en la asamblea vespertina, acaparaba la atención de su mente. Sin embargo antes de dicha cita, debía presentarse a las instalaciones de la Escuela Normal Central para Varones, pues no avanzaban las exigencias, ante las autoridades de turno, y la réplica de dicho accionar cobraba valiosas vidas, y caían a través del adusto plexo de la cordillera…

Salió apresurado de su casa, llevaba entre sus herramientas de trabajo una carpeta de nylon en color azul, elaborado en cueriza.

En esta guardaba todo lo relacionado a sus actividades docentes. Las diversas notas de zona de cada uno de los estudiantes, y algunos de sus trabajos ya calificados. Incluso en una división especial, una almohadilla y varios yesos para escribir en el Pizarrón. Por último y no menos importante su amadísima obra literaria. "Confesiones de una madre". Que les escenificó en sus lecturas, las diversas problemáticas de la clase obrera, en un punto lejano del hemisferio. Cerrando el estuche, salió a la calle. En donde empezó a caminar, decidido. Con rumbo a la dirección de la "gloriosa y centenaria Escuela Normal", en la zona trece. Adentro del domicilio quedaba una de sus más fieles admiradoras, su abuelita. La mujer de mayor edad en su familia, y a la vez de ser la que lo amaba con mayor intensidad, se lo hizo saber al dejarle un beso en la mejilla y decirle hasta pronto mijo.

La funesta y misteriosa calle, que aunque la había transitado en solo un par de ocasiones, le parecía familiarizarse entre sus recuerdos. El frío clima de la mañana contrastaba con su cálido interior, exaltando ahí, el fuego patrio. Repentinamente apareció en la calle aledaña, un extraño y situándose por sobre la avenida principal, le pareció un tipo de aspecto imponente, cual su mirada furtiva, retándolo.

Respiró despacio, no podría permitirse el lujo de perder la calma. Tampoco permitiría que el temor se apoderara de todo su ser y, lo convidara a perder. Lo único útil que le quedaba, su capacidad pensante. ¿Cómo iba a dejar de lado su fuerza de voluntad, para canjearla por tan extraña zozobra? Cuando incluso su familia empezaba a notar a incontables fantasmas, apostados en las esquinas tan cercanas a su morada.

La primera en notarlo, Fue Elizabeth, recién el lunes **en fecha dos** de los corrientes. Cuando a eso de las once de la mañana, un grupo de hombres enmascarados, arribaron a la colonia, la Reformita. Llegaron a bordo de una panel blanca, todos portaban armas de fuego, y luego descaradamente indagaban a numerosos transeúntes. Con intención de informarse acerca de su paradero. Intentando ganarles un poco de delantera, lo buscó donde solo ella podía encontrarlo…

–Qué bueno localizarlo antes que empiece sus actividades.

– ¡Es un verdadero milagro!, llega cinco minutos más tarde y no me encuentra, ¿pero cuénteme como esta mi madre?

–Pues ella está muy bien. Ya sabe cómo es. Por las noches le da por encomendarlo en sus oraciones al creador y con ello se tranquiliza un poco. En lo personal puedo contarle que estoy muy bien. Aunque bajé unas quince libras de peso, debido a un susto que me dieron en pleno centro cívico. Aunque no me ha preguntado por nuestro padre, quiero contarle que él se fue de nuevo a la frontera de Panamá. Y por tal razón no se percata que usted se ha marchado de casa, como el hijo pródigo. Pero hace unos días, nos contó que también ha visto a muchos hombres rondando los alrededores de nuestra amada colonia.

–Lo importante ahora es que ustedes se encuentren bien.

–Desde su partida nada es igual, yo me vi en la necesidad de buscar otro empleo, para sufragar ciertos gastos.

–Lo bueno es que a usted le gusta el trabajo.

–Recuérdese lo que nos dice mi padre, en cuanto a la

responsabilidad.

—Ese es quizá su mejor legado para nosotros. Ahora esperemos que las aguas recobren su nivel, así podré regresar pronto. Mientras tanto tendrá que ceñirse muy bien los pantalones y ser muy fuerte.

—Al menos lo estoy intentando.

— ¡Pero no llore, Elizabeth!, esto es momentáneo.

—Es que se me hace tan difícil entender, por qué lo buscan con tanta insistencia, cual si se tratase de un asesino, cuando lo único que ha hecho es darle esperanzas y sueños a la clase desfavorecida.

—De todas maneras todos moriremos tarde o temprano.

—Recuerdo que hace unos días, llegaron unos hombres desconocidos hasta el negocio y estuvieron preguntando por usted y sus demás compañeros, pero nosotras dijimos que no sabíamos nada de ustedes y lo mismo hicieron nuestros vecinos. Entre ellos don Pablo y doña Loren, su esposa, ¿los recuerda?

—Sí, ellos son gente de la que ya muy poca queda. En más de una ocasión estuve con ellos, hasta largas horas de la noche. Hablándoles de la problemática socioeconómica del país y se mostraron tan interesados en el tema.

—No cabe duda que son dos ancianos maravillosos, ¡ah!, fíjese que nuestra madre se quería venir conmigo para verlo, pero le dije que no era conveniente, y se conformó cuando le dije que era por su bienestar.

— ¡Pobrecita!, cuánto me duele verla en esa situación, pero la otra noche le dije que debía sentirse orgullosa de su hijo. Porque seguramente me van a matar, pero no será por ladrón o asesino, sino por generar un cambio para nuestros conciudadanos, legarles un mejor futuro.

—No diga eso, Marcoantonio. Nosotras no podríamos vivir sin usted.

—Lo siento mi queridísima Elizabeth, pero esto se está poniendo cada día peor. Ya no hay un solo instante en que no sintamos sombras enemigas sitiándonos arbitrariamente. Aun en los pasillos de la Tricentenaria Universidad.

—Pasos enemigos infiltrados, querrá decir. ¿Pero no dicen que la USAC es autónoma?

—En efecto, aunque no puede ser eximida de dicho flagelo.

—Y las autoridades, ¿Qué hacen por su seguridad?

—Ellas son las responsables de esta persecución. La otra noche llegó un extraño a recibir el curso de lógica. Al encararlo, empecé a sospechar que no se trataba de un estudiante san carlista y alerté de inmediato a los demás. Sin embargo fueron las muchachas las que se lucieron, investigándolo. Este al verse sorprendido, huyó de nuestra casa de estudios.

—Ahora van a tener que estar más unidos y lúcidos que nunca.

—Efectivamente, de lo contrario no podremos sobrevivir este luctuoso año.

—Le repito que no asegure eso, usted es muy inteligente y sabrá burlarlos, tan solo siga sus estrategias, y verá cómo se salva de ellos, oportunamente.

—Créame que no quise alarmarla, solo quiero que esté

preparada para lo peor.

—Pero por qué se empaña en insistir en eso.

—Digamos que a Luis y a mí, nos tienen contados los pasos.

—Entonces sigan moviéndose hacia otros derroteros.

—Es muy difícil, pues ya saben dónde nos reunimos, conocen cada una de nuestras identidades. Incluso él teme lo peor. A veces nos hemos sentado a conversar y le he dicho que no confiemos ni en nuestra propia sombra. Pero debemos seguir confiando en nuestra gente, amigos y familiares. Lastimosamente mucho me temo que no veré crecer a mis hijos.

— ¿Y por qué no se va al exilio? ya muchos de sus amigos han emigrado hacia otros países, desde cualquier lugar puede continuar la lucha, hasta recibiría el apoyo de los organismos internacionales.

—Es posible, pero no pienso abandonar a los muchachos, ellos aún deben ser guiados, además nuestro pueblo no merece este sistema que lo destruye.

—Quedarse significaría su fin, ¿acaso desea convertirse en un mártir que pronto será olvidado?

—Nosotros como movimiento trascenderemos a través de la historia, somos idealistas tanto en el ámbito político así como en el económico.

—Con mi madre, estamos orgullosas de usted. Ahora solo me resta pedirle que se cuide mucho. Además no vaya a ir por la casa, nosotras lo buscaremos.

—Bueno, entonces nos veremos pronto, Elizabeth.

— ¡Adiós, Marco Antonio!

Esperó unos instantes para verla alejarse, por sobre la calle de su eterna Infancia. Ahí donde aún gravitaban gratos recuerdos, pues ya ninguno de sus amigos la transitaba. Pero sentía el consentimiento del horizonte y la secuencial imagen de tan amada persona, blandiéndose a lo lejos. La recibió con afecto, y asimismo la despidió. Cuando sus pesares pesaban más que la gravedad terrestre, aglutinándose todo en su corazón, pesaba más que la misteriosa eternidad, por lo cual apesadumbraba cada espacio de su mente.

De nuevo se sentía abandonado, a punto de desfallecer. No era este un buen día, ayer fue mucho mejor. —Pensó— no había nuevas melodías adoptadas en el ambiente. Pero cada mañana posee su propio coro, y el ritmo acelerado con que fenece. Por ello la prisa de incontables personas, deambulando a todo lo largo de la polvorienta calle. Sin embargo algunas figuras lacónicas, parecían contagiadas por la chispa mágica de la ilusión. No era tan descabellado entonces imaginárselos felices, a pesar de la pobreza cobijándolos en sus lazas. Todos trabaja-dores servirles, a pesar de lo difícil que les era alcanzar un mejor estatus económico. Sabía empero que el hambre tiene distintas caras. La necesidad rostro de enfermo, el desaliento cara de suicidio y realizando tan encomiosos papeles los vio deambular de un extremo al otro de la calle. Cual maniquíes de un sistema, por la simple necesidad de subsistencia. Siguiendo al pie de la letra el inhóspito acontecer de la rutina. ¿Acaso era otro equivoco del destino? tal vez lo eran en proporción mínima, Sin embargo eran gente de lucha, trabajadores incansables, desde que los norteamericanos sentenciaron, "el tiempo es dinero". Desde entonces se acrecienta la pujanza, crece la demanda de trabajadores productivos y eficientes, se encrudece conflicto de clases, la lucha encarnizada por el dominio.

Eran las ocho con quince minutos, en esta fría mañana de sábado, cuando entró en las instalaciones del centro educativo. Su rostro revelaba el pesar de las amenazas que sufría. Aunque su fisonomía manifestaba una tranquilidad notable. Recostó unos instantes su cuerpo, en una de las paredes del recinto. El que por el incendio y los daños del terremoto, quedara inservible. Pero esto a las autoridades en turno, parecía importarles un comino, y aunque la lucha estaba planteada, la continuarían. Aun a expensas de las represalias, y que llegarían de inmediato…

4

Amelí, una de sus muchas admiradoras, dueña de sus suspiros y de su corazón. Hasta llegó a compartir los más íngrimos momentos a su lado, como los riesgos más peligrosos e inimaginables. Aunque era una adolescente cuando lo conoció y siendo alumna del Colegio Franklin, en el que él, impartía clases. Convirtiose por tal razón en amiga y confidente. Solía visitarlo todas las tardes cuando ya salía de sus labores. Convirtiéndose desde ese momento en una cómplice, idónea compañía desde el instante en que tuvo la dicha de conocerlo. Más nunca pasó por su mente la idea de convertirse en su compañera de hogar, aunque fue con quien compartió una parte de su vida, una época espléndida e inolvidable. Tampoco imaginó lo cerca que estaba de un aprieto, de sufrir una emboscada a su lado. A causa de los múltiples asedios en contra del hombre a quien había elegido como compañero de vicisitudes y alegrías, y para afrontar el resto de su existencia.

Ella llegó procedente de Coatepeque, hacía solo cinco años, en compañía de sus hermanas, con la intención de estudiar en la ciudad capital. Como era hija del administrador de una finca, a este le pareció descabellado el que su hija se enamorara de un simple profesor, así se expresaba de su yerno y nunca llegó a aceptarlo. Para entonces ella cursaba el ciclo de educación básica, y era admirada su belleza, por los demás jóvenes de promoción. Dándose cuenta de ello, la invitó a salir a pasear, a lo que respondió positivamente emocionada. Apenas empezaba Marco Antonio, a forjarse un sitial en el campo de la docencia.

Al principio era una relación como las demás. Cargada de pasión y afecto a granel, complementada con románticos encuentros bajo la luz lunera, pero al darse cuenta de este apego, quiso el padre de la jovencita, poner tierra de por medio. Llevándosela de regreso a una finca, localizada en Coatepeque, donde pensó que enterraría ese amor. Pero era tan fuerte e imposible de doblegar, sabiéndolo se fugó del encierro y volvió al lado de quien amaba con locura, casándose de inmediato con él, y establecieron su domicilio en la colonia Belén. En un vínculo que permanecería indemne, y de cuyo amor nació Rubén Ernesto, un encan-tador niño. A quien amaba con desenfreno.

En principio se sentía sorprendida, por el protagonismo de Marco Antonio, como dirigente sancarlista. Luego comprendió toda la importancia de su puesto, en la AEU, asimismo en la AEH, fungiendo como su actual presidente. Un servicio ad honorem por el simple deseo de servir a sus contemporáneos. De a pocos se fue acostumbrando a las constantes llamadas a su puerta, y a cualquier hora del día. Llegaban personas de todas partes, en busca de apoyo. A veces de asesoría y él como buen profesional, se las brindaba en forma gratuita. Esto se lo había aprendido a su mentor y amigo, el Doctor Zamora, valiosa y extinta vida. Por lo cual todo el protagonismo recaía en su persona, y estaba dispuesta a apoyarlo.

Acostumbrada a su nueva vida, salía en largas caminatas, acompañando al guía de una generación, pues ya no estaba él Doctor, junto a ellos para encabezarlos, tampoco algunos de los líderes de sindicatos de obreros y campesinos. Debiendo en este caso sacar a luz toda su capacidad e influencia, para continuar con la lucha. A partir de entonces ya no tuvo que preocuparse de la elaboración de las mantas, pues ella era capaz de elaborar todas las que fueran necesarias para cada manifestación. Disponiendo de un pequeño espacio en su residencia, hasta donde llegaban voluntarios a ayudarle. Sentíase en dicha función muy dichosa, feliz y realizada. Sin embargo una tarde mientras estaban por volver de un mitin, escucharon unos balazos, provenientes del lugar por donde se retiraba el máximo dirigente popular que se ha levantado en este suelo. Oliverio Castañeda de León, con quien estuvieran tan solo hacía unas horas, compartiendo el mitin del día de la Revolución, en otra masiva caminata. En la que éste, decantó a la multitud con su discurso, hilvanado en protesta contra el alto costo de la vida. En ese instante advirtió su impávido rostro, conociendo quizá que esto solo significaba, otro deplorable deceso. Encaminose presuroso y sin las mínimas medidas de seguridad personal. Cuando hacía solo unas horas que los estaban amenazando de muerte. No obstante corrió al encuentro de una noticia, trágica. Habían asesinado cobardemente al gran Oliverio Castañeda de León y no pudo quedarse a su lado, pues además de Amelí, también era acompañado en esta ocasión por su pequeño hijo.

Asimismo porque lo tenían en la mira otros sayones. Temiendo un desenlace fatal para su familia, empezó a correr acompañado de su fiel compañera.

—Que nadie toque un solo centavo de este dinero, es para la causa y debe utilizarse completo. —Decía, y ella lo escuchaba con agrado.

Estas palabras le recordaban las kermeses en el colegio, cuando tomando al estudiante más alto del grupo. Al que nombraba encargado de lo recolectado y le decía con plena certeza.

—Este dinero servirá para la reconstrucción de nuestra casa de estudios, y debe registrarse cabal, cabal...

Su honestidad inigualable y don de gente. Le hacía seguirlo fielmente, y quererlo de tal manera. Ahora quería contemplarlo de nuevo, rehusándose a cumplir la petición, y que le parecía arrebatada.

—Tendrá que salir del país, se lo ruego. Hágalo por nuestro hijo, a mí me van a matar y no quiero que les pase nada malo a ustedes.

—No diga eso por favor, acaso no ve que me destroza el corazón.

—No insistiré de nuevo, si alguna vez me amó, salga de inmediato de nuestra patria. Ya me tienen en la mira y no descansarán hasta ver finalizada su obra, por lo cual le aconsejo alejarse de mi persona, es por su bien.

—Lo pensaré, se lo prometo.

—No hay nada que pensar, acaso no ve a los que nos persiguen, vea como se esconden, tras esas casas ¿acaso cree que están jugando con nosotros?, le aseguro que no es así.

En ese instante de desesperación, tomó a su pequeño. Luego encendió la moto y en acrobática corrida, enfiló a través de la avenida Reforma, con destino a su salvación. Dos automóviles de vidrios polarizados lo seguían en peliculesca persecución. Iba manejando como todo un profesional del motocross. Siendo hijo de un experto en la conducción de tráileres. No era tan extraño que manejara con tal facilidad, logrando esta vez burlarse de los esbirros, que a toda costa lucharon por darle alcance, sin conseguirlo. Posteriormente en la antigua Facultad de Medicina, sostuvieron los estudiantes un enfrentamiento contra los antimotines. Quienes violando la autonomía san carlista, irrumpieron y con lujo de fuerza, arre-metieron contra los indefensos condiscípulos. Quienes en lucha de sobrevivencia, optaron por devolver las bombas lacrimógenas, que en forma peligrosa les lanzaban los antimotines.

Fue una jornada llena de dolor y suplicio. Afortunadamente volvieron a casa, con la seguridad de haber plantado lucha, pero con el ánimo decaído. Comprendió al fin con tantos reveses. Que esto no tenía cambio, y optó por abandonar esta patria centroamericana, llevando consigo tantos recuerdos. Dátiles momentos al lado de uno de los más grandes ideólogos que parió esta tierra morena, de la marimba y chirimía. Nunca se imaginó abandonar su tierra, pero no había vuelta atrás.

Acompañada del suplicio de la separación y con la terrible idea que no lo volvería a ver nunca más. Se despidió de páramos y avenidas nostalgiantes. Solamente llevaba consigo a su pequeño niño y una cauda de dolor, tristeza y desasosiego. Lastimosamente no podía acompañarla, conformose con verla alejarse a través de abandonados poblados, ocultos tras polvorientos senderos. De donde escapaba con el dolor de una joven madre, sabiendo que una persona tan maravillosa, caería también como víctima de este flagelante sistema. En el que les tocó nacer y sin haber logrado generar un cambio radical, enfilaba con rumbo a otra nación, donde vería crecer a su hijo, y a donde él, no podría acompañarla.

Amelí, un final inesperado a la hora de la despedida. Un adiós fraguado desde lo profundo del ser y de las cuerdas vocálicas. Una existencia maravillosa, Esperando que en la lejanía un mejor destino la aguardara.

5

Paco, recién electo Presidente de la Asociación de estudiantes. Había ofrecido a sus demás compañeros, algunos de los libros clásicos para leer en la reunión de sábado. Contaba con las obras: El Capital, de Marx. La transformación del hombre mono, de Federico Engels. La Familia y la Sociedad, asimismo Fundamentos de Filosofía Marxista Leninista. Aunque debía trabajar el día de reunión, hasta el mediodía. Iría tras concluida la jornada a casa a traer dichos libros. Los que ocultaba en una caja de madera y, la enterró en el piso del patio. Debido a que de serles descubiertas estas obras marxistas, podría esto costarle la vida.

En el boletín de la reciente Huelga de Dolores. Los miembros del honorable comité de huelga. Satirizaron algunas de sus gracias, entre otras manifestaban que solía llegar a la Universidad con calcetines morados. Esto provocaba las risa-das del grueso de estudiantes. Sin embargo tomándoselas con mesura, disfrutó de dichas bromas.

Él, vivía por ese entonces en una pequeña colonia de Villa Nueva. Era conocida con el nombre de Santa Mónica. La que contaba con pocas casas, y enfrente de esta colonia se percibían sembradíos de tomate y milpas. Había gran cantidad de terrenos baldíos y sus calles eran de terracería.

Este día sábado, iba Paco rumbo a su hogar, en busca de sus libros. Luego de su provechosa jornada laboral, cumplida en la empresa estatal, Telgua. Viajaba en su automóvil Austin mini cooper. Su trayecto desde la Calzada San Juan, hacia Villa Nueva. Lo recorrió sin ningún sobresalto. Pero a su retorno en un descenso de Villa Nueva había un retén del Ejército. Varios de sus elementos registraban dos automóviles. Imaginando que le obligarían a detener su marcha. Entonces se detuvo a escasos metros del retén. Acto seguido, descendió del carro y cruzando la calle, se compró una cajetilla de cigarrillos. Volviendo con un cigarro encendido, le ofreció uno a uno de los soldados. Con lo que empezó a conversar con este.

– ¿Qué tal está?

– ¡Bien! –Contestó secamente.

– ¿Y de dónde es?

–Soy de Zacapa, de Gualán.

– ¡Ah, mire que coincidencia! Mi piloto es de ahí, tal vez lo conoce. Se llama Gabriel Cordón.

– ¡Aaahhh! Ese es mi primo.

Ya estaban terminando de revisar el segundo automóvil. Cuando Paco, decidió regalarle a los soldados la cajetilla de cigarros. Estos ante su gesto le ordenaron continuar su marcha. Pero debido al nerviosismo no lograba encender el carro. Optando entonces por pedirles un empujoncito y estos con gusto lo apoyaron, con lo cual inició la retirada. Con Marco Antonio, se

209

conocían desde el inicio de gobierno del actual Presidente de la república. Laugerud García. Solían reunirse con otros líderes estudiantiles. A veces en las instalaciones de la AEU, en otras ocasiones en la Casa del Estudiante. Algunos de estos pertenecían a los cuadros superiores, otros como en su caso a los cuadros intermedios y la gran mayoría a las bases. Admiraba a los líderes superiores, esto merced a su excelencia. Entre estos se contaba uno de los Luises, además en gran Oliverio Castañeda y, Felipe. Ellos asistían a las reuniones en la AEH, a veces las presidía el ilustre, Maco Blans. Esta tarde ya estaban presentes los luises, también los Rolandos, los Macos, los Tonos. Incluso algunas damas entre quienes se contaba, la conchita, Suly, Gloria, Iduvina, también Aracely. Por último el negro, el tico y Marco Antonio Urizar. La sede lucía confortable, con un amueblado de sala y la mesita de ping pong, asimismo el área de estudio. Al iniciar la reunión se escuchaba con emoción la consigna, "Hasta la victoria, siempre". Además de reiterarse que el motivo principal de las reuniones consistía en lograr la trasformación de la Facultad de Humanidades. Y que esta se dedicara a la academia e investigación. Ya que todos anhelaban lo que una vez promulgó Juan José Arévalo. Que en su seno surgieran los grandes intelectuales. Para transformar la educación de Guatemala. Esto a su vez contribuiría a alcanzar una sociedad más justa y democrática. Las reuniones duraban por lo regular un par de horas, las que realizaban en la Universidad y, las que realizaban en alguna casa por lo genera toda la noche.

A veces se dirigían con rumbo a sus hogares, pero otras veces iban al restaurante, El Chino pobre, donde además de escuchar canciones de tríos, aprovechaban para tomarse unos tragos. Lo cual realizaron este inolvidable día, como vestían de forma prudente no tuvieron ningún incidente y volvían a sus hogares a eso de las veintidós horas.

Sin embargo para Paco iniciaba también la terrible penalidad... su propia tragedia. Por tanto, los últimos escalones, los de la partida. Húmedos y fríos cual ninguno, guardaron con celo inconfesable sus últimos sollozos, y su silencio irremediable, el imprevisto de un adiós. Un sonido filantrópico se desparramó a cuentagotas de su interior.

Era invierno, era mayo, eran soledades taciturnas, al encuentro del amor. Por debajo del encono de la felicidad furtiva, viajaba rumbo a otros derroteros, como la felicidad furtiva, escapaba hacia nuevas primaveras, a la conquista de otras encrucijadas... Recostó un instante su lozana figura, con cuya imagen contenida en el reparo del tiempo, intentaba despejar esas míseras lágrimas, recurrentes y frías. Luego un cigarrillo entre manos, y en el piso del enorme graderío una nota flagrante glamorosa, en cuyas letras finales decía, "A la memoria de un amor perdido". Con deploro descendió otros dos escalones, y en el suelo del anfiteatro, unas gotas transparentes que colaban el reparo de su dolor. Como los grisáceos y finales escalones ante sus ojos, y tras su rauda partida, adicionó un suicidio más, el de la tarde...

Tras él, fue quedando atrás la sombreada estampa del litoral, y de una época, tocando su final. Eso pareció a Paco Márquez. El eclipse de una vida secándose lentamente a la luz de la verdad. Un nombre perdido; una evocación y su historia, hurgando el pasado. Cuando el lugar elegido para encontrar albergue, estaba situado a miles de kilómetros de distancia, y debe emigrar, para no volver jamás a este suelo guatemalteco. La distancia propiciada desde el entorno materno, a su destino, lo alejaba estivamente de lo que tanto amaba. De ese hogar en el cual creció, y donde además tuvo la oportunidad de forjarse como todo protagonista. Ente trascendente en una cuna carente de referentes. Innovador de la nueva historia de su pueblo, más ya no vería en sus padres, aquel rostro efusivo, connotando felicidad absoluta. Como solía hacerlo en el pasado, ante la puntada del éxito, de una hazaña consumada.

Alcance significativo, uno más en su laureada carrera, pero ellos no lo podrían contemplar en ese sitial de honor; atrás quedaban con sus melancolías y alicaídas fisonomías. Igual sucedía con sus amigos, muchos de ellos caídos en el campo desigual de batalla. Tratándose de noveles estudiantes, e idealistas. Lamentablemente muchos de ellos fueron víctimas de balas traicioneras, y no podría vengar la afrenta.

Ahora era él. Paco. Quien marchaba como otros tantos hacia el destierro, lejos de una patria que amaba con todas sus fuerzas y a la que a la distancia. Más ahora en el anonimato iba ocultándose cuanto le era necesario. Esconder cada una de sus características físicas, y salía buscando una oportunidad para no caer en las manos del enemigo. Ese noctámbulo escorpión de tenazas afiladas y protegido por el país más sanguinario del mundo. El imperio del siglo veinte, cuyo vigor les obliga a iniciar guerras constantes y cacerías de brujas.

Todo esto y mucho más conocía él, muy a pesar de su edad incipiente. Demasiado sabía, y desde lo alto lo contemplaba todo, con ojos de asombro. Por momentos con una templada frustración, viéndolo alejarse de este encono y que tanto amaba. Con una languidez furtiva en todo su sistema óseo. Más propia de quien está ante el umbral de la otra vida. Cuando apenas pasaba la vera y su mundo decadente cerraba otro ciclo ante sus ojos... Deseó consolara su alma juvenil. Aunque por toda respuesta continuara inmóvil, observándolo todo desde el mirador, al amparo del inmarcesible infinito. Desde donde a la distancia, le dijo adiós. Como lo hizo con otros desterrados. Apagando ante sus ojos, incontables recuerdos y lacerantes momentos de angustia y desazón.

Contempló con desazón un horizonte distado y desconocido enfrente, pero allí intentaría olvidar sus angustias; sobrevivir para alcanzar otra era, la de la igualdad. Ella, su compañera de muchas encrucijadas, le suplicó abandonar las filas de valientes y así podría acompañarlo al destierro. Pero una vez más lo encontró determinado, a caer en el campo de honor. Desfallecer ante el umbral de los sacrificios, cuando la guerra parecía perderse. Y tras esta los más insignes pensadores guatemaltecos...

Este día como otros, se levantó muy temprano y de inmediato inició su recorrido a través de la periferia. Nada de lo visto en las comunidades, parecía alentarle, zozobrando consigo incólumes proyectos. Eran cerca de las ocho treinta minutos de la mañana, ante un cielo pernicioso y silente. Sobrecogido por la insostenible condición del obrero. Explotado por su simple condición, considerado incluso como mano de obra barata. Era necesario continuar, incluso la lucha de los dignos representantes de las clases desposeídas. Y de aquellos que como él, sacaban el pecho ante las balas asesinas. A pesar de las recomendaciones de quienes los amaban, y llevaban su única consigna en el alma. Su ideal en la mente y un cambio en esta desigual patria.

Incontables amigos de la causa perdían la vida en desigual guerra, a con-signa de voluntad, inquebrantable como el tiempo. Todo por simple necesidad de legarles un mejor futuro a los hijos de esta sufrida patria. A una se la jugaron todos, como en la ruleta rusa y no la contaron. Sobre sus historias recapitulaba.

En días como este, difíciles y oclusivos. Aun guardaba el recuerdo de sus amigos caídos, en el cumplimiento del deber, entre quienes contaba a sus más cercanos colaboradores. A quienes sabía que no volvería a ver y quizás como lo hicieran en el pasado. Seguramente esta vez ellos le hacían tiempo en el túnel, para continuar juntos el viaje hacia el más allá. El solo pensamiento lo estremecía. La necesidad de ofrendar todos a una la vida, siendo unos grandes intelectuales, excelsos pensadores y no obtener a cambio siquiera una leve mejora, ni siquiera la más débil señal de un cambio, al menos un equilibrio social que inclinara un poco la balanza. Por todo ello le seguía pareciendo una lucha desigual, infructuosa. Pero no escaparía de este compromiso en favor de miles de compatriotas. Quienes merecían ser salvados de estas personas inhumanas, destruye falanges y troza ilusiones, como las suyas. Jamás se le vio corriendo contra el tiempo, debido en gran medida a su impecable organización y excelente disciplina, todo lo cual le ganó a partir de los últimos años, la bien ganada fama de su puntualidad, algo tan extraño por estos lares.

Ya estaba por salir del encono urbano, contempló por espacio breve su alicaída imagen, reflejada a través de un oscuro vidrio, evidenciando las cuantiosas penas, que embargaban todo su ser.

En este instante tan solo deseaba un poco de paz, aunque sea solo una

pizca de tranquilidad y que adolecía su ser, desde un tiempo atrás. Apenas sobrepasaba los veinte años de edad, pero sentía haber alcanzado la madurez en pleno. Sentíase por lo tanto un triunfador. En ello afincó sus encauses, disfrutando por lo tanto de una envidiable felicidad, pues supo que esta no se compra con dinero, ni con la posición social, sino a través del desarrollo profesional y personal, realizar todo lo que a uno le agrada.

Extrañamente un mal presentimiento le impedía, manifestarlo a plenitud y que ya no cabía en su pecho. Empero la convicción fidedigna, impéretra compa-ñera, encausante de sus ideales. Haciéndole arribar con ellas a puerto seguro. Hasta donde no llegaría el temor, la desconfianza, y la traición. Estampas noctámbulas del cobarde, del doblesentidista.

Ahora debía marchar al ostracismo, pero volvería. Incluso sabía que en el exilio elevaría su bandera, y con el apoyo de personas afines a su causa, alzaría a otros jóvenes con ideales y sentimientos patrios. Para hegemonizar a las clases pobres en el sitial que les corresponde, llevarlos como en alas hacia el progreso y la igualdad económica. Marco Antonio lo despidió, deseándole lo mejor y reconociendo en él a uno de sus mejores amigos y a quien extrañaría, pero comprendía su decisión y lo apoyaba íntegramente. Evitar no es cobardía, le enseñaron sus mentores. Al decirle adiós, pensó que seguramente debía emularlo, era preferible si quería sobrevivir. Aunque luego recordó que su manera de concluir este proyecto, lo determinó desde el inicio.

– ¡Hasta la muerte! Por ello no podría exiliarse en ningún destino. Porque seguramente alguien más emularía su ejemplo…

6

Los cambios de fachada en el exterior de las casas, era lo único diferente en la barriada. A pesar del tiempo transcurrido desde la tragedia. Esta que hizo que todos los guatemaltecos, se unieran como pocas veces, en la historia recién-te. Hubo de ocurrir un siniestro para despertar el patriotismo y la unidad del pueblo; luego del estruendoso terremoto, que sacudió los cimientos de la tierra, hasta socavar las sencillas construcciones de paja y adobe, destruyéndolas de golpe. Rápidamente en su lugar, fueron emergiendo, cual desplegadas luciérnagas. Incontable cantidad de champas, dispuestas por sobre despejados campos de futbol y áreas de menor riesgo. La desolación era aterrorizante, decayó tras el aluvión que las socavó. Dispuestas en su lugar, incontable cantidad de carpas.

Las víctimas del siniestro se contaban a miles. La ayuda ofrecida a los sobrevivientes en muchos de los casos jamás llegó a su destino. Empero un grupo de personas de buen corazón y nobles sentimientos, se organizó para prestar auxilio a las víctimas del siniestro. Las brigadas de rescate recorrían las áreas afectadas y comunidades caídas. La desolación alcanzó a personas de distintos estratos sociales. Siendo en su mayoría los de la clase baja, quienes más sufrían el siniestro, ellos también pertenecían a la misma, y se presentaban de voluntarios en las tareas de rescate.

Entre estos se contaba el distinguido profesor, Marco Antonio Urizar. Egresado de la Escuela Normal Central para Varones. Su iniciativa y decisión fue determinante. Luego del terrible epicentro, salió a socorrer, a cuanta persona necesitaba auxilio. Uno de los municipios mayormente destruidos, fue San Martín Jilotepeque. Quedando soterrada la ciudad y anegadas sus calles de terracería. Solo dos casas permanecieron de pie, todo lo demás era desolador. Tan solo el grupo de socorristas revestía vida. Marco Antonio y sus estudiantes, participaron en escombrar durante varios días, los cadáveres y restos de las mortales víctimas. Localizando: Brazos, piernas, manos, torsos, y demás partes de restos humanos. Dicha perspectiva le causaba dolor y pesadumbre. Incluso viendo a los sobrevivientes, dormir en galerones: sin alimento, ni agua, y la muerte acechándolos como ave de rapiña. Aletargados cuerpos al solaz de la distancia misma.

A su retorno decidió buscar listados de estudiantes de la Facultad de Humanidades, con el propósito de visitarlos uno por uno. Encontrándose a uno de estos, en muy malas condiciones. Inmediatamente se lo llevó a un lugar más seguro, donde le proporcionaron alimentos y cobija. Esta fue solo una de las muchas muestras de su don de gente, de su humanitarismo, y por lo que fue muy admirado y amado por los suyos, así como por sus amigos y estudiantes, quienes acostumbrados a sus amenas charlas, a sus palabras de motivación para con cada uno de ellos, e incluso a sus dotes de artista, con su guitarra bajo el brazo y su sonora voz, entonando canciones de libertad, amor y vida...

Varios años transcurrieron desde dicho desastre natural, y por entonces aun demarcaban nula mejoría en toda la república. Notándose a la distancia una urbe populosa, con algunas calles de terracería, pequeñas arboledas, situadas a todo lo largo y ancho de la periferia.

Algunas aves de rapiña sobrevolaban el horizonte, ajenas al sueño de la cotidianidad, exasperante. Convertida de nuevo en causa, efecto y fin de una generación X, la de su rango.

Esta mañana, un grupo de trabajadores pasaron muy cerca del domicilio, marcado con el número 20-62, en el plexo de la colonia Reformita. Sus grotescas risas amalgamaban el tedio, de una jornada laboral ya conclusa. Desfilaban enjundiosos a través de cuantiosas calles, polvorientas. Encaminándose desde la zona industrial de la Aguilar Batres, hacia el centro histórico, en busca de diversión. El sueño y tedio del grupo, le hizo pensar en la frustrante situación, de la cual era tan difícil desprenderse. Pues era como una envolvente caparazón, como una camisa de fuerza, y a la que estaban empezando a acostumbrarse. Soñar despierto, era tan bueno como obviar la nostalgia del pasado y fugarse de la realidad. En cuya somnolencia era más fácil, visualizar un porvenir lleno de felicidad.

Por todo ello los vio pasar a su lado, sin grandes expectativas. Se trataba de un reducido grupo, cuyas edades oscilaban entre los veinte y veintiocho años de edad. Todos parecían encajar perfectamente en el modelo económico del país.

Algunos con mediáticas expectativas, pero sin proyecciones. Lo que a su vez se convertía en una conformidad mezquina. Viéndolos de soslayo, se alejó en plano contrario a ellos. Pero luego de sopesarlo decidió platicar con ellos.

La charla solo duró unos minutos, sin conseguir hacer hincapié sus palabras, en su cerrado conformismo. Silenciosamente, con la mirada perdida y su ilusión desgajada. Su corazón seguía palpitando a más de setenta y su quimera rota, estrellada en el brumoso horizonte. Sus cansinos pasos, eran pulso y réplica de un reloj de arena, matando segundo a segundo las etéreas horas del día. Así se alejó, deprisa por el sendero. Este, que tantas veces divisó, con ojos de eterno enamorado. Pero esta vez iba como un ave en solitario, y cual flecha lanzada al espacio. Un blanco distado, difuminándose mortalmente. Vestía una camisa manga larga a cuadros, cuyos colores cafés con blanco, hacían conjunto con el pantalón de lona en color negro, un par de tenis, una pañoleta atada al cuello, a la usanza. El pelo lacio un poco largo por debajo de los hombros. Su rostro de varoniles líneas; el mentón cuadrado, la nariz pequeña. Sus ojos cafés miel con miradas dominantes. El timbre de voz grave, propia de un prominente profesor y gran líder, todo lo que ya era. Por ello se alejaba de prisa, sin más arma que sus idea-les. Sus deseos por cumplirse, tremolantes en el ansia de lucha y sus discursos, los propios de un humanista. Del comprometido con la gente pobre, que lo convertía en su mentor y guía. Entre los de tristes días de infortunados seres humanos. Por tanto, junto a un selecto grupo de líderes, intentaban cambiarle la cara de niña ultrajada a su tierra nativa, esta patria centroamericana. Con ideas nuevas y socialistas, encausando al pueblo a pelear por sus derechos. En un año en que el número de intelectuales asesinados… ¡Sobre pasaba el límite de la tolerancia! Jamás imaginó convertirse en caudillo de otra nueva revolución. Pero el destino lo situaba ahí, a unos pasos. Frente a los desposeídos, asalariados, y un grupo de estudiantes normalistas. En días como este se preguntaba, ¿por qué las sociedades son tan desiguales? ¿Por qué la riqueza está mal distribuida en este pequeño país? Algunas respuestas cubrían su hipotálamo, y de nuevo el enojo se apoderaba de su ser. Forjando estrategias para rescatar el honor y valor de su gente.

Esta como otras tantas veces, debió dejar el resguardo de su queridísimo barrio, alejarse en solitario por la polvorienta calle, de la casa en donde creció. Ahí donde encontró a un buen grupo de amigos: Entre quienes se contaba; Enrique, Fernando, Nicho, Luis, Rolando, Antonio, Ruth, Virgilio, y Rebeca, de quienes no pudo despedirse. Presuroso abordó sobre la Aguilar Batres, un autobús con destino a la terminal, dejando a su paso un letargo nostálgico, y la ausencia de la tranquilidad relativa. En el encause de cuantiosas esquinas, en donde por las noches solía reunirse con sus amigos.

Al alejarse de este rincón amado, no quiso volver la mirada a la búsqueda del hogar perdido. Al reencuentro de emblemáticas estadías, diseminadas todas por los años: Por la edad, por la fuga de la vida, y por amenazas de muerte, como era su caso. Cuando ya sus penas eran superiores a su afamada y bien ponderada personalidad, y a cualquier resquicio de dominio propio. No quedaba lágrima alguna en sus ojos, para llorar a sus amigos. A sus colegas, caídos en el campo de batalla. Cuyos crucifijos ejemplificaban, la determinación que como hombres libres, tomaron a favor de la muchedumbre. Pero sus voces fueron acalladas en el fragor de la reyerta.

Esto recaló otra vez, en cada convergencia al lado de sus entrañables compañeros. Con quienes compartió intensas jornadas de dialogo; discusión y adhesiones. ¿Cómo iba a olvidarse de todos ellos? Visionaron con sus ideales, un grupo de asociaciones sindicales, y estudiantiles. Llegando a ser parte aguas de una generación, perdida. En cuya somnolencia parecía el tiempo avasallar, castigándolos. Su rebeldía injustificable, era tan solo una etapa de su existencia. Contracara al imperialismo un mínimo estrato poblacional. Del entorno mundial, selecto grupo de jóvenes vitales a su generación, hombres leales a una causa. Todos bajo el mismo encuadre y cuyas particularidades asociadas. Les hacía avanzar como uno solo. Cuando en realidad se trataba de incontables caudillos...

El Doctor, hombre prominente de ciencia. Solía recibirlos una vez a la semana, en la enorme sala de su domicilio. Una preciosa casa, con estilo de mansión, en sus doce ambientes y algo más. Está estaba ubicada en la zona nueve de la ciudad capital. Allí analizaban algunos temas de actualidad, disfrutaban el placer y confort, de una acogedora y moderna urbe. Casi un paraíso de ensueño al que ninguno de ellos aspiraba, al menos no con sus empleos actuales, de los que devengaban un salario muy bajo.

Siendo las 8:00 de la mañana, se presentó, Marco Antonio, al referido domicilio. El entusiasmo particular, era parte de su carta de presentación, y de la cual daba grandes muestras, en cada reunión.

Era esta, la época de los afamados hipis. Toda una época en que la juventud y la libertad; eran su forma de vida. Estando anegados bajo un sistema dominante, y fue su manera de revelarse contra el mismo. Tiempo en que el socialismo emergía como todo un sistema. Un contra peso, contra lo establecido. Aun contra lo dogmático y encumbraba por lo tanto nuevos enfoques en la búsqueda de igualdad. Marco Antonio, lo sabía, asimismo conocía las medidas a tomar para cambiar este paradigma, todos los de su generación dominaban a conciencia el tema y apostaban su vida a favor del cambio. En búsqueda de subsanar, el entorno social de la época. Admirando entre otros muchos, al Che Guevara. Todo un paladín de levantamiento, un ejemplo a seguir, insigne ícono de multitudes. El hijo pródigo de Latinoamérica, a quien intentaba emular en su lucha, entrega y pasión. Sin embargo la historia de su pueblo, estaba cimentada sobre un altar de sangre y fuego, desde épocas precolombinas. Desde la conquista misma, y luego con la colonia fundada por los españoles. Él, siempre lo supo. Conocía a profundidad el tema y nadie osaba contradecirlo. Fue su alimento y pan de cada día. Lector incansable, observador constante de los desmanes y abusos de poder de los gobernantes. En una cadena que empezaba a rondar cinco centurias. Pesada cadena tan imposible fragmentarla,... ¡Cuántas generaciones patinando en su patíbulo! Sin distar una leve mejora. Un país ultra derechista, excluso del socialismo por conveniencia y minado por la ideología conservadora, privilegiada inextremis.

–No es de extrañarse. –Pensó– el Doctor al saludarlo. Habiendo sido por excelencia, la puntualidad una de sus áreas fuertes, y premisa de su buena disposición. Esta vez no tocarían el tema del socialismo, ahora le correspondería el turno al insigne big bang, grandioso tema del universo.

Media hora después llegó Ferny, considerándose su llegada como puntual, conociendo de sobra, el Doctor, a sus pupilos, intuyó que los otros tardarían un poco en llegar. Optando por invitar a sus dos visitantes a degustar las delicias del clima, tan propiciante y delicioso. Bajo la sombra de un pino, en donde se acomodaron en espera de los demás. Quienes arribaron enseguida, cuando parecía el cielo blandir, sobre su seno un grupo de nubes grisáceas entristecidas. Al fin estaban presentes todos los invitados, dando inicio al debate. Que como de costumbre era presentado, dirigido y a la vez desglosado por tan connotado galeno. Escuchando sus más escuetas enseñanzas, disfrutaban sus puntos de vista, expresados con suma naturalidad y sencillez. La atención en pleno de los discípulos, mientras su disertante esgrimía desde diversos enfoques, el apasionante mundo celeste.

Todos se veían optimistas al ciento por uno, la única preocupación hasta el momento. Consistía en la seguridad del grupo y para lo cual tomaban las más diversas precauciones:

Caminar de frente al circular de los vehículos, nunca solo y por las mismas calles, evitando así toda rutina, cambiar constantemente de casa domiciliar, estar en movimiento permanente. Y como este era el primer año de algunos de los jóvenes en la tricentenaria Carolingia. Concertaban acerca de extrañas sombras persiguiéndolos, a través de sus dispersares y bagajes. Por ello usaban bigotes hábilmente fabricados, sombreros y hasta pelucas. En su desplazarse entre pasillos y corredores. Aunque solamente estudiaban el segundo semestre de las más diversas carreras: Derecho, Psicología, Pedagogía e Ingeniería. Pero coincidían todos en el área común, en donde encausaron un uniforme criterio, en base a los cuestionamientos. De un mundo cada vez más globalizado y que requería personas polivalentes. Enrique Arias, era sin duda el más callado del grupo, pero era el primero en blandir la bandera, izarla a los cuatro vientos y salir en defensa de los ideales más notorios. El primero en decir presente en cuantiosas y memorables manifestaciones, e indiscutiblemente era tan leal al grupo. Indivisos encomios lo secundaban, los demás poseían rasgos innatos de liderazgo, pero sabían reservar dicho sitial para Marco Antonio, su guía.

Este desde Pequeño, supo cuáles eran las penalidades de su gente, demostrándoles un criterio y madurez, tan impropio de un adolescente de tan corta edad, empero lo poseía, sobradamente. Lo cual lo elevaba por sobre los demás y a la vez confirmaba que estaba hecho para realizar grandes hazañas. Ferny casi por lo general, era uno de los que tomaba la palabra con frecuencia, y en un encause de ideas parecía divagar continuamente, en busca de equilibrio. Su colega Paco, se veía reflexivo, pidiéndoles a los reunidos un poco de mesura, evitar las agresiones. Mantener la compostura, para ayudar a todos los que sin duda, les necesitaban.

Marco Antonio en esta reunión, hizo entrega de un manifiesto. El cual fue leído en un espacio especial de la actividad. Arrancando consignas de lucha, ante la arremetida de las fuerzas armadas. Y su cauda de violencia, contrarrestando con violencia innecesaria, todas las actividades sindicales... Una vez más se recomendó la prudencia necesaria, en cada decisión a partir de este día.

–La situación política de nuestra patria, se ha vuelto insostenible. Sé que vienen años en que no veremos salir el sol sobre nuestros rostros, y añoraremos la dichosa paz. Pero continuaremos al frente, aun a expensas de nuestra vida.

– ¡Gracias por tus palabras, Paco! Ciertamente debemos caminar con sumo cuidado. Y por sobre todo, velaremos por mantener encendida la llama de esta quimera, es nuestro compromiso y noble empresa. Lo saben ustedes muy bien.

–Ese es mi máximo anhelo, Marco Antonio. Vos lo sabes bien.

–Lo sé, y así será, te lo prometo. –Dijo, su amigo de varios años, además un hombre de confianza. Con quien podría planear nuevas cruzadas, a favor de las clases desposeídas. A las que pertenecían y por quienes estaban determinados a ofrendar la existencia. Lo despidió, con cierta melancolía en el alma. Sabiendo que dichos adalides estaban en un callejón sin salida, acorralados cual fieras. Cuando su único delito era, desear lo mejor a su gente. Patentizar su lucha en contra de la desigualdad existente en la sociedad guatemalteca y que se ampliaba aún más con los actuales acontecimientos políticos.

Entró de nuevo a la zona seis, y de pronto una extraña sensación refrenaba su avance. Sin duda alguna este lugar parecía recibirlo con beneplácito y complicidad. Sería a partir de este momento, un confortable albergue. Un familiar cobijo y abrigo a sus interminables y rutinarios días.

7

Émile, la hermosa muchachita de ojos acicalados de un tenue y enverdecido tamiz, en cuyas miradas efímeras y vivaces, encontraba tinos y emociones muy recurrentes, mientras la veía bamboleante a través de la calle, sutil estampa de cara al horizonte, con su gracia característica... paseando encantadora en una parte de la vida en que importa un ápice el final, incluso el principio de las cosas y sus nombres. Una edad primaveral cuando los botones de las rosas saben a encanto y dulce miel, cuando el hechizo de la febrilidad se pasea inquietando las hormonas. Aunque su recato permee por sobre sus propios intereses y deseos, más recurrentes. Estivando la vida al placer del momento y su inocente devenir. Así era ella, formada en un hogar con espiritualidad católica, gardenia y estampa de un florido jardín, donde gráciles avecillas acróbatas, iluminaban cada nuevo despertar, Entre la percusión celeste y su ideal de mundo pacífico. En que empezaba a descorrer la iluminación diurna, toda la cotidianidad excesiva de ilusiones plañideras. Con el encanto de una ficticia estampa, parapetada ante el umbral de la curiosidad juvenil. Tras esa cortina en la que de pronto se convertía en libélula alada, buscando tras el horizonte furtivo nuevos encauces y vida. Hermosa doncella de miradas lúcidas y refinadas, engalanando su edad febril. Ante cuyos escamoteantes bamboleos corpóreos, el universo parecía declinar su incesante despliegue, infringiéndole a su apariencia la gracia y el encanto de la edad jovial, la inocencia característica de encanto a granel, estampada sobre su rostro de gardenia...

Más fueron superiores las ganas de volar al encauce de nuevos senderos, a experimentar, conocer y quebrantar lo establecido. A dominar las leyes superiores y revelarse contra el sistema. En una época en que la liberación femenina exigía mujeres de carácter indómito, capaces de alzar la mano a consigna de sus ideales. Su lucha desigual contra los detractores. El desasosiego femenil estaba patentizado en una especie de rebeldía y ella quería ser partícipe, aun con su edad primigenia. Paseaba respirando el aire con gracia puritana de la edad primaveral. Y cuyo enfoque femenil le daba un tinte especial a su existencia, y cada vez que la veía pasar junto a su domicilio, con una emoción poco usual, y que encubría entre sus pensamientos matinales. Aunque le convidaban iniciar cada jornada con la mezcla de inusitados sentimientos, contrapuestos a su sobresaliente existencia.

¿Cómo se podía explicar ese misterio? Evitarla irremediablemente, cuando aún intentaba sobrellevar la carga emocional de haberla conocido, buscándola como a la luz del astro diurno. Por lo que ya no le era imposible imaginar ese lindo rostro de arqueadas cejas muy bien maquilladas, junto a esos ojazos de aceitunado color, acentuándose sobre los bosques, cual las numísticas miradas de una virtual compañera, a las que rehuía;

cuando sin esforzarse mucho, tropezaban los suyos en ellas y sin razón aparente le temblaba todo el cuerpo. La estructura ósea a pulso de involuntario sismo. Como los que sacudían con suma frecuencia las capas tectónicas del país. Estas a punto del desplome, lo cual sería al fin una hermosa realidad, una alborada esperada por todos.

Esta como todas las mañanas, acostumbraba saludar grupalmente a la lejanía, al compás de sus pasos. El ladrido de algún perro acompañaba sus voces, que se iban apagando en la distancia, como una serenata montaraz y de percusión febril. Tras su trajinar quedaba un grupo de casas, todas con la misma característica física, imágenes de viviendas de un mismo diseño, como un desfile surgían estas enmarañando el horizonte. Poseyendo su amado mundo de verbi-gracia fraterna, de ilusión plañidera, y de igualdad por sobre todas las unidades. Como las mañanas efusivas dueñas de pictóricos coloridos y de la existencia milenaria y sutil, en la que se despierta de a pocos, precedido de unos suntuosos y maravillosos senderos. Pero olvidarla ya no le era posible, había conseguido hasta el momento evitarla, incluso contra su voluntad. Apartarse oportuno, aunque su corazón lo enviaba en busca del abismo de Cupido.

Sin embargo en los días recién pasados, resistía sus embestidas y se mantenía pendulante. Cuando el sentimiento hacia ella, no tenía puntos de medición. Lamentablemente llegó a su vida, demasiado tarde, cuando esta pendía de un hilo, cuando el cuándo de siempre parecía una rutina, una asfixiante sombra, y cuya peligrosidad era tan evidente. Evitarse los placeres habituales, ceñirse de mártir por sobre sus fastidiosas carestías. Mientras el conocer a alguien muy especial, una constante. Como lo era continuar su camino con la gélida brisa de compañía, y sin nadie más. Repentinamente el gorjeo de las avecillas, o el vaivén del viento. En el encono de una vida angustiante, como lo eran ahora sus pensamientos. Ese temor al cuando tocarán a la puerta para herirlo de muerte, o en su defecto derribarían con violencia. El muro perimetral que lo protegía del peor de los enemigos. Esa sencilla y humilde pared que lo aislaba por épocas del mundo, absorbiéndolo entre lapsos profundos y entre las páginas de incontables libros.

No, ya no tenía tiempo para pensar en ella, a pesar de sus lindos labios. Muy a pesar de su dulce voz y de ese mentón esculpido en su lindo rostro y que alguna vez tuvo entre sus manos, en una caricia fraterna y límpida como la mañana del doce de febrero, esbozando plétoras emociones sobre el suelo guatemalteco. Varias veces recaló en su nombre, en sus dieciocho primaveras. Razón suficiente para ser ella toda una nube de ilusiones plañideras, encono de sensualidad divagando por toda su fisonomía. Por dicha causa, lo que por ella sentía, seguía siendo un punto y aparte. Ya no podía ser ni siquiera su amigo, era necesario protegerla, incluso por su propia seguridad. Pero ella vería todos sus proyectos realizados, valoraría su ideología y se sentiría tan orgullosa de haberlo conocido. Podría contemplar desde su torre de marfil, el arribo de una nueva alborada. Esos tintes belicosos suyos cargados de idealizaciones y consignas patrias. Convertirse en bengalas y pirotecnias propias de un festín socialista, una victoria con la cual soñara como los grandes precursores de la revolución, antes.

Seguramente él, ya no lo vería. Pues sus días parecían contarse uno por uno en el calendario de pared. Tal vez lo verían algunos amigos, los que pudiesen sobrevivir a la cacería de brujas. Lanzado por el gobierno, en contra de los grupos organizados de izquierda. Posiblemente lo departirían las futuras generaciones, en esta mal amada patria. En esta sufrida tierra, donde casi nada es definitivo; y en que a veces las cosas solo transmutan empaque, pero siguen siendo lo mismo. En el entorno de la benévola madre y cuyos caníbales hijos desangran sus entrañas. Un país, en el que en breves épocas se suscitan injustificables cambios, con el propósito de frenar el progreso de la población menos favorecida, estos promovidos por un grupo minoritario de peso. Cómo negarlo si ellos tienen hegemonía, cómo ocultarlo si poseen su propia ideología. Completamente opuesta a la que tomó como suya, por tanto el abismo entre clases es cada vez más imposible de subsanar.

Lo meditó hasta el cansancio, concluyendo que solo algunas poquedades tienen probabilidades de ser mejoradas, en medio de una realidad apabullante. Se aproximaba el cambio de mando en el gobierno y era evidente que de unas ensangrentadas manos pasaría quizá a otras peores. Las insignes y rapaces fieras con cuyas mascaradas ocultan el rostro bestial. Dueños de un sistema desgastado y despótico, ondeando a los cuatro vientos. En medio de dicho entorno le tocó crecer, bajo el imperioso dominio de los gobiernos militares, pero fue irreprochablemente educado por sus padres, a quienes amaba y respetaba. También les debía su forma de ser, pensar y actuar, habiéndole heredado además ese carácter afable de la madre, de pronto fuerte, pero tan idóneo para el liderazgo que ejercía con beneplácito. Pensó en ella un momento, cuando la mañana presurosa rehuía de su epicentro meridional, recaló en sus lágrimas continuas, comprometida con su papel de protectora y a quien debía el haberse convertido en todo un profesional.

De pronto era Émile del Valle, el encause de una lucha perdida, olvidarla no podía, despedirse lo intentó al menos, alejándose de ella todo lo necesario, mientras sus palabras rebotaban sobre el frío litoral de la indiferencia. Tal vez merecía un poco más que un seco abrazo, aunque este fuese tan brevísimo y cargado de nostálgicas contemplaciones, su adiós era como una condena agolpándose en su pecho y estando a una distancia prudencial, volvía a percibir su rica fragancia, cuando se regaba de a pocos en el ambiente. Como un repique de campanas acariciando sus sienes, el frágil tintineo de las horas en desgaste del tiempo, los innumerables momentos en su compañía, donde sería como la neblina posándose sobre la ciudad, luego de la calurosa tarde, o seria como una estrellada noche, con su calidez de trópico, acariciando el entorno de los grillos, con su melódica voz.

Seguramente aún podría ser la más encantadora del planeta. La dimensión y resplandor de un cielo despejado, anunciando someramente la llegada de una templada estación, propiciando bajo la aurora, su calidez a granel. Mientras que alrededor suyo, solo algunos negocios abrían sus puertas al público.

Esto debido a la ola de violencia y terror, desatada durante las últimas setenta y dos horas, sobre el territorio nacional. La guerra interna seguía cobrando víctimas, de parte de un bando y del otro, pero la mayoría pertenecía al seno de la población más humilde.

8

Eran contadas las ocasiones en que llegó a su barriada, y se sintió como ahora tan desolado y triste, tan ligado con el pasado. Con el recuento de otra época y sus sombras pasajeras, sobre ese mismo recinto familiar. Pero nada ahí dispuesto le pareció amigable, muy a pesar de su ubicación, situada en pleno núcleo de la zona doce, a través de vastas planicies y pródigos ambientes, donde recreó el encono de rumbos y sus silos naturales. Volvía, esgrimiendo su corazón pletóricas emociones, sus motivos eran más que sobrados, aunque diferentes a la última ocasión que traspoló sus umbrales. Pues esta vez entró a través de la séptima, contemplando lánguidamente cada entorno y figura, así como las diversas sombras y tonalidades, recostadas todas en el plexo de la barriada. Suspiraba emocionada y feliz, aunque una visión repentina por sobre la calle principal, eclipsó sus vivencias previas.

Desde allí los vio deambular calle abajo, como aquellas mañanas previas, y algunas tardes, en que lo hacían al retorno de sus intensas jornadas de trabajo. Algunos de estos eran antiguos compañeros de juventud, transitaban la vida, en busca de mejores oportunidades laborales. Con la consigna de establecerse por encima de sus actuales expectativas, imperceptibles ante el sistema de gobierno, el de los mil ofrecimientos y ninguna solución a mediano y/o corto plazo. Enajenación cualitativa y deteriorada imagen de la política actual.

...Volvían a repicar ante la cortina incólume del tiempo. Aquellas exhalaciones inconclusas; perennes arribos al sendero de la eternidad. Al que emergían con sigilosa emotividad. Adueñándose de pequeños extractos de tierra. Para procrear ahí la semilla vernácula de la existencia, enmarañados en el fangoso corazón de la natura. Desde donde abrían de marchar a la victoria.

Ya las voces de los altos dirigentes sindicales. Recorrían a pie de mirada, las altas montañas y cerros. Donde el temblor de las armas de fuego y su estruendo, trituraba las raíces de las piedras y de los árboles. Alcanzando luego los cuerpos mortales de insignes ciudadanos, hasta recalar en lo más profundo de sus huesos. Cuyo tuétano arrancado por míseras balas, asesinas. Hería el corazón de las serranías, bañadas de preclaros manantiales. Donde sus voces carga-das de intenso patriotismo, y sus débiles figuras el deploro de la época mortal que les tocó vivir. Belleza indeleble de la natura, tornándose pronto en cementerios clandestinos. En tétricos portavoces de una verdad encubierta al mundo. La deplorable eliminación étnica, de seres humanos contra sus congéneres. Entre silentes sierras, rodeadas de verdes enredaderas. De árboles imponentes y fragantes. A cuyos pies las pequeñas piedras, parecen acicalar con sus raíces, lo más plañidero y febril de una estación. Que luego desaparece con sus silos, a punta de acerada hacha. Colapsando ante la bestialidad, continúa del hombre, defendiendo su poder, su despotismo.

¡Cuánta frustración desencadenada! Se notaba en sus rostros y en las palabras de sus labios. El desenlace era evidente, la desesperación no era una alternativa, tampoco quedarse de brazos cruzados. Cada uno lo sabía e interpretaba a su manera. Estaban determinados a unirse como un solo bloque y desde el fondo de los ideales, izar la bandera de igualdad y justicia. El asta de la libertad, en honor de la patria. De una clase subyugada, a la que pertenecían. El cambio de esta realidad, no era solo para beneficio propio, sino un encause social. Comprendían que el precio a pagar, era inconmensurable. Sería una titánica lucha de poder y alcances jamás imaginados. La guerra encarnizada en contra del dominio imperante en todas las esferas de esta desgastada sociedad guatemalteca. Siendo tan común en estos ciudadanos, el temor a no ser reconocido. A ser olvidado muy pronto, a no dejar huella, como no la dejaron las generaciones anteriores. Millones de personas desfilando sobre el esqueleto de una constituida república. Añorando cambios que algún orfebre del pensamiento, delimitó, para este esquematizado terruño. Pero cuyas acciones en procura de cambios y mejoras, no se hicieron patentes, bajo ninguna forma y de ninguna manera...

¿Por qué esperar cambios, cuando sé es incapaz de propiciarlos? Y quienes se atrevieron a revelarse contra los opresores, en época de la revolución, no la contaron. La patria llora a sus mártires, caídos en el campo del honor. Cuyos cuerpos lacerados, son el claro ejemplo, de lucha desigual. Cayeron para no levantarse más, rodeando el vetusto rostro de esta milenaria madre. Víctimas del conflicto interno, arrebatadas del seno de familias humildes y pobres. Sus restos mortales, quedan internos en los vértices de la cordillera, en espera de ser algún día, dignificados. El paso del enajenado tiempo, borra la sabia de sus esculpidas figuras, convirtiendo todo en maraña invetera. Ellos, contraparte de una clase social cargada de lujos y prosperidad, a quienes se les repartió este paraíso.

El encono de tierras vírgenes y fértiles, ahora propiedad de palustres terratenientes, adueñándose además de otros enseres naturales. Esto les confirió el poder para hegemonizar por sobre los demás conciudadanos. A quienes doblegaron inmisericordemente, a pesar de tratarse de sus propios hermanos... Por ello se unían esta vez, en un solo conjunto, como su equipo de futbol. La magia del etéreo destino, tocándolos en forma uniforme. Así como los acariciaba la noche, y esta presurosa los absorbió en su lecho, bañándolos de inquietudes misteriosas. Socializando con nuevos camaradas, llegados desde otros confines, pero todos con beneplácito, conmutativamente...

Fueron cediendo con sigilosa precaución las alejadas voces. En el medio de un vecindario, soñoliento. Cansados moradores en procura de descanso, cuando ya solo quedaban algunas someras ideas en el tintero, trasladadas para el futuro inmediato. Íngrimas intenciones y pequeños propósitos. Agregándole otras vivencias y recuerdos atrapados en el reparo del universo. La lucha recién comenzaba y no darían su brazo a torcer, necesitaban por lo tanto ser más estratégicos, en cada decisión. De momento veían marchar a uno de sus grandes líderes, hacia el anonimato, le despedían conocedores del peligro que corría su vida, y del aporte a la causa de su parte. Intrincadas secuelas y añoranzas para el amigo que se alejaba; sin emoción alguna, lloroso y descorazonado hacia su destierro, a pesar de sus años mozos. Mientras quienes le secundaban el adiós, aun consternados sopesaban las pérdidas humanas y concluían que esta tarea sublimada, por la que valientemente lucharon, ya no tenía remedio. No obstante si la derrota tiene dos frentes, la venderían cara. El dolor apoderándose individual y colectivamente de ellos, parecían de pronto los descuajados ramales de una conífera, destrozada por copioso invierno. Verlos de esta manera, trajo a su mente las reminiscencias de aquella era. Antiquísima estación preclara, ante las mañanas oclusivas, devastadas ante el milenario espacio. Ahí estaba Marco Antonio, junto a sus valientes camaradas.

Eran un pequeño pero respetado grupo, afín, con idénticos valores y principios. Ellos no siendo ajenos al contexto guatemalteco, a los decadentes imprevistos, en la taxativa candalerización del futuro. Los percibió con temor a la adversidad acechante, y que sumida sobre sus ajetreadas figuras, los parecía conducir directo al averno. Los contempló osadamente, mientras desviaba la mirada en busca de su casa, ubicada en la veinte avenida y diecinueve calle, con número de habitación, veinte guión sesenta y dos. Sin embargo le parecía estar en otra realidad distinta a la suya. Abrió sus ojos cuanto le fue posible, pero no consiguió ver las galanteadas casitas, en que sus amigas transfiguraban con sueños e ilusiones, la época más espléndida del ser humano, sobre suelo patrio. Años de pletórica inocencia, permeando por entre sus inquietas hormonas.

Ya no percibió el antiquísimo color crema en su fachada, tampoco el portón de madera y cuyas hojas sobrepuestas apolilladas, recubrían con elegancia la pubertad e intimidades de adolescencia. Ahí encontraba cada encono natural, paterno-materno. Aquel hermoso patio, su corredor, y en el fondo la cocina junto al comedor. Así como la pila en la que solía lavar los trastes en uso. Desde ahí le era fácil contar el tiempo y sentirse importante. Marco Antonio, parecía pensativo, esta mañana sin embargo contuvo el entrecejo para preguntarle algunas cotidianidades y experiencias laborales.

—¿Cómo le va en su trabajo, Elizabeth?

—Me está yendo muy bien, no me puedo quejar.

—A mí me parece que le gusta que la exploten esos miserables empresarios de la dieciocho calle.

—Pagan bajos salarios, pero ese ingreso me permite cubrir mis gastos.

—Dado la difícil situación del país, así como del asalariado, ¡comprendo!.

—Además ya estoy acostumbrada a eso y me gusta mi trabajo.

—Qué bueno, es importante sentirse uno bien con su faena diaria, Es parte de la superación personal.

—¿Y a usted cómo le va con sus alumnos? ¿Ya se acostumbró a las dificultades que le ocasiona ese recinto en mal estado?

—Bastante bien, son unos buenos muchachos, pero

lamento las dificultades que se nos presentan para educarlos, con el edificio en mal estado.

–Sí, pero siguen realizando marchas para que les mejoren las instalaciones. Eso es muy positivo, tarde o temprano lograrán sus objetivos.

–Es nuestra casa de estudios, debe contar por consiguiente con los implementos necesarios, ¡imagínese, tratándose de la casa formadora de maestros!, Y hablando de comodidades, usted debe comprarse una casa, es preferible para no andar posando en casa ajena y sufriendo oprobios. El carro vendrá después, sé lo comento, solo confíe. Aunque debe trabajar con tesón para lograrlo, los balcones se los regalaré yo, pero haga lo posible.

¡Cuántas emociones bregaban por su mente!, eran como el caudal de un torrente inagotable, aproximándose hasta sus huesos, y mientras él, le platicaba animadamente, asomó al domicilio uno de sus amigos, el de más confianza, quien vestía una camisa de vestir y de marca, en color blanco, con su pantalón de vestir del mismo color. Resaltando así el blanco de su piel y su estatura media, sus zapatos bien lustrados. Arribó desde la colonia Centro América, en la zona siete.

Los contempló mientras entraban al comedor, ahí conversaron varias horas. No solía importunarlos, pero inocentemente pensaba. -"Ya viene este a quitarle el tiempo" Acaso no sabe de los múltiples compromisos que mi hermano tiene en todos los ámbitos.

Unos minutos después los vio salir. Enfilaban esta vez a la Universidad, en donde Marco Antonio, se formaba académicamente. Pero su amigo no era quien podría asegurar su postura académica, cuando aún se negaba a tomar una carrera universitaria. En ocasiones conversaba con él, acerca de sus preferencias deportivas, fut bol, básquet y la natación, también de su inclinación por el equipo futbolístico de la USAC, al que apoyaba. Y decía febrilmente, que el futbol era un medio de comunicación en las sociedades, hermanando a los jugadores rivales, aficiones, inclusive a los países vecinos. Compartía algunas chamuscas en la cuadra, con los niños de los alrededores. Con quienes mostraba sus habilidades de buen goleador.

—Vamos a la chamusca, ¿quieren acompañarnos?. —Les decía, emocionado. Al solo divisarlos a través de las columnas de los domicilios, al cabo de unos minutos el grupo de cinco a seis niños, se alistaba para el juego. Entonces sacaba su balón, y jugaban persiguiéndolo a lo largo de la polvorienta calle. Así lo encontró esa mañana una de sus muchas amigas. Aprovechó para conversar un momento con él, mientras avanzaban calle abajo, ella se dirigía a su centro de labores.

— ¡Hola Marco Antonio! ¿Cómo estás?

— ¡Muy bien, Lupita! ¿Y tú?

—Bastante bien, Pero contame, ¿cómo está Elizabeth?

-Está bien, gracias por preguntar por ella.

-Es que hace días que no la veo. Pero quisiera que me lo dijeras tú, es que dicen que conseguiste un empleo y ahora abandonarás algunas actividades.

—Efectivamente, lo conseguí. Pero será para las vacaciones de fin de año. Aunque no pienso abandonar al grupo.

– ¿Y cómo harás para cumplir con ambos compromisos?

–No lo sé con exactitud, pero todavía falta bastante tiempo para eso.

–Me parece una sabia decisión, ¿y de qué se trata el empleo?

–Voy a trabajar en un estudio fotográfico. Empezaré como ayudante de revelado y en poco tiempo, sabré todo lo concerniente al oficio.

– ¡Cuánto me alegro! ¿Pero quién atenderá la tienda?

–Mi madre, va a ser auxiliada por mi hermana, creo que estará bien.

–No lo dudo, ¿pero cómo pasaron deprisa esos años de nuestra infancia?

–Fueron tiempos inmemorables, ¡cómo olvidarlos!

–La verdad es que no me quejo. La pasamos bien…

–Fíjate que una vez fuimos con tu hermano, a la casa de mi abuelita. Ella tenía un negocio de bebidas, allá en la zona seis. Desde que tengo uso de razón, ya ella vivía sola. Pues sus hijos se casaron y buscaron su propio destino. Por ello le tocaba lidiar sola con el negocio… Ese día recuerdo que no ajustábamos ni para un litro y como me quería demasiado confió en que yo depositaría en la caja el dinero de la bebida. Entonces para convencerla hice mucho ruido con las monedas mientras le decía "aquí está el dinero" ella me sonrió cariñosa. Poco tiempo después le confesé todo, aunque parecía un poco molesta conmigo, pasados unos días me perdonó.

– ¿Sí que tienes tu historia?

—Incluso el famoso pancho, bebió gratuitamente aquella vez.

—Tú tienes una madre ejemplar, Marco Antonio.

—Lo sé, en ese sentido me siento afortunado, ha sido un gran apoyo en mi vida, pero tampoco te puedes quejar de los tuyos.

—De ninguna manera, ellos han sido maravillosos. Imagínate que siguen juntos a pesar de las encrucijadas de la vida y del mal carácter de ambos. A veces discuten hasta el cansancio, intentando imponerse el uno al otro y viceversa.

—Pero a pesar de todas sus diferencias, saben demostrarse cuánto se aman, además se cuidan mutuamente, y su afecto sigue siendo igual, al del inicio de la relación. Por otra parte, quiero decirte que a ti, no te pasará nada malo, puedes quedarte tranquila.

—Conozco los riesgos que estamos corriendo, muy a pesar de ello. Voy a continuar apoyando la causa.

—Sin duda que eres una mujer de cuantiosa valía, y sabes cuánto te admiro.

—Lo sé, amigo mío; y es recíproco el sentimiento…

— ¡Y por lo visto eres de una modestia sin igual!...

—Jajaja, lo dije en broma. Siempre es importante reír, si no existe un motivo, reírse de uno mismo.

—Me parece muy bien, hacerlo. ¿Entonces paso por ti a las ocho?

—Estaré esperándote, por favor sé puntual.

—Lo seré, no te preocupes...

Se alejó deprisa, sintiendo como la normalidad de sus signos vitales, le devolvían la tranquilidad. En el afán de perseguir incansablemente los sueños. De alcanzar cada uno de los proyectos establecidos para este año. A través de lejanos entornos, por donde palpitara un corazón latino.

Adentro del recinto doña Luisa, indagaba a la adolescente. Aunque nunca consideró una explicación por parte de su hija, como otra obligatoriedad en su casa, empero prefería hacerlo ella, pues su esposo volvía más tarde al hogar, con un genio de los mil demonios y no era conveniente su intromisión en el caso. Además veía los quehaceres sociales de los muchachos, con malos ojos. Considerándolos una amenaza para el vecindario, cuando él conocía apenas muy poco de su gente.

–Nada bueno van a conseguir con su actitud. –Decía, doña Luisa.

–Bueno está bien, usted gana esta vez. –Dijo– un poco desconcertada.

–Hace unos días quedamos con los muchachos de ir a un repasito, ¿entiende usted a lo que me refiero?

–Comprendo perfectamente a lo que te referís.

Doña Luisa. Aunque parecía conformarse con la explicación, sin embargo su curiosidad parecía ir más allá de lo lógico. Nunca en sus años de vida conoció a niños adolescentes, como los amigos de su hija. Con una conciencia social, a prueba de fuego. Siempre determinados a ir contra el sistema de las elites, por ello también era una admiradora de su pequeña Rebeca. Aunque esperaba de corazón, que el cambio se diera por azar del destino y no a través de la lucha, a la que estaban llamados los jóvenes.

–Lo que aun no entiendo es su intromisión en mis

decisiones.

—Es por tu bien, nunca actuamos así para afectarte.

—Si bien te parece exagerada nuestra actitud. Lo hacemos pensando en tu superación. Tanto profesional, como laboral. ¡Pero eso sí! jamás nos imaginamos verte convertida en toda una revolucionaria.

—No se preocupe por mí, yo sé lo que hago. Aunque ustedes con mi padre, más parece que nunca fueron jóvenes. Tal vez nunca les interesó, lo que le pasa a nuestra gente. ¿Qué pasó con la generación de la guerra? A la que ambos pertenecen, ¿dónde quedaron sus ideales?

—No volvamos al pasado, hija. No es conveniente. Ya demasiado hemos sufrido esas etapas, ahora veamos al futuro.

—Allá ustedes, no los voy a juzgar, y tampoco les puedo recriminar.

—Existen muchas maneras de rebelarse en contra de un mal sistema, sobrevivir es una de ellas, trabajar a brazo partido lo es también, imagino que no puede ser la de ustedes la única manera.

—Libertad, bajo un cielo benévolo, en donde la dicha, habrá de alimentar a cada una de las especies. Donde todos a su vez, podamos preservar el orden o la continuidad. Esos como que son sueños irrealizables, utopías. En lo personal prefiero la lucha, pues estos se quedan en el papel y nada habrá de cambiar.

—Durante mucho tiempo han generado cambios.

—Las palabras sin acción, tan solo son palabras. ¡Usted lo sabe muy bien!

—Nunca he negado su veracidad, tampoco justifico el accionar mío o el de tu papá; sin embargo el asegurarnos una vida digna para ti, a base de esfuerzo.

—Los tiene, estoy segura. Pero luchar a favor de las clases desposeídas, lo tiene aún mayor. Además lo hago consiente de mi parte como mujer activista.

—Lo cual tiene su mérito, pero no dudes que también sus riesgos.

—Eso lo sé, y no me provoca ningún recato, pero si a ustedes no les parece, entonces pensaré más en serio lo de marcharme.

—Lo cual sería un absurdo, una necedad algo tan propio de la ignorancia, no puedo apoyarte en esta decisión y vos lo sabes.

—Entonces según usted ¿cuál sería una sabia decisión?

—Graduarte a nivel universitario, y que logres un buen empleo. Inclusive hasta te puedes casar y criar a tus hijos.

—Alcanzar mis sueños y vivir inmensamente feliz por el resto de mi existencia. ¡Si, cómo no!

—Entonces ahí dejémoslo, por el momento…bien sabes que detesto las discusiones, además hasta este momento no he interferido nunca en tus decisiones, es más hasta puedo asegurar que te he apoyado en todos tus caprichos, pero apoyarte en estas tus manías, eso no te lo puedo asegurar.

Ella comprendía y valoraba las palabras de su progenitora, sin embargo la decisión estaba tomada y no la revocaría. No podría ir contra sus principios, cuando ellos, sus padres eran los responsables de haberla formado de esta manera.

9

–Sabes Elizabeth, que Marco Antonio, se ha convertido en un líder extraordinario, y conferencista de primera línea. Hace solo unos días me lo encontré disertando acerca de nuestra violada soberanía, en una actividad extracurricular en el aula magna. Créeme que en mi mente, jamás pasó la idea de verlo disertar frente a un público tan numeroso, diverso y selecto. Pero ahí estaba él con una postura académica, envidiable. Su temple era el que siempre le conocimos y admiramos, su voz estaba a la altura de las circunstancias, y esa elegancia con la que se plantó en el escenario, así como la forma como se expresó, te juro que no la pude olvidar jamás. Su connotación era elocuente, y me impresionó su acervo al desarrollar la temática, de la que recuerdo lo siguiente:

– *"El hombre y la mujer de este siglo, se encuentran frente a un gran desafío. Tienen en sus manos un compromiso patrio, no solo consigo mismos, sino con sus hijos. Además es mayor para con las futuras generaciones. Este sin lugar a dudas es el reto más importante del que se tiene memoria. Por lo cual debe ser tomado con dignidad y honorabilidad. Pues como recordarán los países poderosos han pisoteado nuestra soberanía, al punto de apoderarse de nuestro territorio, esto sin llegar a importarles a las autoridades de turno, hasta se habla que Belice cuando ya ni nos pertenece. ¿Cómo vamos a permitir semejante arbitrariedad, sin tomar cartas en el asunto? Antes fueron los ingleses, luego los norteamericanos. ¿Quién sabe quiénes serán los próximos? Esto sin demeritar el avance en el campo de la tecnología, por parte de los países poderosos, lo que origina un mayor armamentismo nuclear. Por si esto fuera poco ingresan cuanto les place a nuestro territorio, lo peor es que nuestras autoridades no se dan ni por enteradas. Afortunadamente somos dueños de nuestro propio destino. Además podemos enfilarlo hacia donde nos plazca, pero para lograr un buen cometido, debemos prepararnos académica y profesionalmente, solo de esta forma lograremos guiar esta nave hacia puerto seguro. Es una consigna válida, y los insto a que lean todo lo que puedan, recuerden que un libro es un gran aliado. También lo que leen nadie se los puede quitar. Ese será su legado, tangible para nuestras futuras generaciones…*

–Los aplausos no se hicieron esperar, sin embargo se veía tan tranquilo.

–Marco Antonio, siempre fue así, te lo aseguro…inclusive desde que era apenas un adolescente.

Contempló de nuevo la distancia. La cual veía reposada sobre un marco especial en que sus adormitados ojos. Encontraban toda una especie de misterios. Diseminados cual fantasmas en esos oscuros colores, fusionándose con la estancia. Avanzó deprisa, sabiendo que se adentraban endebles, a los dominios del león. Empero de frente, en las esquinas promiscuas del dominante, en donde sentíanse fáciles víctimas de la represión. Entonces empezaron a caminar con sumo cuidado, el no tenerlo significaba caer en sus garras y salir de sus dominios esquilmado. Por dicha causa venían, él hacia un flanco y su compañero al contrario, antes de acceder a la siguiente calle.

El silencio exasperante le causaba un gran pesar, era como si todo estuviese dispuesto de esa manera, para afectar el desenvolvimiento normal de los acontecimientos. Llegaron por fin a la mansión, en el preciso instante en que el galeno salía, debía atender una emergencia familiar y con el tiempo limitado, se despidió de los dos muchachos, con el afecto y cariño de siempre. Sus pupilos comprendían, y escuchando sus palabras se limitaron a hacerle tiempo.

–Pasen a la sala, ahí estarán más cómodos…De momento les informo que un asunto de suma importancia se me ha presentado. Trataré de estar de vuelta cuanto antes, pero no se vayan a preocupar por mí. Solo háganme tiempo que ya estaré de vuelta. Pero entren, adentro en la casa van a estar más seguros, pues ya ven cuanto peligro se descubre en las calles. No debemos descuidar nuestra seguridad personal.

A pesar de la recomendación del Doctor, quien se alejaba deprisa por la calleja de soledad asfixiante, tres de los muchachos entraron al domicilio, mientras el otro prefirió caminar por una misteriosa avenida, en donde buscaba cuantiosas respuestas a sus múltiples enigmas, el valor de la existencia, de las múltiples facetas de esta sociedad, tan suya e impropia. Los sábados por la mañana era tan común encontrarse este tipo de escenarios, de alguna manera el quehacer de las personas variaba. Ellos lo sabían, por ello, caminaba calle abajo, acompañado por el latir incesante del corazón. Todo lo demás carecía de gracia y movimiento, era como una plástica invariable, en un mundo cada vez más rutinario.

Por fin logró descansar sus sentidos del tedio y de la asfixiante realidad que lo perturbara, sabiéndose solo en la enorme casa, se acomodó placenteramente. Repentinamente escuchó los sigilosos pasos de alguien, entrando por la puerta principal, agilizó su percepción auditiva y visual; encontrándose repentinamente con una delicada imagen, parecida al rostro de una pintura de alto relieve, se limpió los ojos con asombro e incredulidad. Por ello abrió de nuevo los ojos muy despacio, a fuerza de voluntad. Encontrándose en el acto frente a una adolescente, quien lo contemplaba con asombro. Esta creyéndose sola, pues jamás se imaginó encontrar a nadie en el recinto, y se limitó a saludarlo. Esbozando una sonrisa de a millón.

– ¡Buenos días!

– ¡Muy buenos días!, disculpe estoy esperando al Doctor Zamora.

–En ese caso querrá decir a mi padre.

–Ah, ¿es usted hija del Doctor?, encantado de conocerla.

–Aja, ¿y usted es amigo de mi padre?

–Sí, somos buenos amigos. Compartimos el mismo pensamiento, y los ideales.

–Entonces usted es otro de los soñadores, que quieren cambiar el mundo.

–Digamos que esta realidad que nos afecta.

–Lo siento por usted, seguramente también va a morir engañado.

—No lo creo, ofrendar la vida por una causa justa tiene su mérito, aunque seguramente nadie me lo agradezca.

—Mi padre también tiene ese criterio y dice que no lo cambiaría por nada del mundo. Yo preferiría que lo hiciera, pues en este país caen esquilmados los valientes y se levantan a miles los cobardes.

—Siéntase orgullosa de ser su hija, hombres como él los hay contados.

—Mi madre lo admira, yo en lo personal admiro su don de gente. Sin embargo no entiendo o no comparto sus planteamientos, ¿usted comprende?

Guardaron silencio ante el retorno del Doctor. Se notaba en los ojos de este, el afecto entrañable que sentía por su pequeña hija, al dirigir su trémula voz hacia sus pupilos:

—Bueno, ahora acompáñenme a la sala, Así damos inicio a nuestro conversatorio y perdonen la demora. Estamos inmersos en un cataclismo sin fondo, y quien sabe si salgamos del mismo, lo haremos de alguna manera, estoy seguro.

—Enseguida, Doctor.

—En ese caso pasen por acá, distinguidos camaradas.

—Gracias por el cumplido.

—No lo dije con ánimo de barbearlos, pues espero que continúen los estudios.

—Por supuesto que lo haremos, de ello puede estar seguro.

—Es lo mejor y ustedes la harán, lo sé.

—Hoy evadiré los protocolos, no hablaremos de música, ni de bellas artes. Tampoco les puedo pedir que rían, en un momento en el cual el socialismo tiembla en el mundo. Se los dije en su momento y se los vuelvo a repetir. Este compromiso patrio nos puede costar la vida. No me sorprende ni preocupa, cuando un militante sale al exilio. Tampoco se les puede reprochar tal decisión, porque de alguna forma cada uno de nosotros se la juega, aunque en desigualdad de condiciones. Nuestra causa es justa y vale la pena ofrendar la vida por ella, yo ya viví lo suficiente, pero ustedes apenas empiezan a vivir. Ni siquiera saben lo que es amar a una mujer con intensidad y disfrutar cada instante junto a ella. Incluso desconocen la provechosa compañía de los hijos. Si ustedes al igual que los demás militantes deciden renunciar hoy, háganlo sin dudarlo y si por el contra-rio continuar al frente. Deben hacerlo con gallardía y enjundia. Sin importar las consecuencias.

—Usted sabe de qué manera inyectarnos el ánimo.

—Ha sido un excelente guía, por ello nos sentimos congratulados.

—Es mi deber, caso contrario no me hubiera comprometido. Porque como dice mi abuelo, —"Las cosas hay que hacerlas de la mejor manera o mejor ni se hacen".

—Comparto ese punto de vista, ahora díganos, ¿qué debemos hacer?, usted debe darnos la pauta, pues ya no tenemos alternativas.

—De momento seguiremos las tácticas pertinentes, pero no vamos a pegar el grito al cielo, pues sería nuestra ruina y lo demás seguirá realizándose según lo estipulado en la agenda.

—Entonces a levantar el ánimo compañeros. No podemos

darnos el lujo de mantener un perfil bajo, cuando las mismas entrañas de la patria, lloran sangre.

–Efectivamente, si nosotros hicimos este compromiso con nuestra gente. Es porque aun albergamos la ilusión de un mejor futuro para nuestros hijos, y además por soñar con una patria diferente a la actual. Una en donde la justicia sea preponderante y el derecho a la propiedad, una realidad para las personas de zonas marginales, en que se pueda vivir sin temer el alto costo de la vida.

–Estamos en consenso con estas ideas. Al menos en mi caso, me considero en lo correcto. –Dijo, Marco Antonio, sin titubeos. Por vez primera en varios días, se atrevía a declararse a favor de las personas marginadas. Esto por el temor que le causaban los acontecimientos en su devenir, por un lado recapitulaba las palabras de doña Flora Elena, y en cierto modo parecía comprenderla.

–No mijo, ya no se desviva por esas personas, créame que cuando lo vean bien jodido, ni se lo van agradecer, ¡Ya se acordará de mis palabras!

¿Cómo iba a olvidarlas?, cuando cada una de estas golpeaba su espíritu, doblegaban su voluntad y le hacían temblar de rodillas. Temiendo que cuando dan una sentencia los padres, el cien por ciento de las veces, aciertan. Esto le hacía temer exageradamente, haciéndole reflexionar.

QUINTA PARTE

V

1

Él, lo sabía, siempre lo supo. Pero no podía traicionar sus ideales, hacerlo equivalía a traicionarse a sí mismo. Más aun a esta bella patria de sus amores. Aunque no pasaban las cuarenta y ocho horas desde que le advirtieron:

–Tenes que abandonar el país o de lo contrario te van a matar... se limitó a sonreír a quien le informaba. Demostrando una calma inigualable y que se reflejaba en su semblante, siendo propulsor de un cambio radical en el sistema, continuador de un grupo de ideólogos, cuando varios de estos, sus amigos y colaboradores más cercanos, habían caído por las balas enemigas. Habiendo sido asesinados cobardemente, otros salieron al exilio, e innumerables estudiantes, líderes sindicales y obreros, se encontraban desaparecidos.

Amanecía muy lentamente, empezando a descorrer el astro matutino toda la bruma recostada sobre su rostro boreal. Por ello se levantó deprisa, las céntricas calles de la zona seis lucían, intransitadas. Caminaba despacio sobre la acera, pensando en cuanto proyecto alimentaba su mente. La mañana estaba muy fresca, pareciéndole ideal para ejercitarse. De dicha cuenta inició la rutina, la de otras veces. Alcanzando ya sus piernas la velocidad de cuarenta kilómetros por hora, pero solo recorrió unos cuántos.

Luego desaceleró, quedándose en una leve caminata, está la realizó por espacio de cuarenta minutos, agregando luego unos estiramientos de manos y elongación de los músculos abdominales, sobre la plancha de una banqueta. Por último arqueó los brazos en postura de relajación. Sintiendo el aire fresco de las montañas subyacentes, inundando sus pulmones.

Estaba ya muy cerca de la Universidad, sin embargo no entró en ella, prefirió quedarse unos momentos por sobre el anillo periférico. En que unas minúsculas avecillas dispuestas sobre los ramales de enverdecidos cipreses, Tintineaban cual campanillas sus gorjeos, ocasionando pacíficos donaires a su alma. Todo lo demás carecía de vida y movimiento...

Repentinamente escuchó unos pasos entre la seca hierba, un ruido meticuloso que invadió ambos hemisferios de su cerebro. Tembló todo el contorno de su anatomía. El sistema nervioso se le alteró en su totalidad, saltándole la sien izquierda de forma descontrolada. Su corazón bombeaba la sangre a una velocidad excesiva. Volvió el rostro hacia donde provenían lo pasos. Su mente circundó las extensas latitudes del espacio infinito, hasta desconcertarlo. Un temor inesperado se apoderó de su raciocinio y los miembros inferiores no obedecían a la orden del cerebro. Frenó de golpe la marcha, entonces recapituló las palabras de varios de sus amigos.

—Ya localizaron los lugares que frecuentas, y de un

momento a otro te querrán asestar el golpe traicionero, mejor salí del país.

Pensó de nuevo en sus queridos padres, en su hermana Elizabeth, en su esposa y en su pequeño hijo. También recordó a sus pequeños sobrinos: Zuly y Erwin. Pero debido a la ola de violencia que sacudía los puntos cardinales de la patria, temía sobremanera que no los volvería a ver. Era su preocupación, súbita-mente escuchó una voz femenina llamándolo.

—Marco Antonio, ¿a dónde vas con tanta prisa?

—¡Ah!, es usted, ¿Elizabeth?

—Claro que soy yo. ¿Quién se imaginó que podría ser?

—No lo sé con exactitud, pero me imaginé que me perseguían.

—Entonces tenga mucho cuidado.

—Lo tendré, ahora dígame a qué se debe el honor de su grata compañía.

—Vine porque estaba muy preocupada por usted, además para recalcarle que si conoce cuál es la salida y desea tomarla, que yo voy a ayudarle. Usted sabe que puede contar con nosotras.

—A decir verdad, le estoy muy agradecido por el ofrecimiento, pero también quiero decirle que no voy a escapar a mi compromiso. Además ya las aguas están por volver a su cauce normal.

—Yo no lo vislumbro de esa manera, pero haya usted.

—Digamos que seguiré de frente.

—Está bien, usted sabe lo que hace. Aunque me permito informarle que ayer estuve por la universidad y me impresionó enterarme por una amiga, que los escuadrones de la muerte, infiltraron a varios de sus elementos, en búsqueda de los líderes estudiantiles.

–Estoy plenamente informado al respecto, no se preocupe. Pero trate de hablar más quedo, recuerde que las paredes tienen oídos.

–Lo sé, por esa causa debemos ser muy precavidos en cada determinación y a cada paso, ya que nuestros peores enemigos están infiltrados en nuestras filas y es difícil identificarlos, pero seremos precavidos.

–Extremadamente, hoy más que nunca, además debe aconsejar a sus amigos que traten de salir del país lo antes posible, pues de lo contrario correrán con la peor de las suertes se lo aseguro

–Lo sé, créame que lo sé….

Culminó la charla tan amena y se despidió de ella, al estar tan cerca del domicilio, donde pasó los momentos más agradables y emotivos de su corta vida. Algunos amigos transitaban por sus calles, luego algunas vivencias volvían a permear el entorno de su memoria. En el entorche de esas calles por las que nunca más volvería a caminar.

2

Adentro del domicilio, Marco Antonio sentíase tan apesarado y por lo tanto inconsolable. Desde hacía un par de horas, se había encontrado en un dilema junto a su progenitora, recordaba perfectamente el motivo que le ocasionó tales diferencias con ella. No esperaba que ella comprendiera de manera literal todas sus palabras, tampoco que abalara sus idealismos. Tal vez esperaba que ella comprendiera su estado de ánimo, como era una constante, sobre todo cuando esta mañana escuchara en el noticiero informativo, la deplorable noticia. En ella daban cuenta del asesinato de tres de sus amigos, estos fueron localizados dentro de un carro Volkswagen, en las inmediaciones de la zona 16, en condiciones inhumanas, todos presentaban torturas en diferentes partes del cuerpo, así como múltiples heridas de bala. Además una manta que decía "Así morirán todos los seguidores del Partido del Trabajo" Habían cumplido sus amenazas, lo cual le hizo temer que la cacería iniciada por grupos afines al sistema, había comenzado. Las palabras apocalípticas de algunos integrantes del movimiento revolucionario, empezaban a concretarse. Ese constante, ¿quién será el próximo? ¿A quién enterraremos después?, ya que no había día de Dios en que en que no velaran o enterraran a un compañero, caído en batalla. Entonces, ¿cómo no se iba a sentir decepcionado?, pues sentía esas inevitables palabras, rebotar en los dos hemisferios de su cerebro:

— ¡Madre acaban de matar a tres de mis compañeros!

—Mijo, pídale a Dios por ellos.

— ¿Cuál Dios?, ¿cuál Dios?

— ¡Usted me comprende!

—Está viendo lo que le están haciendo a mis compañeros.

—Es cierto mijo, pero no remedia nada poniéndose de esa manera...

Cerró un momento sus ojos, su respiración agitada, le hizo sacudirse con desesperación, debido a sus problemas asmáticos, y al evocar constantemente los problemas de su gente.

Para Marco Antonio, la muerte, no era más que enfrentarse a sus antiguos miedos y caer en cumplimiento del deber. Enfrentar con valentía, al infranqueable destino que parecía estar esperándolo detrás de la oscura y fulminante cortina, en la que ya no estaba ninguno de los que lo guiaron, y para quienes fue como todo un referente. Un digno representante de los hombres que nacieron libres como el viento, amantes de la libertad y de sus seres queridos. Cuya lucha es sinónimo de grandes proezas. Ellos nacieron autónomos, en una sociedad condenada por los estratos sociales. De la que era un asiduo examinador. Partía con el reflejo del horizonte, atenazado sobre sus pestañas. Con el recuerdo profuso de incontables vivencias junto a sus amigos, en esos antiguos y resquebrajados barrios. De quienes se despedía nostálgicamente. Lapidarias palabras acompañaban sus pasos, agolpándose una sobre otra en el largo y polvoriento atajo, al que muy difícilmente volvería. Tras su efigie, una dorada época clausuraba sus entornos, cerrándose para siempre ante sus ojos. En una colonia donde nació, en la zona donde conoció del amor platónico, y las idealizaciones de una sociedad desposeída, por la cual debía luchar con amor patrio, hasta el delirio.

Al fin entendió que debía darse un respiro, alejándose lo suficiente de estos lares. Con objeto de sobrevivir al acecho del que era víctima. Situarse momentáneamente en otro rumbo, lejos de quienes más amaba. Percibía que lo contrario solo le acarrearía complicaciones innecesarias, por ello lo dejaban partir.

—Volveré, lo juró. —Se dijo, con una serenidad exasperante, similar a la sensación que alguna vez experimentó, estando tan cerca del deceso. A veces imaginando que alguien tan cercano lo vendía a sus acusadores. Ya se lo habían sugerido, pero no lo confesó con sus labios jamás. Y si era cierto que de adentro se filtraba información al enemigo. Ya no lo podría constatar jamás. Habiendo sido leal con sus camaradas de tendencia, lo único que les exigía entonces era su lealtad. Sin embargo recordaba de pronto un perfil incógnito, ese misterioso rostro. Compartiendo en la confidencia de la organización, cada uno de sus planes, y le confiaron sus preciadas vidas, a costa de confiar en él. Aunque se negaba a creerlo, más el raciocinio se lo insinuaba, sus más allegados le sugerían dudar de él. Sin embargo suponía que a los enemigos hay que tenerlos lo más cerca posible, además le tenía un afecto evidente. En todo caso sería por la necesidad, su necesidad y un espíritu de lucha mezquino, vendiendo su alma al diablo por unas pinches migajas, eso no lo podía comprender al marchar, pero sabía que tarde o temprano lo lamentarían. Lo cual le llevo a pensar en esa ocasión en que salió en defensa de sus amigos. Actuando en el medio de una discusión y que por momentos salía de control.

–Ustedes no pueden amenazarnos de esa manera. –Dijo uno de los implicados en el conflicto.

–Podemos y lo haremos de ser necesario.

–Quizás tengas razón, además has hablado en nombre de estos y no te has defendido, lo cual implica honorabilidad. Además tu postura es firme y merece
el beneficio de la duda. Por ello los dejaré ir.

–Se los agradezco. –Dijo, un tanto apesadumbrado como pocas veces le viéramos. Luego salimos deprisa del lugar donde sentimos la vida pendiendo de un hilo, pero esta vez me temo que no encontraremos con vida a Manuel. Además la cantidad de secuestrados se incrementa día con día, y muchos son asesinados y sus cuerpos lanzados al mar o enterrados en cementerios clandestinos.

–Y ustedes no tienen temor que algo malo les pueda pasar.

–Claro que lo tenemos, pero nuestro compromiso es tal que no podemos tirar la toalla, ¿Comprendes a lo que me refiero?

–Con toda claridad, y también me duele saberlo.

–Entonces hazme un favor.

–Si está en mi poder hacerlo, lo haré con mucho gusto, Lupita!

¡Por favor dile a Marco Antonio que salga del país!

—Intentaré una vez más convencerlo, te lo prometo...

—Al fin comprenderá que es la única salida... Y que lo necesitamos vivo, para continuar con nuestra lucha.

La contempló con afecto. Sintiéndola como una de sus grandes amigas de toda la vida. Indudablemente no encontraba una respuesta objetiva, sintiéndose de nuevo en esa posición tan incómoda, en momentos como el actual, en tardes como esta, eclipsadas por el cúmulo de inmensos pesares de su existencia. Entre tanto El Presidente de la república, en reunión noctámbula, estaba a punto de tomar una decisión injustificable y déspota, con el objetivo de enviar a comandos armados, para disminuir las tensiones, incluso los caldeados ánimos de los inconformes, quienes armados de consignas libertarias, proseguían la lucha.

—¿Oliverio dónde está? —Preguntaba una de las voces, amplificada por un pequeño megáfono. Luego el resto de la comitiva contestaba...

—Oliverio no está aquí, Oliverio está en las calles exigiendo libertad...

—El pueblo unido, jamás será vencido... -Coreaban- unísono las demás voces... —Presente, presente... contestaban las otras...

Quiso detenerse un momento para contemplarlos, sin caer en intrigas del pasado. Habituales entre vecinos de la barriada, eso de caer en señalamientos malintencionados y que no conducían a ningún puerto. Luego sin cruzar una palabra con ellos, comprendía el apoyo incondicional manifestado a sus hijos, en este momento de incertidumbre y desconcierto.

Las lágrimas en sus ojos, evidenciaban el intenso dolor que abrigaba por estos noveles idealistas. A quienes no podía borrar del alma, tampoco de su memoria, y de quienes refería hazañas y alcances jamás imaginados. Por quienes sentía una admiración tan loable. El hecho de no volverlos a ver y constatar que unos cobardes, habían truncado sus sueños, le hacía tanto daño. Ausentándose de nuevo, de la inmensa sala, decorada a gusto de la esposa del Doctor, cómodos sillones en color marrón, hacían conjunto con otros muebles de madera, y la enorme biblioteca que allí instalada, protegía del polvo, la enorme cantidad de libros, al igual que las coloridas plantas en espera de visitas. Las contempló con nostalgia, repasó uno a uno los libros ordenados en los anaqueles dentro de los cuales encontró varios de sus favoritos, entre estos:

"La madre mis confesiones" "Historia de la Educación en Guatemala" "Karl Marx".

Después de contemplarlos presintió que el tiempo del ser humano en la tierra, es muy breve. Comparado con la enorme cantidad de desmadres e incorrecciones por corregir, y que seguramente no alcanzarían varias generaciones, para transformar esa realidad. Pero estaba seguro que su lucha no había sido en vano, que Marx no había predicado en el desierto, que su legado había formado al idea-lista actual, en el que se había convertido. Siendo actualmente un hombre consecuente, no podía arrepentirse de su accionar. La patria estaba de luto, cuantiosas familias lloraban a un ser querido, otras salían al exilio. No se vislumbraba la luz al final del túnel, pero tampoco había marcha atrás.

3

El mes más corto del año parecía correr tempraneramente hacia su ocaso, y las distintas puestas del sol, alineaban sobre el limbo querubes rutinarios. Ante cuyas platinadas figuras, el horizonte descansaba soñoliento, y todo lo demás continuaba pareciéndole insoportable. Como su más reciente disgusto, ante la reciente noticia del matutino, intentó evadirla, blandiendo sus ojos a la distancia. Pero no pudo dejarlos ahí por mucho más tiempo, y retornándola a la llanura, al encuentro de la triste realidad, delatante de su pesar. Pues la crueldad con que habían asesinado a unos campesinos en el triángulo Ixil, era suficiente para levantarle el pelo a cualquiera, que tuviera unas gotas de sangre en el cuerpo, y un poco de sentido común. Verdugos que luego de torturarlos hasta el cansancio, los expusieron ante la comunidad, con el fin de patentizar un mensaje, y era más que evidente para los que apoyaban el marxismo...también en algunas zonas capitalinas se resistía con dificultad.

Así lo presintieron estos muchachos al tomar la decisión de salir en desbandada. De huir a golpe de miradas a través de distantes serranías. Mientras que para los arrendadores esta era la tercera vez en el año que se repetía el mismo acontecimiento en esta casa de huéspedes. Por lo tanto el modus operandus, era idéntico. Ni modo, otra vez eran las mismas habitaciones. Otra vez estas eran vaciadas y, desvestidas. La alarma generalizada en el interior de la casa de huéspedes. La voz de alerta, la misma de otras veces.

–Otra vez lo hicieron. Pero la culpa es toda mía, por hospedarlos acá. Bien me lo decía mi padre. "Ten mucho cuidado, mija". Cuando me aconsejaba acerca de cómo debía administrar esta propiedad.

Asintió con la cabeza y, contemplándola de nuevo. Percibió el delicado estado de ánimo que la embargaba. Al verla acercarse al espejo y contemplar su figura. Volteó el rostro hacia el lado opuesto de donde ella se contemplaba. Una hora había transcurrido desde que recibieron la terrible noticia. Sin embargo ella se disculpaba una vez más, sin ser del todo necesario. Pues fue por azar del destino y no había culpables, tanto ella como él, lo fueron del destino, dos víctimas vivenciales. Entonces optó por disculparse también.

–Debes poner mucho énfasis en la administración de la propiedad, mi querida Lucía. Cuando yo falte. Sobre todo fíjate bien en las personas que vienen a hospedarse. Debes incluso enmarcarles las horas de entrada. No muy tarde, deben entrar a las diez de la noche.

–Comprendo. –Le musitó.

Sin embargo, sentíase tan culpable esta mañana. Por lo cual

dejó escapar unas lágrimas de sus ojos y acto seguido a poner en orden el desorden que los muchachos dejaron en el lugar. Mientras afuera del recinto, don Chilo, continuaba corta que corta la grama. A ritmo cadencioso. Sin imaginarse siquiera lo que se estaba orquestando en las inmediaciones. Lo supo con la llegada de unos policías, situándose enfrente, en las afueras del Paraninfo. Intentaba informarse de lo que sucedía, sin embargo las personas que pasaban con rumbo a sus centros laborales, también lo ignoraban. Esto le hizo levantarse y, entrando deprisa al domicilio. Con un nudo coagulándole la sangre. Se encontró a doña Lucía en la habitación marcada con el número doce. Ella, estaba tan pálida que ni siquiera lo percibió a su lado.

En instantes, ambos contemplaron las mismas imágenes, en el cuartito de tres por cuatro metros. Estaba desolada, sin cortinas en sus ventanales. En el suelo simulando diez petates, unos pedazos de tela. En los cuales seguramente, dormían sus moradores. Pero no pudo explicarse tal cantidad cuando les alquiló la pieza a una pareja. Pero nunca a doce personas. ¿Cómo pudieron vivir así? Era un secreto a voces. La llegada de estudiantes provenientes del interior de la república, quienes alquilaban habitaciones en casas de huéspedes. Algunos de estos eran vistos con recelo por parte de los elementos policiales. Hasta ligados a la JPT. Temiéndolo ante la situación escabrosa, don Chilo, le musitó dulcemente:

—Estamos perdidos. Ya la policía sitió este domicilio y se aprestan para entrar. Lo harán por las buenas o por las malas. Lo único que me queda por hacer es sacarte por la ventana que da a la casa vecina.

—Eso no te lo permitiré. No es de cristianos.

— ¿qué sugieres, entonces?

—Quedarnos para enfrentar la situación. Quién quita y hasta podemos demostrar nuestra inocencia.

—En esta tierra sin leyes, imposible. Aquí lo único que nos espera es la muerte. Además bien sabes lo que les hacen a las mujeres estos esbirros. ¿Cómo voy a permitir que te hagan daño?

—Pero recuerda que prometimos estar juntos en las buenas y en las malas.

—Lo sé, pero esta es una situación extrema. —Dijo—. Sintiendo como le temblaba toda la anatomía, lo mismo que sus postreras palabras.

En su mente de hombre de la tercera edad, cavilaba una reminiscencia. La que tenían como propia. Tratándose por entonces de una pareja de esposos adultos. Aunque sin hijos, pues nunca los concibieron. Cierta mañana recibieron la visita de dos hombres jóvenes. Llegaron para hospedarse unos días. Los dos notaron que el reloj antiguo colocado en una de las paredes de la enorme construcción. Daba las trece horas con un minuto. Pero en realidad eran las nueve de la mañana con quince minutos. El rostro de la dueña del recinto, enmarcaba cierto enfado ante una de las empleadas, esto ante su tardanza.

—Apúrate, no ves todo lo que tenemos por hacer.

—Disculpe ña, Lucía. Vine lo más rápido que pude. Solo que hay manifestaciones en la sexta y no pude pasar por ahí. Además me encontré a Roberto. Me dijo que están por llegar dos huéspedes y, que son de su entera confianza.

—Bueno, eso está muy bien. Ya que con los arreglos de la casona, nos quedamos sin recursos económicos.

Para la mayoría de vecinos, esta era la Casa Amarilla. Así le llamaban desde años atrás. Y temían que cosas raras se suscitaban, pues en los alrededores siempre había hombres extraños. Quienes apostados contra las paredes vigilaban algo o a alguien. Sin embargo estaban tan lejos de sospechar. Por lo tanto registraron a los dos nuevos huéspedes, con los datos elementales. Antonio y Chepe Corrales. Edad veinte años recién cumplidos. En confianza les contaron que abandonaron el Seminario Mayor Nacional de la Asunción. Para dedicar sus vidas a la lucha por la igualdad y mejora de las clases desposeídas. Por lo tanto, empezaron a inaugurar actividades pro izquierda en las habitaciones. A veces se reunían ahí largas horas, hasta la madrugada en que cada uno de los asistentes salía con rumbo a sus hogares.

Estaba levantado desde muy temprano, afuera lo esperaba su gran amigo, Luis, a quien consideraba insustituible. Quería contarle que debido al escenario inseguro por el que transitaban, no pudo dormir en toda la noche. Esto lo tenía un poco indispuesto y de mal humor. Las calles le quemaban los pies muy a pesar del frío imperante en la estancia.

A lo lejos se divisaba un horizonte rutinario y dominante, tan ajeno a su dolor. Lo contempló una vez más, con apatía y con cierto enfado. Las personas deambulaban por las calles y avenidas, impasibles, con rumbo a sus labores. Sin prestar atención a su estado actual, aunque ya no le parecía tan extraño, tampoco podía culparlos por su actitud, por su indiferencia.

En su rostro de hombre joven, transitaban cuantiosas lunadas de pesadilla atroz. Ya no podía disponer del tiempo a placer, como solía hacerlo no mucho tiempo atrás. Ahora era como si de pronto, su vida pendiera de un hilo. Se imaginaba su final, esto le provocaba una extraña frustración y le hacía sentir muy solo, a pesar de estar siempre rodeado de sus amigos. Quienes le patentizaban todo su apoyo, animándole a continuar, pero no lo hacía solo por ellos, había en su corazón y en su mente una fuerza superior, incluso más fuerte a su voluntad. Mayor al deseo de su familia de verlo bien. Después de todo ya era todo un profesional, y debía preocuparse de sí mismo.

—Tenga mucho cuidado, Marco Antonio, recuérdese que solo una vida tenemos y si la perdemos...

—No siga por favor, Elizabeth. ¡Se lo suplico!

—Entonces hágame caso, usted sabe que me preocupa verlo así.

—Lo sé, pero este es el precio que debo pagar y no puedo ya retroceder.

—Su hermana tiene razón, Marco Antonio, usted está ofrendando su vida por una causa que no tiene futuro.

—Claro que lo tiene, pero hay que visualizarlo con los ojos del alma, con una mente clara y objetiva.

—Pero usted está sacrificando su vida y después nadie se lo va a agradecer, créame lo que le digo.

—Lo hago consciente de mi papel como docente.

—Entonces ande con cuidado, recuerde que las paredes -

tienen oídos- y las sombras en la oscuridad son traicioneras, no se fíe de nadie ni de sus amigos.

—Tomaré en cuenta sus palabras, se lo prometo.

— ¿Cómo no me voy a enfermar?, si me dan las altas horas de la madrugada, esperándolo.

—Pero ya le dije madre, que cuando pase de la media noche, seguramente ya no vendré a dormir, entonces acuéstese y duerma tranquila.

—Yo no soy adivina para saber cuándo será eso.

—Usted lo sabrá, se lo aseguro...

— ¡Qué bueno sería si pudiera conciliar el sueño!

—Es lo que le digo con frecuencia, pero se desvive por usted.

—Y se los agradezco, pero es mejor que no se preocupen por mí.

—Lo haremos cada noche, se lo aseguro.

Entrar en algún tipo de encauses le era tan común, como salir a la calle en busca de respuestas. Como lo hizo la mañana de un frío febrero, en compañía de Rolando. Iban a casa del Doctor Zamora, quien como su guía, seguramente tendría algunas respuestas, ante la nueva ola de violencia que sacudía el seno patrio, y que dejaba víctimas a granel.

4

La enorme construcción dotada con todas las comodidades, estaba situada en una zona exclusiva de la zona central. Desde la cual se podía observar todo el centro de la ciudad, por ello decidió Marco Antonio darse una vuelta por los alrededores de la colonia; el olor a hierbas frescas, la suave caricia del viento, el sonido de sus pasos y los dorados rayos del sol, eran su compañía. Repentinamente le pareció que alguien lo perseguía a corta distancia, apresuró sus pasos a través del boulevard. Sin embargo esta vez no le resultó la estrategia y la sombra enemiga parecía darle alcance.

Respiró lo más tranquilo posible. Pensó en cosas positivas, y al volverse hacia quien lo seguía tan de cerca se encontró con la niña de los ojos verdes. A quien quiso saludar con afecto y cariño, sin embargo un nudo en la garganta y el temor a perjudicarla, se lo impidió. Limitándose a decirle algo tan común y rutina-rio, como un simple saludo.

– ¡Hola!

– ¡Hola, buenos días!

– ¿Qué tal estás?, ¿a qué se debe la prisa?

–Bueno, digamos que tengo un mal presentimiento, eso nada más.

–Yo pensé que ustedes no le temían a nada.

–No se trata de un temor injustificable, nos persiguen sombras enemigas.

–Es probable, yo en tu lugar me alejaría de estos rumbos.

–Es una gran idea, sin embargo llegaré hasta el final de mi compromiso patrio. No puedo fallarles a mis camaradas, ellos han confiado en mí, ¿cómo puedo recostarme en las noches sin sentirme parte de las masas y dormir plácidamente?, sin que me inquiete lo que les pasa.

–Pero es parte de las actividades que ustedes como organización realizan, tal vez sería bueno que dejaras de lado, algunas, ¡aún es tiempo para empezar una nueva vida! ¿No te parece?

–No la hay para nosotros, estamos determinados a dar el último de nuestros hálitos, nuestro respiro final.

–Es la misión con la que nacimos y no renunciaremos a ella.

–Yo no comprendo nada de eso, hasta he sentido lástima por ustedes, porque este país va a perder a muchos profesionales, y muy jóvenes.

–Algún día comprenderás mi postura. La verdad es que cada día hay más hambre y desempleo, el costo de una revolución es alto, cuando pareciera que está acabando el movimiento popular, la verdad es lo que está acabando el miedo al terror fascista.

–Cómo te dije con antelación, yo no entiendo de esas cosas, pero te admiro por tu desinterés y don de gente.

–Gracias, de verdad te lo agradezco, ahora será mejor que continúes tu camino. Créeme, no te conviene caminar a mi lado, pues estoy amenazado de muer-te. Y créeme que cumplirán sus amenazas, lo presiento.

–Pero no has hecho nada malo, a mí me consta.

–Decíselo a ellos, a los enemigos del pueblo.

–Con gusto lo haría, solo dime a quien te refieres.

–A los acomodados, dueños de nuestra libertad, y que a cambio de unas monedas se llevan nuestros sueños.

–Se los diré en su momento, para eso me preparo actualmente, así tendré mejores argumentos y tendrán que escucharme.

–Tienes buenos anhelos, y te deseo eterna felicidad en esta patria linda del quetzal.

–También te lo deseo, incluso admiro cada una de tus actividades y proyectos, pero además quisiera conocerte un poco más.

–No será posible, mejor vuélvete a tu casa, ahí podrás estar más segura, ¿no sabes que mi vida corre un gran peligro?

–Estoy informada de todo y lo lamento.

–Entonces vuelve a tu mundo, a tu vida acomodada.

–Si eso te parece mejor, lo haré, aunque me cuesta creerlo.

–Por el momento es lo que más nos conviene.

La vio alejarse lentamente, calle arriba. Experimentando una extraña sensación en su interior, debía alejarla de su lado a cualquier precio. Cuando el corazón le pedía lo contrario, viéndola alejarse como el vuelo de un ave por sobre el cenizo cielo, en una tarde enigmática, cargada de cilicio y azufre, y con olor a muerte, sobre los rostros de las víctimas.

—Deseo salir de esta tierra olvidada de dios, y realmente me gustaría que todos lo hiciéramos, por eso te animo esta vez, es una oportunidad única.

—Para vos no será tan difícil, vos.

—Que queres decir con esas palabras.

—Tal vez que ya lo pensaste demasiado y que quizá encontraste un destino y una puerta abierta.

—Lo digo muy en serio, ustedes deberían consultarlo también con la almo-hada, nadie podrá culparnos de desistir de nuestras perspectivas.

—No lo considero necesario, cada quien sabe cuál es su compromiso, no vamos a salir huyendo a la primer contrariedad, ¿no les parece?

—Discúlpenme, quizás me excedí, pero comprendan que la situación se puso color de hormiga y a este paso no sobreviviremos este año.

—Aunque eso sea posible, también lo es el hecho que no huiremos de nuestra patria, ustedes saben a lo que me refiero. ¡Antes muerto que esclavo será!

—Marco Antonio tiene razón, ¿cómo vamos a escapar a este llamado?, cuando incontables pobladores de la clase más sencilla, han derramado sus vidas en el altar de los sacrificios, al igual que muchos estudiantes san carlistas, entregando sus savias a favor de esta empresa. ¿Cómo vamos a fallarles?

—Por ello debemos quedarnos, pero también será justo mantener esa posibilidad latente, algo así como el plan alterno.

—Ese será nuestro plan b, por si nos falla lo demás, lo cual no creo que suceda, pero habrá que estar preparados.

—Lo estaremos, lo juro.

La noticia final y a la vez la más sorprendente, la daba en estos momentos de desazón el Doctor Zamora. Por la mente de los asistentes jamás pasó un solo pensamiento como este, pero escucharon inauditamente de sus labios, y sin rechistar ni pedir explicaciones. Él estaba por marchar con rumbo a un país del primer mundo, para incorporarse al cuerpo docente de una prestigiosa Universidad. Allí compartiría sus excelsos conocimientos de Filosofía, Política y Sociología, a otros estudiantes. Se trataba de una oportunidad de oro, para tan connotado intelectual. Nadie se lo podía impedir, como tampoco ninguno dudó que se lo merecía.

Estuvieron un rato, contemplándose en silencio. Mientras sentían destrozado el corazón, y que caían danzantes esquirlas sobre sus noveles pechos. Empero coincidían todos que fueron afortunados de recibir de él, toda una gama de conocimientos, haciéndolos incluso partícipes de su humanismo y don de gente. Conocedores que se trataba de una buena oportunidad, de las que se dan una vez en mil años. Previo a despedirlo, cada uno le agradeció el tiempo compartido en su magnífica mansión, a su manera, también por su amistad y apoyo. Imaginándose entonces que iba al encuentro de su amada, pues en alguna ocasión contó que su esposa se encontraba en el país de los relojes más exactos del mundo, y que como ahora viajaba a un destino próximo a este, sabía que más temprano de lo previsto se encontraría con ella...Para compartir algunas de sus más puntuales experiencias...

Ana Lucía, se soñaba ya esta tarde en el país de las luces. Engalanando con su belleza, todos los recintos por los que pasaba. Sin embargo se sentía sola, perturbada y con grandes deseos de llorar. A solas en su habitación lo hizo como solía hacerlo de pequeña, sin tener una razón. Esta vez la tenía y sobradamente. Desahogándose largamente, con unas febriles y longevas lágrimas, pues marcha-ría tan sola, rumbo a un destino lejano y donde la vida es diferente a la de estas latitudes.

La satisfacción en el rostro del médico era notoria, sentíase orgulloso de ser padre de esta bella adolescente. Asimismo el guía de tan noveles estudiantes y a quienes el destino había situado en el apartado de las familias más empobrecidas del país. Siendo un territorio fértil, lleno de vides, y regado por las fuentes naturales más exquisitas. Ante lo cual su vista se desviara por los puntos cardinales, a través del basto horizonte, todo era bello, misterioso y hasta parecía inalcanzable. Solo palpable con las miradas de un romántico soñador de mundos bellos. Como ya era costumbre, el Doctor tomó la palabra, dirigiéndose a los descorazonados muchachos, con esa determinación característica en él, aunque tampoco pudo ocultar su dolor, debido a los fuertes golpes asestados por el ejército, en contra de las falanges izquierdistas, dejándoles el estado de ánimo por los suelos.

Un poco indispuesta descendió de sus aposentos y se despidió de los estudiantes, afectuosamente. Su mirada perdida encontró equilibrio en el rostro alicaído de Marco Antonio, por quien sentía inmenso cariño y admiración. A quien contempló con la extraña presunción de que jamás lo volvería a ver, era acaso una premonición a la que rehuiría como no lo hiciera antes, con el temor destrozándole las sienes. Sin embargo se alejaba de tan gratos recinto por la simple necesidad de sobrevivir, aunque sea escondiéndose de sus detractores, eso miserables ocultos tras mascaradas y que amenazaban su única valía en este vasto infinito, su vida. Un pestañeo rutinario, y la aureola de recuerdos brotó. Esa calleja empolvada y mística por donde veían transcurrir la vida, a paso de una aureola fugaz. ¡Cuántos cambios! Percibió en ella. Con solo adentrarse a su amada Reformita. Y a paso de águila su mirada la cruzó. Embelesándose con sus arriates cubiertos de plantas ornamentales y su entorno en negro asfalto.

Ella lo sabía, respetando sus consejos y sugerencias. Aunque había unos asuntos de él que aún le preocupaban, misterios irresolubles. Más no podía permanecer indiferente, veía a Marco Antonio, salir de casa constantemente y haciéndola de detective, se propuso investigar esos motivos. Aunque de momento era tan prematuro sacar conclusiones, por lo que esperó pacienzudamente. Luego de otra jornada sepulcral, ella intentaba levantarle el ánimo, le compartía sus diversos puntos de vista y excelentes enfoques. Así como las más desagradables noticias, sus análisis socioeconómicos, sustraídos de un suplemento dominical del periódico. Inclusive las desalentadoras estadísticas. Sus deseos de lucha y las ganas de vivir, se perdían en sus ensoñaciones

Esa imagen continua desaparecía pronto ante sus ojos. Asomando como verdugo la cruda realidad, dispuesta en forma uniforme, como una proyección metafórica, en la que era evidente y necesario luchar en contra de un sistema inventado por un maquiavélico monstruo, y ganarse con ello un lugar en el cementerio. Allí donde no hay espacio para las conquistas, ni siquiera para construir castillos de arena. Allí tampoco existe el espacio adecuado para las discrepancias, solo la realidad. Cayendo con todo su peso sobre la calle por la cual transitaba, con su inherente cuerpo. . Aunque ya no podría ser de mentalidad conservadora. Por esa razón debía alejarse de nuevo; era lo prudencial, y verla de vez en cuando, con una frustración entre ojos. Pero siendo por su propio bien, no había vuelta de hoja.

Ya no tenía tiempo para contemplar las calles. Esas por las que transitó sus años primeros, ni los costados grisáceos de las montañas. Respirar el humo disperso a través de chimeneas y la neblina recostada en el crepúsculo, a la que rehuía su mirada. Esta vez caminaba deprisa, rehuía temerosa de las represalias. Escapando sigilosa por entre el acomodo de una meseta, un poco diferente a la que acompañó sus años mozos y que de pronto se tornaban vetustos. Años que no vuelven tan solo el conocimiento, que dejan al marchar y mil recuerdos embalados en el limítrofe espacio del pensamiento.

5

El escenario rotábase constantemente y ahora establecido sobre la zona trece, tornábase en otra batalla campal, como los días previos lo fueron en el centro histórico. Las plétoras jornadas de protesta, daban inicio con el arribo del debilitado sol. Dos bandos enfrentados; fuerzas represivas y del orden público, versus los disgustados y desaliñados estudiantes, quienes en consigna absoluta, conferían gritos escabrosos y lastimeros. Trascolándose en el vaivén del tiempo viboreante, y la elegancia de la tarde oclusiva y senil.

Las brigadas de los dos cuerpos de bomberos entraron en escena. Con el desenvolvimiento de las acciones más violentas. Resumiendo en pocas líneas lo más encumbrado de la agravante situación social en el país, el cúmulo de acciones y reacciones, desencadenándose precipitadamente una tras otra. Era menes-ter situarse al lado del bando correcto. Siendo unos, parte del pueblo, y enemigos de este tipo de argucias gubernamentales. Actuando contra los dominadores del futuro de la juventud, a pesar de su propositiva manera de pensar, aunque quizá temeraria.

Viéndola de reojo, recordó esa etapa en que llegó a su casa, a vivir junto con Elizabeth, aunque tan solo un par de años. Contaba con ocho años de edad, su hermana con cinco y ese pequeño vecinito con tres. Solían jugar a las escondidas, discurriendo incansables por los alrededores de la colonia, ella salía a buscarlos, enmarcando su rostro cierta preocupación. Similar a esta vez, cuando de ello hacía demasiados años, inclusive desde la última vez que la visitó. Sin embargo ahora estaba en dicho recinto. Prescribiendo unas medicinas a la anciana y que padecía tantos quebrantos de salud. En tanto aprovechó para conversar con Elizabeth, mientras ella le relataba una parte de sus primeros abriles.

—En épocas de pesadumbre, cuando no se encuentra un norte a la vida. Es tan común ver hogares disueltos, y si permanecen es para mantener las apariencias, en estas sociedades de doble moral... —Sugirió el amigo, aunque su estado físico era lastimero, pues parecía haber sufrido enormes cambios. Esto debido a ciertas esquirlas que golpearon su rostro, deformándoselo, y a los constantes desvelos de los días previos, al suplicio. Pero supo escuchar las palabras de Elizabeth, quien le exponía parte de sus recuerdos.

—El día que mi padre recobró la libertad, decidió trasladarse a vivir con mi familia a Izabal. Él, encontró trabajo en dicho departamento, y como el tiempo vuela, luego de un par de años retornamos a la ciudad capital...

Siendo don Antonio, un incansable trabajador, sabía de

qué manera canjearse su salario. Pues para entonces trabajaba en una empresa de transportes, situada en Mariscal. Laboraba para ellos como piloto de un tráiler. Esto lo alejaba constantemente del seno familiar... Por entonces situaron su domicilio en la colonia Roosevelt, por la periferia de la zona once. Allí doña Flora Elena, inauguro una tienda llamada, "El Rinconcito".

Esta tienda, era atendida por ella, ya que como la situación económica estaba tan difícil, no era para nada extraño que las madres colaboraran con la economía del hogar, y salieran a trabajar en las diversas áreas de producción. La mayoría de las empresas violaban sus derechos laborales y no contaban con las mínimas medidas de seguridad para los empleados, lo cual obligaba a los sectores populares a pelear sus mejoras, fajándose en interminables huelgas y plantones, frente al Parque Central

En tanto don Antonio, debido a su trabajo, pasaba muy poco tiempo con sus retoños. Por lo que fue doña Flora, quien tomó el papel protagónico y, los educó. Ella era de carácter afable, tanto con Marco Antonio como con Elizabeth. El progenitor por el contrario, era de carácter fuerte, por lo que a ella le tocó lidiar con su mal endémico, y esto les acarreó constantes inconvenientes y desacuerdos. Sobre todo por las difíciles épocas que se les venían encima, tocando y trastocando a sus vidas, como hecatombes a la puerta. Pero esto le pasaba a la gran mayoría de desposeídos y en general a las gentes de escasos recursos económicos...

–Imagínate cuántos años transcurrieron desde entonces, -continuó ella el conversatorio, -la salud actual de mi madre, te da la pauta de lo que te digo.

La observó por consiguiente, parecía bastante mejorada de un padecimiento, y a pesar de su leve mejoría, dispuso el médico de confianza, prescribirle un medicamento, que debía tomarlo a ciertas horas, aunque parecía disgustarle, quizá por su forma, sabor amargo y volumen. Por eso lo tomó a regañadientes. Él, comprendía ciertas actitudes y caprichos de la anciana. Sabiendo que ella fue una mujer trabajadora, productiva, hacendosa, y de buenos principios. Por ello debía ser tratada con delicadeza y cariño. Cuidarla sería entonces una forma de congraciarse con la anciana, a la vez todo un privilegio para él. Aunque debía organizar mejor su tiempo y desistir de otros compromisos, algunos para protegerse de sus perseguidores. Sin embargo debido a sus actividades laborales, seguía arriesgando la vida, incluso sus estudiantes, cuando veían cuesta arriba la situación, así como el desenlace de sus protestas y peticiones. Afortunadamente varios profesores determinados a cuidar a los adolescentes, pronunciaban sus discursos de apoyo.

Contemplándolas de nuevo, le era obvio su estado delicado, viendo pasar las horas del reloj en actitud taciturna, mística. Ya sin grandes sueños, metas o anhelos. Supo que a veces dormía la anciana, al cobijo del silencio y de mil medicamentos, con sus ojos cansados de tanto llanto. En procura del reparador sueño, con deseos de alcanzar hasta la cumbre más elevada, al hijo perdido. Igual que lo hacía ella, llorando al hermano amado, otrora elevado al sitial de los inmortales. Cayó en defensa del pueblo, su única arma fueron sus protestas, al lado de sus estudiantes. Sus ideales florecieron en sus cánticos y de escudo el descubierto pecho. Golpeado por balas traicioneras, que lo derribaron aquella lejana tarde, de un mes de abril. Fueron sus proclamas democráticas, disipadas con su partida. Empapeladas consignas de igualdad y evolución, aplacadas por los esbirros del pueblo, en años de luto y negro estío. Vidas calcadas al aban-dono, desaparecidos seres de su amada colonia y patria, sin dejar rastro alguno de sus existencias... atrás quedaba todo un cúmulo de acciones, repercusiones, melodramas y encomios, donde la mirada furtiva encuentra un remanso fidedigno, para su alicaído espíritu. Iba desperdigándose en su memoria, de a pocos, en imaginarios distantes, como una sentencia lacónica y vulgar. El entorche de una época De pronto resonaba, abrumante en el subconsciente. A cada paso un escenario dantesco, enfrente de sus pesares. La escena tantas otras veces repetida, inexpugnable. Un final distinto que resonaría incluso más allá del oscurecido cielo.

6

Las actividades en todos los centros normalistas del país, iniciaban a la misma hora. La Escuela Normal iniciaba clases a las siete horas en punto de la mañana, entrar por los pasillos y encontrárselo ahí con tal motivación, era algo puntual y emotivo para cada uno de sus estudiantes. Sobre todo escucharlo hablar con esa seguridad y don de gente:

– ¡No traigan dentro de sus mochilas!, nada que se relacione con el ejército, como por ejemplo objetos verde olivo.

– ¡No crean que es solo para quitarles lo que llevan dentro!, pero esas mochilas les pueden causar otros problemas.

–Tal vez no se les informó. Incluso no sé si ya vieron el cuartel que está en el Anillo Periférico. Donde los agentes policiacos hacen de las suyas, especialmente en contra de jóvenes como ustedes, amedrentándolos de manera inmisericorde. A los pocos días es normal que en algún hogar exista, dolor, un vacío y la soledad que es imposible sanar. Quizá se consigue solo con olvido.

287

– ¡Qué onda muchá! ¿Cómo están? ¡Qué bueno que ya vinieron! -Les decía al verlos entrar al establecimiento educativo. Era su común forma de recibirlos, previo a dar inicio a la respectiva jornada. También el profesor Hugo Valiente aprovechaba para inyectarles el entusiasmo respectivo, sobretodo, al verlos cabizbajos, notando en ocasiones como desvalorizaban la lucha social, iniciada por algunos conciudadanos.

–Si tienen sueños, luchen por ellos. Si tienen un ideal, luchen por él, y si tienen objetivos ¡Cúmplanlos!

A Marco Antonio, le causaba gracia ver como un estudiante de primer ingre-so escapaba de sus captores, aunque cada vez con mayor dificultad, pues de alcanzarlo le darían una ejemplar bienvenida. Por ello anduvo escondiéndose de estos, durante dos largos meses. Hasta que le llegó su turno y no tuvo más alter-nativas.

– "No quiero que me corten el pelo como militar" –decía, protegiéndoselo por tanto con uñas y dientes, sin embargo llegó el momento en que ya no pudo escapar de sus perseguidores.

–Así como ustedes huyen por salvaguardar el cabello. -Contestó, Marco Antonio... –Así andan ocultándose algunas personas, entre las montañas frías y desoladas de esta sufrida república. Imaginen lo que sufre el campesino, el obre-ro, el estudiante. Lejos de su familia, transitando caminos desolados y ténebres, cual si se tratase de delincuentes, cuando son personas como nosotros, de bien. Ustedes deben mantener sus ideales, llevarlos consigo y de esa manera en cualquier rincón de Guatemala, va a existir un normalista. Todo profesor lleva la simiente, que en el niño va a germinar. —Decía, en algunas de sus clases. Con el mayor de sus optimismos.

—Afortunadamente, en esas épocas difíciles, existían docentes valiosos y honestos, capaces de entregar la vida, en el cumplimiento del deber, a consigna de sus ideales y conocimientos.

Con un movimiento de cabeza, asintió. Pero esta vez, desconcertada y triste. Enmudecida por el terror de este pasado reciente, y el futuro incierto y lúgubre que les esperaba a los estudiantes de magisterio. Escabroso devenir, como han sido estos años sobre el territorio nacional, luto inmortalizado, e invencible...

—Profesor, Enrique Barrera. Aunque comprendo su escepticismo, debido al escaso apoyo por parte de otros estudiantes y demás padres de familia, en esta cruzada. Mire que proponernos esa inusitada carrera de Bachillerato en Educación. ¿A quién se le ocurrió?

—Así es, mi querida Licda. Imagínese las propuestas que nuestras autoridades educativas nos presentan en la mesa de las discusiones, son como para morirse de la cólera, sin duda reflejan su grado de preparación.

—Para colmo de males, nuestros estudiantes ya no son ni la sombra de los de nuestro tiempo, ¡cuánto detrimento! Verles esos rostros ajenos a la realidad, pensando tan solo en sus propios intereses.

—Figúrese que hace unas semanas un grupo de estos se declaró en huelga de hambre, y como lo hice en el pasado, opté por entrar a la mesa del diálogo. Pero lo que verdaderamente me sorprendió fueron sus exigencias.

– ¿Y qué es lo que pedían los inconformes?

–Pues imagínese Licda. Que estos protestaban por qué les impedimos bañarse en la piscina, en horario de clases.

–Eso es inaudito, ¡Colmo de nuestros males!

–Estudiantes de ideales cortos, Molestos por las piscinas y por el complejo deportivo ¡Vaya que me molesté con ellos!

–Razones suficientes le dieron.

–Por supuesto, ellos deberían luchar por la libertad de asociación, por la paz, por sus derechos. No por esas mezquindades.

– ¿Cómo es posible que eso suceda en estos tiempos tan difíciles? ¿Usted tal vez recordará cuales fueron nuestras razones de lucha y protesta?

–Por supuesto, aunque eran otros tiempos. Nuestros encauces están aún patentizados.

– ¿Qué les contestó usted ante tal actitud?

– "Ustedes están locos" –Les dije. ¿Cómo es posible que vayan a un paro, solo por su propia holgazanería? Por no querer estudiar, buscan siempre escusas, y quieren ganar los grados a puro peluche, en lugar de estar contentos con las comodidades que gozan y hacerse por tanto excelentes profesionales.

–Deberían estar felices con lo que tienen actualmente. Imagínese que Marco Antonio nos decía, "por favor no vayan a dejar morir la Escuela Normal, pues es como un alma de la educación. ¡Defiéndanla con su vida!..."

—El, amó este centro de estudios, imagínelo luchando para cambiar esa realidad tan cruda de esos años. Teníamos aulas de cartón, para el sol y en invierno eran unos terribles goterones cayéndonos encima. El aula de sexto magisterio era también de cartón y tenías una torta de cemento, lo cual era para los estudiantes todo un lujo, y fue posible su consecución, merced a las actividades realizadas por los profesores y estudiantes. Los demás salones de clase eran de tierra, por tanto el calor a eso de las once y doce del mediodía, parecía insoportable.

—Sin embargo, aquí impartía clases mi hermano, recuerdo que trabajaba con presteza. Solo imagínese cuántos esfuerzos realizaba, pero lo hacía porque amaba su profesión.

—Cuando vine a esta casa de estudios era apenas un muchachito, entonces los cuates me dijeron. "Mira vos, cuando llegues a magisterio, te darás cuenta cómo vive el profe sus enseñanzas". -Así le decíamos con cariño, a veces nos decía, "Díganme Maco". -Era nuestro profesor de Pedagogía general, pero se esmeraba porque aprendiéramos de todo, y sobre todo que domináramos las matemáticas. Él era una verdadera forma de ser y sentir. Pues adaptaba sus clases a la forma como vivíamos, la diseñaba así. También nos decía..."Cuando anden en la calle, no digan que son normalistas, ante desconocidos. Tampoco anden sus carnets, porque eso los puede matar, aunque se mueran por lucirlos. En cuanto a la chumpa, ponérsela sé que es todo un honor, como una medalla".

—Marco Antonio, fue verdaderamente ¡excepcional! Aún suelo imaginarlo en esos salones de clase, con su característico buen humor y don de gente.

—Lo sé, mi distinguida Licda. Él fue nuestro maestro, imagínese ¡cuánta falta nos ha hecho todos estos años! Por lo que considero merecido el reconocimiento que le harían, en tan solo unas horas.

-Imagínate a estos valientes, desfilando en el entorno político y revoluciona-rio. Allá por los sesentas.

-Grandes pensadores, como ya muy poco los hay en la actualidad. Aunque algunos de estos convergían en el domicilio de mis padres, ahí los recibía Marco Antonio, para abordar diversas temáticas. Entre estos si la memoria no me falla, se destacaban: Farfán, Colindres, Fernando, y Luís. Recuerdo que cuando Luís llegaba a la casa por las tardes. Marco Antonio, emocionado le decía: —Madre, cafecito para Luís, más champurradas para Luís. Posteriormente enfilaban con rumbo a la Universidad. Aunque le sorprendía tales atenciones, sin embargo eran tan buenos amigos.

—Una vez me contó Antonio, un gran amigo de tu hermano. Que él era tan humanitario, que si alguien hubiera necesitado su chumpa, él con mucho gusto se la brindaba. Además compartía todos sus conocimientos y experiencias con cada uno de sus amigos, y jamás les negó su apoyo, te lo aseguro.

—Habiéndolo conocido de tal manera, no me cabe la menor duda que heredó ese humanitarismo, decisivo en su papel de defensa de su pueblo.

—Ulteriormente a la revolución, breve por cierto, apenas unos exiguos años. Para unos ciudadanos fue acertado mantenerse en el péndulo, a consigna de salvar el cuello, para sobrevivir. Otros negociaron buenas prebendas y favores, escapando con rumbo a otras ciudades, lo supe de buena fuente.

—A nosotros en cambio, nos llevaron a las montañas a luchar contra fuerzas represivas de tal envergadura y poder, como jamás se ha visto. Ello derivó en flagelantes agresiones y palos en nuestra contra. Hubiésemos pagado con la misma moneda, golpe con golpe sus afrentas y demás maltratos, ocasionados a nuestras anatomías.

—Eso lo recuerdo con exactitud. ¡Vaya que eran crueles!

—Quizá, pero no lo sabemos aún con exactitud.

—Para otros fue oportuno entrar a la mesa del diálogo y los consensos. Aun-que todas fueron negociaciones mezquinas, saliendo de esta, bien parados.

—También lo sopesaron algunos líderes estudiantiles. Más manteniéndose fieles a la causa. Innegable consigna antes de emigrar al destierro, o al más allá.

—Héroes anónimos y en cayeron en el cumplimiento del deber. Dejando constancia en documentos y fotografías, el suplicio y tormento que les tocó vivir.

—Eso es seguro, Licda....—Sugirió, con su entrecortada voz. Mientras la dejaba ahí con las somnolencias del pasado, cada vez más remoto.

7

Despidiéndose del profesor inició, la retirada con rumbo a otra casa de estudios, aunque acompañada de cierta preocupación, abandonó las instalaciones de la Escuela Normal. Tenía tan gratos recuerdos de este centro educativo, acumulados en la mente. Afortunadamente encontrose con uno de los ex alumnos, de Marco Antonio. Y quien ahora impartía cátedras en tan prestigiosa casa de estudios. Todo un profesional y catedrático de la Tricentenaria Carolingia Coactemalensis. El Licenciado, Daniel, con quien compartió algunas vivencias y recuerdos. Aunque en su caso también le costaba llegar al centro educativo, pues lo hacía desde la colonia Lo de Fuentes, cruzándose a través del barranco de las Guacamayas, luego tomaba la calle que de tierra nueva lo conducía al Tecolote, evitándose así ciertos gastos de pasaje, pues llevaba en la bolsa para la jornada únicamente diez centavos.

—Nosotros en la sección "A", contábamos en cuarto magisterio aproximadamente unos cuarenta y cinco alumnos, éramos los más tranquilos, en cambio la sección "C", sí que era problemática, usted comprende, y como eran los últimos en el pasillo. Había por cierto un compañero a quien recuerdo como mapache Alarcón, pues aquel organizaba a los estudiantes para que lucharan, ante todo porque a la Escuela llegaban algunos indeseables, por ejemplo el mismo Álvarez Ruíz, llegó en cierta ocasión hasta las galeras. Posteriormente fue un tipo desconocido y quien fungía como oreja de las fuerzas de seguridad, quien entró hasta el portón, cargaba un maletín negro, pero al nomás entrar se le cayeron un montón de balas del mismo, no hubo de otra que darle una paliza a este tipo, entonces el mismísimo Donaldo llegó y metió un jeep, intentando de esta manera auxiliar al agredido.

–Bueno, eran épocas difíciles sin duda. Los estudiantes tan solo defendían su casa de estudios.

–Por supuesto, recuerdo que otro de los profesores. Era de una enorme preparación académica, nos planteaba sus encomios. Se trataba de un psicólogo, era un poco extravagante, y quizá como loco. Pero leía mucho, era muy elevado y costaba entenderlo. Sin embargo Maco, nos aterrizaba, decíanos a menudo: "No me sigan a mí, sigan su camino pero preparándose. Además no se olviden de los demás. De alguna manera nos iluminaba para seguirnos preparando. También estaba el profesor Peña, a quien le decíamos el roperón, era profesor de literatura infantil, y siempre andaba entacuchado. Pues él era de condición económica elevada. Incluso otro profesor de apellido Cano, laboraba como docente de la Normal. Cuántos gratos recuerdos, cómo olvidarse por lo tanto del insigne Profesor, Marco Antonio Urizar, a quien siempre le gustó caminar solo, llevaba libros en las manos. Posteriormente en un morral típico, y le gustaba usar pantalones de lona y sus zapatos Kikers cafés, como su camisa de color verde, la cual se le veía usar a menudo. Más nunca le vi fumar o beber, no por ser su hermana le digo esto último, pero respetaba como nadie esta nuestra Escuela Normal Central para Varones.

–Lo sé, créame que le estoy muy agradecida por este conversatorio.

–Al contrario, ha sido un verdadero placer compartir estos recuerdos de tan ilustre docente, inmortalizado en nuestras memorias.

"Íbamos tras la vida". Leyó alguna vez, en una pared del enorme recinto san carlista, en alguna ocasión. Conminándole pesadumbre y desamparo, ante la desgarrante tortura que les fuera impuesta, durante y después de su captura y que recreara tras su partida, de los lugares que transitaron en vida. Pues la mayoría de estos no volvieron. Ella lo sabía, con solo volver los pliegues de la fábula.

Tan solo faltaban unos días para el gran acontecimiento, por tanto empezó a coordinar actividades, para el resarcimiento de su hermano. Era lo menos que podía hacer; siendo este, merecedor a recibir los más altos distintigos. Fue quien la preparó intelectual y emocionalmente para la vida. Siendo uno de los más adustos dirigentes, cuya voz esclarecida a los cuatro vientos, y fidedigna consigna en la mente. Declarando a sus amigos acerca de la única oportunidad, que de forma sincronizada, aterrizaba en suelo latinoamericano, el comunismo. Alcanzándolos en plenitud de vida. Cuando la fuerza de la juventud, abraza cadencias impéretras.

Llevándolos a proyectar encauses establecidos por pensadores de la élite marxista.

De retorno a la Roosevelt. Volteó la mirada al escucharlos llegar. Eran incontables ciudadanos, posesos de sentimientos encontrados. Cuyos aletargados rostros, develaban ante sí una triste realidad, la del abandono. Algunos de ellos, con pésima educación y empleos mal remunerados. Moribundos especímenes humanos, incomprendidos y víctimas del sistema capitalista, al que suplicaban de rodillas una simple oportunidad y que de nuevo les era negada. A pesar de empezar a unirse como un solo hombre, en busca de respuestas al gobierno en turno. No temían a la muerte, solamente al suplicio de la eterna pobreza, con la que nacieron y llegados a la mayoría de edad, aún cargaban con sus longevos y bien esculpidos hombros. Como la pesada carga fiscal, imposible de soportar. Ahora se pronunciaban enemigos de este tipo de contexto. Declarándose en estado de hostilidad. Otros optaron a involucrarse en el obsoleto mundo de la política local. Sopesando que es preferible un cambio, codiciar lo imposible y proyectarlo, a quedar sumidos en la trivialidad conformista de sus antepasados. Delimitar el camino a seguir en lo consiguiente.

Otra vez contempló el recinto, y atónita leyó: Escuela Normal Central para Varones, seguía tomada la instalación por un grupo de inconformes estudiantes. Cuya protesta reeditaba cambios urgentes y a pesar de la causa justificable, les veíamos aterrados. Temían alguna traición en sus filas, sabiendo que siempre salta un traidor de donde menos se le imagina.

Apenas unos meses atrás, estuvo ahí, blandiendo una cruzada ejemplar, animándolos a continuar sus protestas. Esta vez era otro el motivo, el llamado a esta generación, la del conflicto. Haciéndose presente entre otros, Rebeca. A quien consideró desde años mozos, una mujer sin igual. Un digno ejemplo de lucha y sobrevivencia, prototipo del triunfo integral, para cada rincón de esta raída sociedad guatemalteca. Mujer emblemática y trabajadora; cuya apariencia física sobrepasaba en belleza a la media. Empero y acompañada de sentimientos encontrados, la vio desaparecer con su propio cúmulo de emociones. También saludó, con ojos deslucidos por las lágrimas a don Francisco y su esposa, doña Lorena. Ellos solían cuidarla de pequeña.

Cuánto deseó que pudieran acompañarla, en las actividades de resarcimiento de su hermano, Marco Antonio, uno de los más insignes líderes estudian-tiles... A quien todos ellos amaron de forma desinteresada. Sin embargo, comprendía la difícil situación que atravesaban. Al verlos alejarse meditabundos, a través de la línea férrea, con sus cansinos pasos. Constató que los años transcurridos, dejaron su profunda huella, en sus ajetreadas anatomías. Diferencia abismal como los años transcurridos, desde el inicio ideal, del que apartaban la mirada con recelo y mil indulgencias desesperantes.

Tampoco estaba en este escenario, Nicho, uno de sus mejores amigos. Ya que tan solo unos años antes, perdió la vida en un accidente de tránsito. Ya no departiría la inteligente y sin igual; Lupita. Quien fue víctima de la represión, y asesinada por tan detestables esbirros, en esos años de mala muerte. Empero seguían desde varias horas atrás, en la misma postura, sentados en la mesa del diálogo. Conocedores que el progreso establecido en estas tierras centroamericanas, por parte de los mal llamados próceres de independencia. Era promulgador de cambios pero solo a favor de unos pocos, y excluyente de las clases más necesitadas. Fueron por tanto, iniciadores de una independencia planeada desde remotas épocas. Con el único propósito de evitar la fuga de capital rumbo a la madre patria. Otorgándoles esto mayores beneficios, y derogando lo mínimo sobre la otra, creando de esa manera un nuevo orden social, económico y político. Ponderable en la sociedad actual, desde entonces. Ninguno de los normalistas desconocía de este lastre, afectándoles inclusive a ellos a su corta edad. Por tanto entraban también en la reyerta.

–Este lazo común atañe tanto a las generaciones previas, lo saben los pertenecientes a la actual. Pero cada quien toma el rol que más le conviene. Evitando dicho compromiso, pero todos tenemos vela en el asunto.

–Por ello nos es común platicar de temas relacionados, y escuchar a quienes se quejan del cúmulo de situaciones adversas, y que sobrellevan en el día con día.

–Pero es mejor, –Intervino ella. –Descargar su frustración sobre los propósitos establecidos, para consolidar al fin un bloque estratégico y de lucha...

Guardó silencio, contemplando con cariño a estos noveles estudiantes, alicaídos ante el despertar de otra mañana tardía en el tiempo. Estaban presentes entre otros: Juan España, David

Rogerio, Juan Carlos, Eder Ricardo, Raúl de Marco, Rudy, Leonel, así como algunos que no le eran conocidos. Esperando que ellos también departieran algunos de sus puntos de vista, para luego participarles los suyos.

–Lo   siento mucho, mi querida Elizabeth. Sabes que nosotros estamos para apoyarte, no te sientas entonces sola.

–Sugirió, un segundo invitado. El que parecía conminado al suplicio de ese pasado reciente, su luctuosa vestimenta lo delataba.

–Lo sé, y te lo agradezco. –Intervino- De nuevo, con su entrecortada voz.

–Pero cuéntanos, ¿qué pasó luego?

–Indagó, quien presidía este singular encuentro. Mientras los demás parecían intimados a correlacionarlo con su propia historia, adecuándola cada quien a su escenario y del que eran protagonistas.

–Por   entonces   la   situación   política   y   económica latinoamericana, empezaba a bregar hacia nuevos derroteros, ocasionando un cambio en la conflagración de sus sociedades. Esto afectaba de forma directa el estatus quo, sobre todo el equilibrio de las familias poderosas, que siendo consideradas como la base de la sociedad, reflejaban el nuevo punto de inmersión, en un orbe cada vez más unificado, en él se percibían algunos cambios positivos. Equilibrio en países socialistas, aunque solo en determinados casos. Pero no sucedía lo mismo en esta latitud, donde estos debían plantearse y luchar contra todos los acomodados, para que se llevasen a feliz término.

En fin de cuentas la lucha entre clases, empezó antes que nacieran. Por tanto, comprendía que no eran ellos los responsables de la embarazosa situación. Pues estos lastres los carga la clase dominada, desde algún tiempo atrás. Extendiéndose desde la necesidad laboral, a través del factor económico, y que ocasionó cambios radicales en el seno de las familias más pobres. Obligando a las mujeres a ingresar al sector productivo. Incluso algunos niños ayudaban también a sus padres, en negocios de mercado y otras ventas callejeras. Algunas de sus amigas estudiaban por la tarde. Por las mañanas realizaban alguna ocupación lucrativa. Por ello también les tocaba luchar a brazo partido, siendo apenas unos infantes.

Ella siendo tan cercana a este mártir del conflicto, lo sabía. No podía mentirles, sin embargo intentaba elevarles el estado de ánimo...

—Deberán continuar sus luchas, es la única forma de hacer respetar sus derechos.

-Recuerdo que a mediados de los años setenta, los sindicatos estaban de moda. Sus dirigentes y líderes eran personas de alta calidad humana, de reconocida honestidad y a toda prueba.

—Incluso recuerdo que dentro del hemiciclo sancarlista, se fundaron algunos partidos políticos. ¿Tú debes recordarlos, Elizabeth?

—Sí, entre estos se destacaba, el VER, del que Marco Antonio fue cofundador y líder. Esta agrupación social, inició en 1976, el camino hacia la lucha social. Eran todos como una gran familia, todos con idénticos valores y principios. Hasta se cuidaban mutuamente.

—Figúrate, el día que ganamos las elecciones, la fiesta en los pasillos fue muy emocionante. Incluso recuerdo que todos bailábamos la música de moda. Los estudiantes reflejaban una inmensa alegría en sus rostros. Sus pensamientos eran hacia el progreso, con una marcada conciencia social. Es de los momentos más célebres que nos tocó vivir.

—Otro de los grandes aportes, en lo informativo. Lo constituyó la revista braza, que marcaba un futuro para Guatemala.

—Bueno, recuerda que se trataba de políticos transparentes, la mayoría doctores en filosofía. Con unión de estudiantes y obreros. De esta manera nace el VER, conformado por varias facultades de la Universidad.

—Fuimos estudiantes, compartiendo con trabajadores y profesionales de distintos campos. Con un futuro promisorio, marcado en sus semblantes, unidos en lucha desigual y fratricida, en contra de escuadrones entrenados para matar.

—Imagínate cuando empezó la masacre de profesionales, estudiantes, y sindicalistas, solo por pensar diferente. Entre otros el Licenciado López Larrave. Oliverio Castañeda de León. Además Lupita Navas, Manolo Andrade, Antonio Ciani, Rita Navarro, Luís Colindres, entre otros... Eso para nosotras fue realmente desconcertante.

—Tanto a nivel de la república, así como a nivel internacional se conocía de las arbitrariedades cometidas por los bandos en conflicto.

—Recuerdo que a uno de los presidentes del VER, el

connotado estudiante, Márquez. Lo persiguieron durante largas jornadas, entonces renunció a su trabajo en la empresa estatal, Telgua. Ocultándose en el domicilio de Antonio. Saliendo luego con rumbo a México, estudió una temporada en la UNAM, afortunadamente culminó, sus estudios con éxito.

—Su exilio, fue muy triste para su familia, pero era necesario para protegerse y salvar la vida, de esa carnicería que enlutaba al pueblo de Guatemala.

—Fueron profesionales de reconocido prestigio, estudiantes, campesinos, indígenas, niños, ancianos, en fin luctuosos años de muerte, y entre cuyos entornos conflictivos crecimos, pudiéndote asegurar que aun humedecen mis recuerdos.

8

A pesar del tiempo inmolado en el horizonte, de las continuas emigraciones y de las transmutaciones físicas de la barriada, esta le parecía familiar, cobijándola con el beneplácito de una protectora madre, amparándola en su retorno; volvía varias décadas después de haber marchado de esta su amada estancia.

De frente a su ondulada figura la oscuridad interna en su alma, recobró vigencia, como las inmensas arboledas arrebolándose ante sus ojos y que menguaban sus pasos ante el aire grotesco de finales de marzo, caminaba sin prisa, acariciándolas pasmosamente. Tales movimientos alineados en un simple bloque visual, parecían animarle a proseguir su destino inmediato, cuando ya no quedaban resquicios de llanto en su mirada, y la luz del infinito parecía nublársele de nuevo, ante sus entristecidos ojos. ¿Cuántos años transcurridos desde su marcha? Salió de dichos lares, siendo apenas una adolescente y ahora en su retorno con edad adulta, todo era distinto, incluso en su persona, los apilados cambios físicos, eran más que evidentes.

—Afirmativamente, es esta. —Pensó- La misma estancia de calles entrecruzadas con sus avenidas rumberas, las mismas casas, aunque diferentes en todo a sus antecesoras, como los mesones, y ranchos vetustos. Aunque ahora sobresalían algunas mansiones y el asfaltado de las calles de la zona doce, saltaba ante sus ojos. Encontrose de pronto, contemplando el basto horizonte, meticulosamente. Con su cúmulo de tenues pinceladas, en cuya verbigracia y plenitud. Parecía su mente divagar una y mil veces, en procura de salvaguardar sus recuerdos, atesorarlos como solo ella... encontrarse frente a ellos, héroes anónimos de una era que de pronto declina...

Abrió desproporcionadamente los ojos, al encontrarse con aquella inolvidable estancia, de marco artístico, difuminándose ante sus ojos. Cuyos árboles seguían siendo los mismos, algunos pinos y cipreses. Pero ninguna de las casas que conoció, aparecía ante sus desconcertados ojos. Luego la calle sin asfalto a través de la cual percibía algunas casas de adobe, otras rajadas ante la arremetida de terroríficos temblores, unas derribadas por otras causas, y varios lotes desolados, a consecuencia del terremoto del setenta y seis, cuyas secuelas ocasionaban un panorama poco alentador. Sin embargo enterrar a las víctimas y continuar con la carga y cotidianidad de la vida, fue lo oportuno; como la etapa reconstructiva.

Este fue su barrio por tantos años, con minúsculos cambios, aunque la necesidad de la gente por construir una vivienda digna, se percibía desde siempre. Una abrigante estancia que los cobijara, asimismo protegiera de las inclemencias del clima. Bajo el escaso ramaje de algunos árboles, y la enorme cantidad de polvo, incrustándose en los pulmones del transeúnte. Así como la gran cantidad de fábricas, gasolineras de reconocido prestigio, industrias de calza-do, fábricas de llantas, envasadoras y fábricas de vidrio. Surgiendo de pronto una extraña morada, en donde antes estuvo la tapicería. Un nudo aprisionó su garganta, al contemplar frente a sí el hogar de sus años mozos. Cuan distinto era...Su frontispicio en cuyo plexo sobresalía el azul de una pintura poco grata, y de mal gusto. Aquellos balcones de ensueño y madera, ahora sustituidos por unos en color negro y metálico, así como sus mismas ventanas, de cuyo interior el tiempo quiso borrar aquellas mañanas mil. Y ahora el enlistado horizonte blandía lustro-sos vidrios, como los lentes de don Otto Campos, asentados por sobre lejanas colinas...Hasta donde encumbró la mirada en busca de respuestas. Enterada que la oscura noche se les venía encima...

–Marco Antonio, mamá, papá... –Musitó– buscándolos en la distancia. Más de nuevo se sintió, sola. Como lo estuvo desde varios años antes. A pesar de la presencia de doña Lorena, quien se despidió. Ofreciendo visitarla en su actual hogar.

Tal postura les confería méritos, y exaltaba su causa, la dignificaba. Se los hizo evidente al saludarlos, aplaudiendo algunas de sus determinaciones...No así sus violentas protestas, y su forma de proclamar su inconformidad, diseminados a través de las principales arterias viales. Tampoco entendía el porqué de sus determinados sacrificios, en deshumanizadas huelgas de hambre. Empero dispuso apoyarlos en lo posible... Los contempló con cierta simpatía. Se trataba de un pequeño grupo de estudiantes normalistas, atrincherados en su casa de estudios. A quienes quería acompañar en cada una de sus manifestaciones. Pero consumida en el ajetreo de sus compromisos laborales y sociales, se disculpó como lo hiciera tantas veces en el pasado, aunque esta vez le pesaba sobremanera... No poder estar unas horas acompañándolos, en su lucha y que se empezaba a tornar, titánica.

De nuevo el destino le salió al encuentro, inmisericorde. Conduciendo su mirada a través de silentes presencias, al lado de incontables personas, ahí en su amada Reformita, rodeando con tristeza comprensible, su otrora y bien amada cuadra. A través de figuradas casitas, las mismas de siempre. Sin embargo hoy parecían desoladas. A la distancia unas figuras envolvían el horizonte, blandiéndose gráciles a través de las circundantes calles. Volvió la mirada hacia ellos, mientras se alejaban meditantes y por sobre la calzada Aguilar Batres. Reconoció a sus antiguos vecinos, quienes rehuían a su encuentro, temerosos. Escamándose todos a lo largo y ancho de la extenuante avenida. Sin detenerse un instante siguió carretera arriba, iba hacia el compromiso previo y que le haría recapitular toda una gama de acontecimientos inexplicables y tortuosos, de los que como generación revolucionaria no pudieron escapar.

Los retomarían en seguida, en la charla vespertina con el amigo de toda la vida, por tanto se fue alejando del grupo de inconformes, para asistir al encuentro del destino. Por sobre las ornamentadas calles que parecían despedirla...Así como la mañana furtiva con todas sus excentricidades. Del otro lado de la avenida, una señora de edad mayor, parada ante un teléfono monedero, la contemplaba. Sostenía el auricular con ambas manos, y con gran dificultad. Pero no perdía detalle de sus vueltas. Viéndola ir y venir, sin rumbo, pero parecía ir buscando una dirección, fue entonces cuando la encaró.

–Disculpe seño, ¿es usted de casualidad, Elizabeth?, la hija de doña Flora Elena y de don Antonio Urízar.

–Así es, ¿y quién es usted?

–Comprendo que ya no se recuerde de mí. Me llamo doña, Lorena, fui vecina de ustedes, cuando vivían por estos rumbos, allá por los años setentas.

– ¡Qué gusto saludarla, doña Lorena! ¡Cuántos años después de mi partida de la colonia! Aunque me marché sin quererlo, se lo aseguro.

–El gusto es todo mío, mija. Pues quise saber de la dirección de su nueva morada, sin embargo por mi edad me es imposible moverme de estos lugares.

–Entonces para ambas, se lo aseguro.

El abrazo fraterno y su rostro recostado en el plexo de la anciana, demos-traba cuánto cariño sentía por ella. Aunque contuvo el llanto, bajo laudas palabras y el recuento de aquellos años de ensueño. Días cálidos y tibios, volvían para aparcar ante el umbral sigiloso del tiempo…

–Estoy buscando la casa de mis papás, pero no logro ubicarla.

–Comprendo su dificultad.

—Tal vez puede indicarme ¿cuál de estas, es?

—La llevaré personalmente, mija…No se preocupe.

—Muchas gracias. Figúrese que ni siquiera recuerdo si en esta calle vivía Rebeca, pues los cambios en la colonia son manifiestos.

—Es cierto, hemos vivido tantos desastres por acá.

—Sí, recuerde los desastres del terremoto.

—Eso lo recuerdo ahora, perfectamente…Pero esta calle ahora asfaltada y los nuevos negocios, enmarcan cuantiosas mejoras. ¡Hasta me cuesta reconocerla!

—A mí me costó reconocerla, debido a una enfermedad de los nervios que me afectó en días recién pasados. Incluso me sucede que tiemblo con frecuencia y sin una razón aparente, hasta desconozco a algunas personas vecinas, a pesar que he vivido acá desde esa época.

—Ni siquiera noté cuando dejó de funcionar la tortillería de la esquina, en que trabajan aquellas tres señoras. Tan amenas al trabajar, amigables a la vez y de muy buena mano.

—Recuerdo que fueron ellas las que le contaron la noticia del asesinato de Marco Antonio, su hermano. Incluso hasta prepararon agua de cenizas, para que usted se recuperara de la trágica noticia.

Ya la noche cargaba en su séquito, cada una de las aristas de la coqueteante tarde, hasta hacerla sucumbir. Luego posándose egregia con sus sombras temibles, iba marchitando presta lo poco confortable de una vida. Ella siendo mujer de edad octogenaria, cargaba consigo el dolor de su pérdida. Observándola en la oscura habitación, la consideró heroína anónima. Descansando dificultosamente, al pie de una cama. En cuyo fondo yacían enormes cantidades de pastillas, entre somníferos, inyecciones y vitaminas. Todas delataban su lucha personal, un sacrificio perenne y su propio campo de batalla.

—Solía contarnos, Marco Antonio, que cuando se fundó la primera ciudad en esta república. La prestigiosa ciudad de La Antigua Guatemala, que hubo exclusión masiva de los indígenas. Debido a que los fundadores de esta portentosa ciudadela, permitieron que en ella habitaran personalidades de la alta élite, españoles, provenientes de la madre patria. Entre estos, gente de gobierno. Conquistadores y familias de abolengo. Entiéndase, formadas entre su misma gente. Además de los afamados criollos, los amos y señores ¿Quién no hablaría mal de todos ellos?

—Creo que muchos de nosotros repudiamos sus despóticas formas de gobernarnos aunque la mayoría no se pronuncie.

—También nos afecta el sistema económico.

—No podremos estar del lado de los dominantes, jamás.

—Ni siquiera considerar como nuestro, ese sistema que nos margina.

—Sobre todo porque está encaminado a su propio beneficio. Los demás, incluidas la clase indígena, hubieron de situarse afuera. Poseer pequeñas tierras,
alejados de la portentosa capital.

—Esto se ha trasladado a escenarios actuales, pues ellos, los dominantes, la clase privilegiada. Jamás perdieron el poder, por así decirlo.

—Efectivamente, pero volviendo al tema que les relataba, resulta que a Marco Antonio le disgustaba verlos discutir y por esa razón debió intervenir en más de una ocasión. "Cada lágrima de mi madre, está en cada ladrillo de esta casa". Solía reclamarle con gran dolor, pues nunca le gustó su trato hacia ella, pues merecía ser tratada con cariño, por el simple hecho de ser como solo ella, una mujer ejemplar. Trabajadora y muy colaboradora, en cada una de las arduas tareas del hogar. Silenciada de nuevo, como recordando algo que le hacía tanto daño, su apesadumbrado rostro lo delataba. Los demás comprendían este tipo de ensoñación y con respeto aguardaron un poco más. En medio del enigma nocturnal. Sin embargo hasta la sigilosa noche conminaba olvido irremisible, como los rostros de sus interlocutores, sobre una desbordada urbe, de sentimientos encontrados, y culpabilidades eximidas. Siendo por lo tanto un tema recurrente; a partir de las interminables noches de insomnio e incertidumbre; como esta, en el ínterin del conversatorio...Buscando rutas de fuga, de escapatoria a la realidad calcinante y holocáustica, la actual estaba acercándose friolentamente a paso redoblado y pletórico.

PARTE FINAL

PARTE FINAL

1

Corría la primera semana del mes de abril. Los grupos sindicales sufrían la pérdida de varios de sus más ilustres dirigentes. Aún estaba reciente la masacre de la embajada de España. Un atisbo de lo más relevante y que se produjo en el seno de una empresa cafetalera. Sí que conmocionó a la población, cuando uno de sus ejecutivos fuera confundido. Por ser homónimo del Profesor, Marco Antonio y de esa cuenta, asesinado vilmente y sin derecho de respuesta...Esa noche hombres fuertemente armados, lo esperaron afuera de la envasadora de café y le dispararon a quemarropa.

La noticia se dispersó a través de los cuatro puntos cardinales. Gran cantidad de intelectuales, profesionales, gente del campo, estudiantes, amigos y familiares, lamentaron su fallecimiento, y se pronunciaron en contra del gobierno. Constatando que se trataba de un equívoco, le sugirieron algunos de sus amigos:

—Debes abandonar el país de inmediato. Ayer asesinaron a alguien que se llamaba igual que vos. Además hemos descubierto que hombres desconocidos cercan los lugares donde solíamos reunirnos. Andan desesperados, preguntan por vos y tarde o temprano darán con tu paradero.

—No saldré del país, al contrario seguiré con lo planificado y lo haré con la misma determinación, hasta les puedo asegurar que con mayor, entonces sabrán que no somos ningunos cobardes.

— ¿Y qué sucederá si algo malo te pasa?

—Siempre hay que pagar el precio, ustedes lo saben; pero les prometo que tomaré mayores precauciones.

—Con tu capacidad, estoy plenamente convencido que descollarías en cualquier otro país. Sácale provecho a todos tus conocimientos. Aunque el único camino que nos queda es el del exilio o caer en el campo de batalla. Sin embargo podemos optar al exilio, es una puerta abierta todas las demás se nos cierran.

—Aunque así fuera, este es mi lugar de natalicio. Aquí están establecidos mis ideales, y es aquí donde quiero dormir el profundo sueño.

— ¿Crees acaso que perdimos la guerra?

—No, hemos continuado un modelo de vida. ¡Lo reclamamos por derecho! Que sea la patria quien refrende nuestra causa.

—Siempre me sentiré orgulloso de haber luchado, has sido además un excelente líder san carlista, buen profesional y digno representante de la clase pobre.

—Para mí también fue un honor, aunque no veamos realizados nuestros proyectos, pero tuvimos el decoro de plantearlos, incluso luchar porque prevalezcan por sobre este detestable sistema con el que nos gobiernan.

–En ello dejamos nuestras fuerzas y estoy plenamente convencido que si volviéramos a empezar, lo haríamos con la misma pasión y sentimiento.

–Yo estoy seguro que cuando ya no esté, entonces sabrán quién soy yo.

–Estoy seguro que así será, mi buen amigo. Así será...

Contemplando súbitamente a ambas, madre y hermana de uno de los tantos mártires del conflicto armado, a quienes llegó a conocer profundamente, incluso a admirar, a pesar de cuantiosos suplicios y transmutes físicos, propios de la época. Las conocía no mucho tiempo atrás, y solía escucharlas ávidamente, aprender de ambas. Para conocer la historia misma de un pueblo mancillado déspotamente.

Fue entonces cuando supo cuán importantes eran. Sobre todo ella, Flora Elena con su espontaneidad tan natural. Ese carisma y don de gente. A pesar de las múltiples medicaciones y que bebía al pie de la letra: una píldora para el estrés. La del vértigo, la del colesterol, la de la depresión. Entre otras... Caminando algunas jornadas en su compañía. Por el simple hecho de ser sobrevivientes de una de las épocas más cruentas de la historia reciente de este pequeño país centroamericano.

Tres décadas y media de conflicto entre hermanos. De pronto deseaban dejarlos en la ignominia. Aunque la lucha armada solo haya degenerado diferencias insalvables en todos los contextos y generado. Violencia urbana incontrolable, y que se pasea por todos los lares de esta tierra. Victimizando a la gente más sencilla y de escasos recursos económicos...

A solas en su habitación, repasaba los fatales incidentes que cargaron cuantiosos proyectos. Hasta hacerlos fenecer uno a uno entre sus manos. Siempre siguió el polo opuesto al de Marco Antonio, por tanto iba destruyéndolos como el huracán arruina todo lo que afecta su paso. De pronto con su acariciante voz de joven mujer. Pretendía hacer eco en esos corazones infante juveniles, tratándose también de sus camaradas; sabía cuánto sufrían en cada refriega, y el daño que les causaba la situación acaecida sobre ellos.

El resto de la tarde, estuvo compartiéndoles algunas de sus más extraordinarias vivencias, ahí en las instalaciones de la Escuela Normal. Instalada en uno de sus corredores, desde donde pudo imaginar a Marco Antonio. Previo a su ingreso a la instalación. Treinta y tantos años atrás. Advirtiendo el arribo de sus estudiantes y en espera del inicio de la jornada laboral. De las que sentíase orgullosa, como fiel ejemplo de lucha.

—El profe, Tono para mí fue un gran amigo, compañero, era el cerebro de la Universidad de San Carlos, vive en la facultad de humanidades, él decía, -"No le temo a la muerte porque tengo un compromiso con mi pueblo".

—Así fue siempre mi hermano, preocupándose por los demás.

— ¡Ah! fíjate que el Lic. Palala, nos estaba dando una cátedra, y se pronto nos dijo, que se había enterado que habían asesinado a un Marco Antonio Urizar, luego repuso: —Ojalá que no haya sido él, se refería a vos. Entonces dijo:

—"Díganle que se vaya al exilio, es un excelente

intelectual". Jamás imaginamos que aún ellos, nos darían el lugar importante que merecemos. Aunque yo también insisto que deberías de marchar a otro país, por tu propia seguridad.

—No lo haré, porque tengo un compromiso con mi gente. Ustedes deben comprenderlo.

—Pero profesor, acá ya solo nos espera la muerte, hemos luchado contra un enemigo cobarde y que a su vez, es protegido por el país más bélico de este siglo contemporáneo.

—Hemos luchado con determinación y enjundia, eso tarde o temprano nos dará resultados favorables.

—En lo personal estoy orgulloso de ustedes, pues han ofrecido sus noveles vidas, en búsqueda del ideal de patria.

—Todo lo que hoy sentimos y manifestamos como clase desposeída. Lo hacemos con la determinación de sacar a este pueblo del subdesarrollo…

—Esas fueron quizás las últimas palabras que dijo, en las actividades estu-diantiles. Él pagó el precio a una actividad social, a un sueño impéretro. Pero su fin está dispuesto al lado de los valientes, los consagrados, que han brindado su más valiosa virtud, en servicio de los demás.

—Por ello lo admiré desde que lo conocí y sé cuanta falta nos ha hecho desde su deceso. Imagínese cómo fueron nuestros días siguientes, sin poder contar con él, siendo el alma de nuestra institución educativa. Así sucedieron tantas cosas negativas, como por ejemplo una mañana estaban rodeados los campos, cercadas las galeras. Unos judiciales cargaban a dos estudiantes de la Universidad, y los metieron a nuestra escuela. Luego les pegaron, entonces los maestros tapándonos el rostro, nos inculcaron auxiliar a los aterrados jóvenes.

–Aquí tienen piedras, deben hacerles frente, ellos están dañando al pueblo y no debemos permitirlo.

–Nos pusimos las pilas y logramos rescatarlos, tomando a dos de los agentes, pero media hora después las instalaciones estaban rodeadas. Por el Comando seis y algunos de la Swat y de la G-2. Entonces los estudiantes lograron saltarse una pared, luego llegaron hasta donde estaban unos albañiles construyendo un muro de contención. Estos auxiliándolos los vistieron como ellos, otros entraron al zoológico y se confundieron con los visitantes.

–Qué tremenda época. ¿Cómo olvidarse a pesar de los años transcurridos?

–Es imposible, Licda. ¡Se lo puedo jurar!

–También le aseguro que jamás, ¡jamás la olvidaremos!

–Tampoco olvidaremos sus frases y enseñanzas, yo soy lo que soy gracias a lo que aprendí de él. Recuerdo que decía:

"Cuando ustedes vayan al campo, vayan y pongan en práctica estos conocimientos que llevan. Pero no se circunscriban a dar solo sus conocimientos empíricos. Sino agréguenle un poco de pasión y entrega". Había un compañero estudiante, nadie imaginaba los problemas que acarreaba, tan solo lo veíamos deambulando por los pasillos y corredores. Entonces Marco Antonio, se acercó para preguntarle que le pasaba.

– "Es que no sé qué me pasa, pero no se me queda nada…" –Le contestó. Existía por entonces un programa de escuelas seguras, ellos se comprometieron a ayudarle. Entonces lo hacían estudiar y leer por las tardes, su problema estaba en que no se podía concentrar. Como en nivel básico era semillero de magisterio, además estaba la escuela de aplicación, para poner en práctica el álgebra, las matemáticas y las ciencias. Esto con el fin que el maestro ponga en práctica en los educandos, y ellos así se preparen para ingresar a la Normal. Sin embargo no existía en básico un curso de orientación en educación, había una laguna ahí.

—Usted conoce de toda esa problemática.

—Eran recomendaciones de su hermano, fue quien realizó el estudio, el acomodo y sugerencia. Cuando me gradúe, fui a buscar una plaza, en el Ministerio de Educación. Entonces me enviaron a una lejana aldea de Tecpán, Xenimajuyú, en el kilómetro ochenta y dos. El profe, Marco Antonio nos decía:

—"No demuestren su valía aquí, sino ahí enfrente, ante sus alumnos". Hasta entonces me di cuenta de la realidad, estando al lado del Alcalde, alguien a quien no conocía quien solo me dijo:

—Váyase a su escuela, ahí le darán posesión. Entonces me sentí tan solo, con un problema entre manos. Pero sin declinar mi entusiasmo, seguí caminando a través de caminos lejanos, veía árboles y uno que otro ranchito. Después todo parecía inhabitable, hasta desolado. Ya iba a través de un polvoriento y solitario camino. Entonces unas personas me gritaban, al verme pasar:

—Patojo anda a buscar trabajo, en lugar de andar vagando…Yo solo pensaba, ¿cómo quieren que trabaje, si la manera como me están tratando? Ignoré en tanto las ofensas, y me atreví a preguntarles por la dirección asignada.

— ¿Saben dónde queda esta dirección? —Les preguntaba,

ellos me veían desconcertados y respondían, –Paij´a castilla– Yo no entendía nada de lo que decían entonces repetían las mismas sílabas… –Paij´a castilla– Opté entonces por continuar mi camino, entonces algunos de ellos me señalaban la distancia, por la cual me adentré hacia un mundo nuevo, en busca de la experiencia necesaria para descollar en esta noble carrera de magisterio. Asentada está bajo los enormes e imponentes cerros. Me sentía con cierto nerviosismo, pues era apenas un chico. Sin experiencia, aunque me ganaba el entusiasmo. Asimismo las enseñanzas de nuestro gran mentor y amigo, Marco Antonio. ¿Cómo vamos a olvidar-nos de sus enseñanzas?, cuando han sido y seguirán siendo parte de nuestra formación académica. Sus celebradas, inolvidables y sabias palabras: –"Cuando vayan a laborar en el campo de la educación, den lo mejor de ustedes. No se queden con nada, sus estudiantes y la patria, se los agradecerá". En ocasiones decaía su ánimo y se sentía muy solo. Entonces decía amargamente:

–Esta es como una regla de vida, nunca valoran el esfuerzo que uno realiza, luego cuando uno ya no está lo lamentan. Esta sin duda fue una de sus últimas charlas.

–Es cierto, se lo puedo asegurar.

–Me imagino que quiso despedirse de todas las personas a quienes amó, disculparse con quienes alguna vez increpó, aunque nunca se arrepentía de ser quien siempre fue, un líder innato, consecuente, dueño de su destino y orgulloso de haber pertenecido a la siempre combativa. Escuela Normal Central para Varones, de la que fue su mejor docente. Nosotros solo tomamos la estafeta y continuamos enseñando como él lo hubiese querido. Por su puesto que seguimos su ejemplo, ¡se lo aseguro!

—Siempre fue un excelente profesional, buen hermano, hijo y amigo. Vivía intensamente cada segundo de vida, conocía del riesgo de seguir en estas tierras, pero nunca se imaginó cuan cerca estaban los que halarían del gatillo.

—Recuerdo que todos los martes siempre almorzábamos juntos. Ya que ese día, esa mañana salió con destino al mercado de la Reformita, con un su amigo y mis dos pequeños hijos. Iban con rumbo a una venta de refrescos, para mitigar el asfixiante calor de la época, recién finalizaba la Semana Santa, en la que anduvo contemplando las procesiones y demás festejos.

El mercado parecía similar al de todos los otros días, uniforme. Con escasos comerciantes en su interior, al igual que los compradores. Apenas distaba en el horizonte el astro solar, con una primigenia estampa, algunos perros y mendigos deambulaban a través de la solariega calle, por la que avanzaban. Las risas de los niños, le hicieron imaginar un futuro promisorio, lleno de oportunidades y desarrollo. Había pasado incontables años, recluso en las paredes de un recinto boreal, donde encontró bastas percepciones. Allí entre anaqueles y estantes, rodeado de incontables libros, que ampliaron sus ideas y conocimientos. Además le hicieron valorar a las demás personas, y la vida misma.

2

Cuatro meses transcurrieron desde entonces. Ahora ella era diferente, se veía más segura de sí misma, gozaba de mucho más encanto. Ahora caminaba más serena y bamboleante a través de las calles de ensueño por las que siempre transitó, como dueña del horizonte. Ya no era tan solo una colegiala, era sin lugar a dudas mucho más que eso. Una gran amiga y le gustaba escucharlo hablar como solo él podía hacerlo, con su tono elocuente; un acervo muy amplio, y su distingo entre los demás.

Ella sabía que siempre sería su compañera idónea, su confidente. La irreemplazable amiga con quien podía hablar de cualquier tema, debatir de vez en cuando, un cúmulo de experiencias y amargas decepciones, desde los diversos enfoques del razonamiento humano, siempre lo comprendería como pocas personas, tal vez solo con su mamá y hermana, ambas eran el apoyo incondicional. A pesar de los pesares, y de sus rutinas. Aun en medio del dolor que les embargaba al ver caer a muchos de sus amigos, con la frente destrozada, el corazón por la mitad, a pesar del coraje y valentía esgrimidos en vida. Seguían siendo víctimas de las represalias del conflicto armado.

Ahora trasegaban rutilantes, como fantasmas nebulosos de esa época. Cual marionetas de un periplo inolvidable, eso y nada nuevo. Solo repercusiones dilatadas en la pupila. Más ella, volvía al encuentro de la vida y de una distada estación plañidera, estancada en sus sienes y adormecida en el ayer. Estuvo mirándolos largamente, sin alcanzar a comprenderlos.

Consideraba que el más grande enemigo, disfrazado de piel de oveja y con rostro de lobo, residía en el interior de cada uno de ellos. En el área del subconsciente, ese miedo al qué dirán, el miedo al que se veían expuestos. Miedo a levantar la mano para sentirse parte de las masas, y como tal de menesterosos alzados contra el gobierno. Encausados en lucha desigual y siniestra, jugándose la vida, efímera como la frívola noche, cayendo deprisa sobre un oscuro y siniestro firmamento. Con el que enfilaban, con usual silencio y determinación, a la victoria...

El alba los encontró de frente, convidándoles su clima bienhechor. Llenaban de colorido las calles, incluso todas las arterias viales de la zona doce. Como una marejada humana. Dirigiéndose con multitudinario colorido, hacia un punto definido en la Normal. Ahora centro de cuantiosas problemáticas, evasiones y recurrencias placenteras.

Ese nuevo día por tanto él, quería vivirlo intensamente, disfrutar de toda la gama de erudiciones de las que disponía y con los que podría dirigir si fuese necesario, los rumbos de esta sufrida sociedad. ¡Cuando la patria se lo exigiera! Estaba preparado para hacerlo. No desconocía la realidad de su gente, en cualquiera de los campos. Empero el destino le había deparado un final inesperado, muy a pesar de las disyuntivas. Quería pensar que nada de esto ocurriría, pues no andaba rodeado de malas personas, además no le debía nada a nadie, y por si no fuera suficiente, su único mal era preocuparse del bien común, su disciplina ser el mejor. Su meta más recurrente, ver a los ciudadanos laborando con buenas motivaciones económicas.

De pronto unos hombres fuertemente armados, cuyos rostros cubrían con gorros pasamontañas, y ocultándose en el anonimato de la impunidad, irrumpen en el recinto mercantil, con sus voraces miradas. Ajeno el mediodía levita ensueños profusos sobre la mirada de quienes a la postre se convierten en cómplices citadinos. Ajena ha quedado la oratoria, lejano el campanario. Alguien aplaza su llegada como relicario espiritual, connotando célebres ofrendas y búsquedas de cambio proverbial, cual un alma arrepentida, compaginando su eterna búsqueda.

A lo lejos la oración de una madre, ha sido dejada de lado, y corre al lado de su pequeño, a quien infiere rescatar. Más sabe que no podrá librarlo de la mano traicionera, que ha halado del gatillo, y deja en el suelo el inerte cuerpo del que ella tanto amaba. De uno de los mejores ciudadanos de esta tierra, incansable soñador de una patria dignificada. No hay perdón en la distancia, ni eximia en el infinito que valga tanto la pena. Ha caído un valiente en su campo de honor y sus alcances y frutos minimizados son. Llora el gélido y Fausto semblante de la cordillera, pero él, cayó en el sitial de los valientes...

Ya el mediodía descorre deprisa por sobre el radiante

horizonte, en ese momento un padre alcanza a su hija y le susurra muy dulcemente al oído…

—Ha sido a tu hermano, ahora debes ser muy valiente. Dicen que fueron varios hombres, quienes lo asesinaron, cobardemente en el interior del mercado. Dicen que compraron unos víveres y se tomaron unos jugos, en una venta de jugos llamada "Sagrado Corazón de Jesús". Cuando unos hombres armados le dispararon dos proyectiles en la sien derecha y uno en el torax. Al momento de su deceso era acompañado por nicho y tus hijos: Erwin y Zuly, quienes afortunada-mente no sufrieron ningún daño, ¡lo siento hija!

— ¡No! ¡Marco Antonio, no!

—Llora, mija, desahógate. Este momento lo vimos venir, no podemos soportarlo. Ahora iré a reconocer su cuerpo, pero necesito que seas fuerte, para no causarle mayor pesar a Flora Elena. ¿Sabes cuánto daño le causará esta pérdida?

— ¿dónde fue?, ¿quién lo hizo?

—Fue aquí en el mercado la Reformita, dos hombres dispararon a quemarropa sobre su cuerpo, pero nadie los pudo reconocer, muy a pesar de estar acompañado por Nicho y tus dos hijos, Erwin y Zuly.

— ¡Ni siquiera respetaron a los niños!

— ¡Ellos no respetan a nadie!

—Fue solo una escena, única en medio de un horizonte plegadizo y pulcro, la secuencial imagen antes repetida para sus aterrados ojos. Imaginaron haberla visto ya muchas veces, sin embargo el dolor que esta les causó fue insoportable, el verle partir de sus bastos entornos, muy solo, y ellos, quienes más le amaron, conocedores que no volvería jamás, así como que su muerte quedaría en total impunidad, por los siglos de los siglos...

Era su tarde de descanso, cuando llegó del trabajo le cuentan que lo habían asesinado, ese fue el peor momento de su vida, sentía volverse loca, no lo creía y aun le costaba creer lo que sus hijos le decían:

—"Mami mataron a mi tío". —"Mami mataron a mi tío".

—No puede ser..., no puede ser, -pensaba-. Entonces se dirige hacia el mercado, donde encuentra a su querido padre,   y quien le confirma que lo habían asesinado vilmente. Al llegar a la venta de jugos. Ve su cuerpo tirado con tres agujeros y una bala perdida que le cayó a un perro. Sin esperar más lo abrazó y lo besó, sintiéndose como que no estaba en esta tierra, derrumbada. Sentía que no podía levantarse, lo abrasaba y besaba, hasta que una persona la levantó. Sin embargo su preocupación era su madrecita, pensando en cómo estaría ante la noticia. Corrió del mercado hacia su casa y luego de la casa al mercado, así pasa-ron 5 horas. Pero ella no llegaba, sin duda que diosito la mantuvo fuera mientras recogían el cadáver. Cuando por fin llegó, no tenía palabras para decirle que a su hijo lo habían asesinado, pero de ver no podía ni hablar, ante lo sucedido, entonces solo dijo: -"TONO. "Si madre... -Le contestó, lo mataron frente a mis hijos, ellos están bien. En un desahogo profundo ella lloraba sin consuelo, era su único hijo varón, su hijo el pilar de su casa.

Luego del mercado se trasladaron al IGSS donde   le hicieron la autopsia, en tanto doña Flora, no dejaba de llorar, para ella no había consuelo. Cuando llegó la prensa denunciaron el asesinato, entonces unos de los periodistas comentó que Marco Antonio, en varias ocasiones los llamaba para que llegara a la Escuela Normal, para denunciar la persecución que vivía, día a día. Mientras ambas con mi madre esperaban la entrega del cuerpo del occiso,

Pasados los duelos por su deceso, y con los gobernantes haciéndose de la vista gorda. Desviando la atención de los organismos internacionales, como suelen hacerlo cada vez que sucede un hecho injustificable. Considera entonces este protagonista que es momento de actuar y sale confiadamente a la calle, camina unas cuadras a la redonda, ve el panorama plausiblemente, lo sopesa y decide volver al hogar de sus ofuscaciones...a pensar en lo que procede. Sabe esta noche Carlos, que nada podría averiguar, por tanto dejó de pensar en el tema, mientras toma un vaso de café y se viste para el funeral del ilustre amigo, del incuestionable profesor de la Normal, a quien rendirán honores póstumos en tan amado recinto y velarán en una funeraria de reconocido prestigio. Sin embargo ya no hay forma de revertir el tiempo, de advertirle del peligro que cerníase desde unos días previos sobre su humanidad, ya el daño está hecho, un acto de crueldad sin atenuantes, y en definitiva consumatum es. Su pérdida la sentía verdaderamente en el alma, extrañándolo.

3

Ya ha sido colocado en su última morada, dentro de la barnizada caja de ciprés, donde al fin duerme, el inconcluso sueño. Acompañan su cortejo fúnebre, incontable cantidad de mujeres y hombres de bien. Provenientes de todos los rincones de la república, ciudadanos de todas las edades. Va pasando el féretro por la zona ocho. De pronto suenan las voces a una señal, ¡Marco Antonio Urízar, vive!, vitorean incansablemente, como a su héroe...

Unas horas después le realizan honores en la Escuela Normal, con el pesar y la congoja sobre sus rostros. Noveles estudiantes del INCA y de la Normal. Luego sigue su recorrido, a través de las calles que tanto amó y por las que incansablemente transitó, ahí hacen las respectivas paradas, como para despedirlo de estas. Luego sus intermitentes recorridos enfrente del IGSS, y por la avenida Bolívar, ocupando todos sus carriles, aunque con el temor destrozando sus almas.

Varias manos alzadas al viento, lanzan al paso del féretro rosas y claveles.

Portan afiches y pancartas, todas en honor de tan distinguido docente. Culpabilizando de su muerte al gobierno en turno y a algunos de sus más cercanos colaboradores. De pronto es detenido el féretro, situándolo frente a la estación de Policía, cuyo comando rivaliza a cada movimiento con el séquito, sus elementos con sus fusiles en mano, amedrentan a las personas. Quienes en lenta procesión, sentían el cielo cercándolos inmisericordemente. Miles de personas acompañan los restos, con rumbo a su última morada.

–Tápense los rostros, Protejámonos; no sabemos lo que pueda pasar...

–Dijo, uno de los líderes educativos a sus noveles estudiantes. En su mayoría provenientes de Institutos Normalistas, veíanse unificados en esta despedida.

¡Como siempre fue su sueño! Mientras incontenibles unas lágrimas que resbalan por sus ojos; así como el requiebre de una fuente a través de bastas serranías y cordilleras; de esta patria en el olvido. Pero advierten que a partir de este momento, deben tomar la estafeta y luchar al lado de otros adolescentes, a favor de su gente, llevando consigo su cauda de sueños. Portando con valentía sus emblemáticas insignias, enormes mantas y carteles, cuyas máximas a la justicia, a la libertad y a la vida, equiparan los emblemas de su amado profesor, a quien acompañan en su viaje a la otra vida.

Fue desde siempre un amante de la docencia y del progreso. Ella lo sabía tornando la página a este presente, esperando el arribo de los alumnos y docentes, pues se entrevistaría con algunos de estos. Había cuantiosos temas en la palestra. Todos en relación con los cambios en la carrera de magisterio y a las que se oponían rotundamente.

–Es por sus discursos, son consecuentes. –Afirmó el profesor Fredy Barrera, justificando su apoyo a los muchachos. Luego le convidó algunas de sus vivencias, ahí recostados en los corredores, desde donde se podían leer las maquetas con los nombres de los estudiantes normalistas, que cayeron en la guerra interna de los treinta y cuatro años.

– ¡Cómo se fue el tiempo! ¿Cuántos años hará de ello?

–Una treintena por lo menos.

–Aquí solía compartirnos sus enseñanzas, el profe, Marco Antonio. Es como si hubiera sido ayer, nos dijo tantas cosas ahí donde ahora está el campo de fut bol, pues allí estaban instaladas antes las galeras.

–Dijo, con cierta nostalgia. Luego departió algunas de sus experiencias más próximas en tan difícil campo educativo.

Ella lo escuchó mientras los grupos de inconformes enfilaban rumbo al punto de reunión, esgrimiendo sus consignas en contra de la Ministra de Educación y sus colaboradores. Asimismo como contra el gobierno en turno y que los tenía como para balazos.

4

En los noticieros clandestinos se hablaba de la escalada fascista. Ante lo cual la inestabilidad era evidente, generando un clima de inseguridad en las calles. El temor a caer abatido era manifiesto en diversas latitudes, y un olor a sangre fusionado con pólvora, se regaba en las enormes sabanas verdes de la periferia humeante y descomunal, por donde se paseaba la imbatible muerte, llenando de luto gran cantidad de hogares guatemaltecos.

Caían cual parvadas los jóvenes estudiantes. Con un futuro promisorio, humildes campesinos, y ancianos que representaban algún liderazgo en sus comunidades. Hasta se contabilizaban infantes, en medio del representativo panorama sepulcral. Algunas muertes se le cargaban al ejército, otras a la guerrilla, incluso a otros bandos y que operaban al amparo de la oscuridad. Por dichas razones no podía dejarla ser su brisa. Tampoco el murmurar de campanas acicalando de encanto sus oídos.

Ni siquiera una pálida imagen recostada en la cordillera. Pues si ella fuese su antes, también sería su después. Sería el inicio de un proyecto y su exitosa culminación. Pero ya algunas valientes mujeres habían ofrendado su vida y a ella no la podía seguir exponiendo, por ello la dejó en pleno corazón de la zona doce, en las postrimerías del fin de la jornada, cuando su hermosa silueta. Tórridamente bañaba de colores ese espacio invernante al que transitaba, pero fue como un emblemático suspiro, dejando cuantiosas bendiciones en su vida.

Evitó por lo más sagrado, compartirle todas las penas que llevaba consigo, cuando su corazón le pedía lo contrario, y no podía desahogarse ante nadie, pues tanto su madre; flora Elena, así como Elizabeth, su hermana, lloraban cada vez que tocaban el tema. Ya confiaba en pocas personas y mucho temía que el traidor oreja, pudiese salir de entre sus amigos, ese que los delataría a todos a sus espaldas, el judas que le besaba la mano y le juraba lealtad, ello lo conminaba a observarlos a todos, aunque en su mayoría conocían sus lugares frecuentados, las rutas de salida y entrada al centro de la ciudad, incluso sus mega proyectos de desarrollo comunitario, la planificación de diversas manifestaciones y el inicio de la última fase del alzamiento popular. Que le convertía en presa fácil, en víctima sin escape posible. Sabiéndolo y amándola como la amaba, con ese amor fraterno. Como se ama a la patria y a la familia y a la vez como solo a una mujer…

–Es para protegerla, –se dijo– evitando unas tristes lágrimas de sus ojos. Ahora recordaba perfectamente la tarde que la conoció, cuando ella solo contaba catorce años de edad, pero caminando en una calleja de la colonia Roosevelt, lucía impresionante. Había recibido el visto bueno de parte de la dirección de un colegio para formar parte de su claustro, en una reunión relámpago y ella como estudiante del mismo salía en dicha hora del centro educativo. Desde la calle contraria en dirección del este la alcanzó, llevaba consigo una bolsa de cuero, donde llevaba sus cuadernos... Ella parecía contemplarlo, sin embargo llevaba prisa y no lo detectó. Quería comunicarle a sus amigos la buena noticia y de paso invitarlos a la siguiente actividad, por esa causa la vio sin notarla, ella se limitó a verlo hasta tres veces, sin siquiera reconocerlo. Alguna vez escuchó que hablaban bien de su persona, por alfabetizar a las vendedoras indígenas del mercado, El Guarda. Una empresa a la que se entregó con determinación, y entrega. Sabiendo acerca de las necesidades educativas que estas personas tenían, por lo cual hizo énfasis en la actividad inaugural y reiteró su compromiso a favor de las clases desposeídas, y de la educación de nuestra gente.

—Ahí está el futuro de la patria. —Decía— Por tanto ella, admiraba la determinación con que hablaba a los jóvenes de la colonia, inculcándoles el estudio como meta y que sería la base de superación y desarrollo personal.

Hasta ese momento le había oído hablar de solidaridad, educación, y disciplina. Otras veces lo vio fumando en la esquina de la veinte calle. En compañía de sus amigos, quienes se mostraban respetuosos y amigables. Lo cual equivalía a considerarlos amigables. Esto lo hizo atreverse a hablarle y sin pensarlo dos veces. Le deseó un buen viaje, demostrándole con sus palabras, cuánto lo admiraba. Porque muy en el fondo del corazón, ella también venía predestinada a formar parte del grupo de estudiantes belemnitas. Que desde temprana edad visualizaron un cambio estructural, necesario en esta nación centroamericana. Por esa causa se enlistó junto a sus amigas de estudio. Dedicándole parte de sus tardes a dicha causa. Consiente que los cambios además de proponerlos, se les debe dar seguimiento, inclusive presionar para que se lleven a cabo...

La noche avanzaba a intervalos, dejando un margen entre la tarde pernochera y el aparecimiento de la milenaria compañera del planeta. Entre la verdiplateada puesta del sol y la pulcra secuencia de su pequeña reflectora. Ocasionando un desdén primoroso en el horizonte. Por donde empezaban a desfilar las milenarias sombras de gigantescas montañas, volcanes y colinas. Lo cual hacía callar un momento a los invitados a este conversatorio. Conocían las aristas de la actual problemática. Dicha querella planteada por los líderes magisteriales y estudiantiles, tocaba ya casi los quince días, sin haber hasta el momento alcanza-do ningún avance.

Esta sin duda, era otra réplica del pasado reciente. Los nuevos asesores del gobierno lo sabían, al volver la página de la historia, en búsqueda de alguna orientación. Pero temían esta vez un equívoco, debido a la intromisión de las instituciones de Derechos Humanos. Salir mal librados de esta situación y preferían callar. Ocultándole a la sociedad sus arbitrarias y bélicas actividades, bajo un estandarte de hipocresía y calumnias continuas, en las que cayeron algunos de los malogrados estudiantes, quienes debido a la inquietud de la edad y al conflicto de intereses entre las capas sociales prevalecientes, ondeaban la bandera de equidad, blandiéndolo cual pabellón nacional, libre a los cuatro vientos, cuando sus anatomías habían caído una tras otra sobre el mortal y húmedo campo de batalla, en donde declinaron con sus ideales. Cayeron lejos de suelo natural, víctimas de traiciones y balas asesinas.

5

El fruto de la tierra es la semilla que cae del árbol y vuelve hacia sus entrañas completamente renovada. Es tierna semilla de porosidad forjada uniformemente, siendo epicentro del fruto y previo a ser demolida por la gélida estación, ha pasado a través del fuego de la podredumbre, para ser redimida y liberada de su cáscara protectora. Poco a poco se fue secando, Tomó el fresco oxígeno para henchirse al calor del sol. Tostándose luego cual grano de café, entre los surcos de la bienhechora tierra. Pues los tiernos brazos de madre, acarician en su seno, fidedigna especie de evolución plañidera. Desde donde ahora descansará, eternidades disfrazadas de silencios invernales. Lo ha determinado la inviolable naturaleza, desde el epicentro de su delicada piel, de la que habrá de germinar una nueva especie, en sabia continuidad de existencia milenaria.

Allí surge majestuoso y soberbio tiempo, en una exégesis infinita, donde se ha recostado el tiempo. Por sobre ramales y vetustas hojas ambarinas, bajo los dorados rayos del sol. Donde se respira la clorofila de brumosas raíces, ahí encontrará su frágil corazón reposo. Rodeado del acariciador eco de las pequeñas aves, el sueño de los grillos y el musitar de las eternas horas, cobijándolo en su nueva morada. Nadie lo despertará del profundo sueño, tampoco volverán sus pasos a cruzar los polvorientos atajos de las zonas once, doce y trece, especialmente su Escuela Normal.

No volverán sus ojos a contemplar el busto de la ciudad y su creciente urbe. Ya su voz prominente, preclara y bendita, enfila hacia otras latitudes. Donde habrá de reencauzar nuevos ideales, en busca del espacio sideral, quedando en un rincón, aquella sonora guitarra. En cuyos acordes encontró para su voz, una compañera idónea, inspiración especial para cantarle a su amada patria. Consorte de mil batallas. Ahora la música del espacio y las regiones celestes, acaricia sus sentidos. Adormece sus plañideras estancias, y procrea para sus ojos lo ignorados y brillosos amaneceres. Ha encontrado al fin el descanso eterno, del que no despertará jamás. Esos dos ojos dejan de ser la ventana del alma, que cohabitaba en su triste figura, sufriente por la deplorable situación de los suyos. Ya sus oídos no perciben más aquellas voces cargadas de emotividad, de frases amigables y encauses fraternos. Así como las eternas quejas de los obreros.

Ahora será el descanso de su cuerpo, toda la eternidad atenazada sobre su alma. La cual ha quedado sempiterna en el recuerdo, y cuya trascendencia es derivada de su obra. Trascenderá épocas en el corazón de quienes le amaron. Incluso a través de las futuras generaciones. Pues intentó con su buen ejemplo, transformar una realidad, la de sus contemporáneos y que se devanaron la vida, por un mísero sueldo.

Ya no se verá más aquel dedo índice, izarse a los cuatro

vientos. Indivisa señal de consigna, de protesta y solidaridad. Tampoco alzará su mano derecha en símbolo de unidad, equidad y victoria. Con su deceso enmarca sobre el zenit, la llegada de una era fatal. Habiendo sido propulsor de cambios, con su infranqueable fuerza de voluntad. Puesta a prueba frente a sus enemigos, pero fiel al compromiso adquirido desde temprana edad, y el que cumplió aun a costa de su propia vida. Merced a ello pasó toda la noche pensando incansablemente, proyectando sus más recatados encomios. Dándole vueltas a la idea, aun le costaba creerlo. Nunca quiso dudar de éste en particular, y a quien quería como a un hermano. El mismo a quien solía confiarle sus más íntimos secretos. Sus lágrimas lo constataban una vez más al salir de la casa de habitación, considerando que hubiese dado la vida por cada uno de sus amigos, a quienes guiaba con denuedo y enjundia. Así como le enseñó uno de sus maestros. Tomarlos facultativamente de las manos y llevarlos a nuevas encrucijadas, con igualdad de derechos para todos.

Lo sabía con solo verlo a los ojos. Nada quiso reprocharle, por confiar ciegamente en él, tampoco era la primera vez que esto le sucedía. Algunos años atrás lo constataron en la asociación. Habiendo sido traicionados desde el mismo seno y corazón del grupo, esencialmente del entorno. Era inhóspito recalar en ello, renunciar a su amistad. Despacharlo como un indeseable y borrarlo de la lista de confiables. Para Marco Antonio, era tan difícil asimilarlo, y aún se negaba a creerlo. Pero temía que uno de los más allegados a su persona, había dado información que solamente interesaba a sus propios camaradas. Delatándolos y causándoles tal daño, por una mísera recompensa, por algún favor mezquino y por necesidad económica. Mientras su siluetada figura fue perdiendo proporción en la lejanía. Borrándose ante sus remembranzas, su magnánima estatura y piel nacarada, así como su carismática sonrisa y cualidad exclusiva de vestirse.

Ya resuenan las campanas en la catedral. Su nombre es evocado por miles de gargantas. La patria estrecha su cuerpo lacerado por el dolor. El luto riguroso instala su sombría presencia, en incontables hogares. Una sencilla y joven madre llora tan irreparable pérdida. Era su bien más preciado, su hijo a quien dio lo mejor de sus mejores años de vida. Lo amó desde que lo estrechó por vez primera entre sus brazos y le amará a través de la danzarina cortina del tiempo. Le quitaron a quien la hacía sentir orgullosa. No descansará en paz hasta ver castigados a sus verdugos. La patria llora en silencio su deceso.

¡Oh, vida tan preciada! Ha descendido desde la luz más perfecta, para encontrar a través de boscosas montañas, una lumbre. La flameante antorcha que conducirá sus pasos, por entre fértiles llanuras de ensueño. Por sobre el remanso de preclaros manantiales, donde el gorjeo de las aves reemplazará, las notas de sus canciones de protesta. Y allá en el celeste infinito, su más adusto reposo.

Fue vid y simiente consagrada, en aras de la madre tierra. En cuyas entrañas fértiles, la aureola del astro meridional recreaba entorche de tardes veraniegas. Encuentro de plácidas estancias, esbozándole con su presencia, retraídos amaneceres y oclusivas puestas. Allí su imagen reflejada, era al principio solo una sombra de pronunciados contornos. El repaso del viento asentado sobre su varonil pecho, acicalando con su paso todo un hábitat de sabia histórica, por el que de pronto transita. Con rumbo a su última morada… ellos, sus amigos y camaradas, infieren que sus palabras son bien intencionadas, pero guardaron silencio. Mientras en un comunicado de la AEH y el VER, transcriben:

Nuestro compañero ha muerto. Marco Antonio Urizar Mota, ha cumplido con su cuota de entrega a la sociedad popular.

Contempló a través del paraje el trasfondo de una silueta. Iba deprisa ocultándose entre la maleza, sin embargo la sitúo en el hipotálamo del recuerdo. Así como el paso bamboleante de un río similar al Motagua, y en el que tantas veces compartió junto a Elizabeth. Pero esta vez estaba muy solo. Ya no pudo ella acompañarlo como tantas otras veces lo hiciera. Tampoco le seguía su muchachita de mirada triste, ensimismada en su verdeo contorno, cual caudal vertiginoso y fugaz por entre arbustos rocosos campestres. Compañía perpetua como fresca lluvia sobre su pelo, cuya sinfonía en eco perenne. Parecía encono perfecto de las disolutas aves, todas desfilando a otro ocaso, el suyo. Entre arboledas disonantes, con el silbo del viento entre sus hojas, marchitadas todas a su paso. De nuevo fue su voz un susurro, un eco lastimero, desparramando ahí su corazón silvestre. Como tórrido desenlace de la cascada al chocar contra las piedras, arenas y flores de la rivera. De pronto surgió un nombre que al evocarlo de nuevo parecía inmortalizarse y fusionarse en cada objeto, intentó sobreponerse al flagelo sufrido en carne propia, para adherirse de nuevo en el corazón de una madre y en su regazo, cual chiquillo desprotegido y solo. Descansar al fin entre las coníferas, encinas y orquídeas del virginal bosque...en el que se recostó, con la boca húmeda colmada de un placentero sabor a hierbabuena y mentas.

–Adiós, –dijo finalmente, envalentonándose como en otros tiempos. Pero ya no estaba solo, como tampoco lo estuvo jamás. Adelante otros líderes le esperaban para continuar juntos al carril de la otra vida, sus luchas incansables. Más allá de cortinas y emblemas difusos, de esperanzas aleccionadoras y promesas sin cumplimiento. Pero esta vez seguro del triunfo para su generación, la generación del conflicto...

6

Aun no sabía cómo encararlos esa lejana tarde. Ni siquiera el cómo desenmascararlos, sin embargo estaba determinado a hacerlo. Aun a costa de su propia vida, la cual caería cual parvada de luciérnagas en ese aciago mes de julio. Por lo tanto, para Carlos Luna, Evitárselos ya le era imposible. Estaban determinados a no dejar cabos sueltos y él sin duda que lo era. Por lo tanto vigilábanlo con mayor determinación, lo hacían desde las dos esquinas frontales de la entrada a la avenida. Por ello dejó de frecuentar los lugares amados de juventud y madurez. Sus compañeros de labores le dijeron que se había metido en lío gordo y no podría escapar de esto, deseábanle por lo tanto la mejor de las suertes pero evitaban estar cerca suyo, sabiendo que sus perseguidores eran implacables y estaban por coparlo.

Esta oscura hora de la tarde, los vio acercarse. Quiso escapar del lugar sin embargo ya era muy tarde para correr, era tarde para olvidar sus declaraciones en las cuales los inculpaba del asesinato de su amigo, Marco Antonio. A quién sabía que ejecutaron extrajudicialmente. Empero no los podía demandar, sabía cuan mal estaba la justicia en este país. Además su error fue haberlos señalado con pelos y señales, estando en estado de ebriedad y esto le empezaba a pasar factura. Caminó al encuentro de la muerte. Despacio pero seguro de sus pisadas por sobre la avenida de sus amores. Ahí donde vivió cuantiosas estancias y que ahora oscurecían para sus entristecidos ojos. Se detuvo ante el poste de la esquina cuando solo unos pasos lo separaban de sus captores, ellos lo distinguieron descaradamente, y sin más preámbulos lo encararon.

– ¿Sabes a lo que venimos, verdad?

–Lo sé, y no les tengo miedo. De todos modos a todos nos llega la hora, la mía se llega por manos de ustedes, ¡cobardes!

–Pero a vos te llega de soslayo por andar de bocón, recordá que te lo advertimos oportunamente, pero nos traicionaste y eso te lo vamos a cobrar.

Sentíase por fin, bien consigo mismo y con la humanidad, preparado para el viaje sin retorno, sin embargo existía en su mente un hecho que le impedía conciliar el sueño y le hacía sentir, miserablemente culpable, extrañamente responsable de una tragedia, y copartícipe de una flagrante violación a la vida, pero fueron órdenes recibidas y qué podía hacer, simplemente cumplió la pertinente, afectando a una familia, cuyos cinco integrantes, se reunían todos los fines de semana para compartir juntos el almuerzo. Tratándose de una sana costumbre, se congregaron en esta ocasión, esgrimiendo aires festivos en la sala, mientras en la cocina, la madre en compañía de una de sus hijas, preparaba el almuerzo. Los demás hijos conversaban amenamente, y don Francisco se refrescaba en la ducha, aunque había experiencias vividas en esta área conflictiva, esta familia nunca antes sufrió algún percance, estaban muy lejos de imaginar lo que estaba por sucederles...

Repentinamente un grupo de hombres fuertemente armados, irrumpió en el domicilio y sin mediar palabra alguna, se llevó con lujo de fuerza al desconsolado padre de familia, quien estaba en ese momento en paños menores. Desde ese momento empezó el calvario para otra familia más. La incertidumbre, el dolor y la ansiedad, se apoderaron de cada uno de los niños de este matrimonio. Un anónimo dejado bajo la puerta, sacó del sopor a la esposa del secuestrado. En este afirmaban que su esposo había pagado con su vida, cada uno de los pasos equívocos que había seguido, desde unos años atrás. Además que encontraría el cuerpo sin vida en las inmediaciones del Cementerio la Verbena. Al presentarse al lugar del siniestro, se encontró al periodista que sin tanto sentimentalismo, intentaba entrevistarla. Ella solo pudo asegurarle que no sabía nada del caso, era tan solo otra víctima, y que nunca supo que él anduviera en malos pasos. Sin embargo respetó su luto y silencio. Ofreciéndole su apoyo incondicional. Luego contemplando ese triste rostro, la despidió en la terminal de autobuses, pues ella debía volver junto a los suyos, en las inmediaciones de Nueva Santa Rosa. Hacia donde viajaba echa un mar de lágrimas, con todo el futuro cargado de incertidumbre y desconsuelo...

–Hagan conmigo lo que quieran, total que más da, estoy dispuesto a morir si es necesario. Pero antes quiero que me confirmen que ustedes mataron al profe-sor Marco Antonio

Urizar. Ahí en el mercado la Reformita. A mí no me pueden engañar. Conozco a los de su calaña.

– ¿Ah, y te la llevas de valiente?

–No creo que te incumba, pero vamos a darte una oportunidad de salvarte.

–Eso ni ustedes se lo creen, ¿cómo les voy a creer semejante patraña? Conociendo como se las juegan a sus víctimas.

–No jugues con fuego que te podes quemar, y como te dije antes, somos buenos cuates y para demostrártelo te dejaremos ir, solo tenes que jurarnos que ya no vas a hablar de nosotros, tampoco a decirle a nadie de nuestros trabajitos en esta pútrida colonia. Además vos también trabajas como agente, no podes señalarnos, por ello, y a partir de este momento te damos diez segundos para que te largues de aquí. Uno, dos, tres…

Hasta ahí quedó la cuenta, ya que fue lo último que escuchó, y sin dar cabida a lo que pasaba a sus espaldas, empezó a caminar deprisa por la calleja. Repentinamente la ráfaga de disparos atravesaron las arterias de la calle principal y el eco de las detonaciones quemó el corazón de la cuadra, pacífica en cierta época, sin embargo en las últimas semanas esto fue un complot repetitivo, para terminar a sí con tan ansiada paz.

Breves instantes precedieron a la muerte de este personaje, habían cumplido sus amenazas y reían a carcajadas mientras su cuerpo tambaleábase sobre la arteria vial, estallando las balas se incrustaron en parte de su espalda y cuerpo. Así cayó sin lograr descubrirlos, ni su modus operandus en la cuadra, ni sus demás fechorías, las cuales eran suficientes para encerrarlos de por vida.

Cayó sin dejar legado, solo un vacío más en la colonia la Reformita. Siempre fue un solitario y asimismo marchó al más allá.

De igual forma ya no podría conversar con las familiares de tan distinguido profesor, pues ellas ya habían emigrado hacia otros derroteros, con ánimo de sobrellevar la tragedia que se cernía sobre sus vidas. Pues tanto para doña Flora Elena, así como para Elizabeth, la atmósfera caía pesada sobre sus frentes con esta terrible e inmerecida sentencia.

Tantos años después, Marco Antonio Urizar, vuelve al hogar amado. Y su nombre vuelve a recordarse, y deja de ser el mártir olvidado en la época del conflicto armado, vuelve para acicalar de emociones plañideras la nueva época. De nuevo, se ve desfilar a los estudiantes, alzando sus manos victoriosas, y miles de gargantas coreando su nombre:

– ¡Marco Antonio, vive! ¡Marco Antonio, vive!

Uniéndoseles grandes sindicalistas y pródigos estudiantes, llevando hacia su última morada infinidad de claveles rojos, música de violines y marimba. El mismo recinto educativo es motivo de distingos, honrando el nombre y memoria de tan pródigo docente, quien vuelve otra vez a su casa mater. Allí en donde ella, su amada madre, Flora Elena Mota, lo despide… denota una gama de tranquilidad al escuchar la voz de uno de sus amigos, y ante las palabras expresadas por este:

–Para mí, tono era un gran amigo y compañero. Además era un cerebro en la Universidad de San Carlos, y puedo asegurarle que aún vive en la Facultad de Humanidades, donde nos decía:

"No le temo a muerte, porque tengo un compro-miso con mi pueblo.

Empero treinta y seis años después de verlo caer fulminado por aquellas balas asesinas, ya está lista para acompañarlo a ese paradisiaco rincón, allí en donde ambos serán de nuevo sustancia bendita y febril...

–Descansaré al fin de la eterna persecución, descansarán mis ojos aterrados, cuando ya mi voz solo sea un preclaro manantial.

Descansaré cuando ya solo sea mi rutina, la hilarante brisa de tus cabellos, y suave lema furtivo del hipocampo, para ser un tórrido despertar. Despertaré en el rumor de las voces, en lo esencial de los días esquilmados y huiré de aquella soberana risa seductora.

Este discurso de uno de sus grandes amigos: poeta, dramaturgo, y narrador. Sus palabras hicieron hincapié, en la excelsa labor del homenajeado. En su lucha por hacer de este país uno más équido. Cuyas palabras alusivas exaltaban los puntos más exorbitados, de los ancianos de una revolución caduca y/o fallida.

Luego la entrecortada voz de Elizabeth, acallada por el dolor y la tristeza, recitando a su memoria; en un recinto adecuado para rememorarlo, la Escuela Normal Central para Varones, y en el encono de proverbiales frases alusivas a su persona, inmortalizándose su recuerdo en dicho poema consagrado a sus hazañas.

"Mártir de esta patria en el olvido no será el silencio, será el cáliz que atraviesa todo el litoral y se adentra por lo profundo de nuestras almas, quien exaltará tus memorias. Y la llama de la libertad mártir, permanecerá ardiente en tus recuerdos, vehemente como favila divina, la llama que el viento enciende y flamea a través de los ojos, alumbrando de quietud y paz, el valle donde al fin descansas...".

Ahí mismo en donde sería dedicada la biblioteca a su memoria, habiendo sido en vida un lector incansable. En dicho recinto en donde él fue uno de sus más destacados docentes, admirado por todos, y por ello era merecedor a dicho homenaje. Q.E.P.D, Marco Antonio Urizar Mota. Estaban presentes desde temprana hora varios de sus ex alumnos, para quienes el homenaje resultó de lo más emotivo. También las promociones de alumnos actuales, maestros, incluso camaradas de lucha.

FIN

ACERCA DEL AUTOR

Nombre Completo:
Carlos Enrique Rivera Mauricio.
Lugar de nacimiento, ciudad capital. Hijo de Julio Rivera y
Consuelo Mauricio.

Estudios realizados:
Licenciatura en Letras y PEM en Lengua y Literatura. Facultad de
Humanidades, USAC. Asimismo con estudios en Ciencia jurídicas
y Sociales Abogacía y Notariado, USAC.

Carrera Literaria:
Escritor de Teatro, novela, cuento, poesía, y ensayo. Autor de las
obras: Ideario y Lumbre del Mártir, Efeméride y sentencias de una
época, Entrevista virtual, entre otras.

Galardones obtenidos:
- ➢ Ganador en la rama de poesía, Juegos Florales Retalhuleu,
  año 2017.
- ➢ Ganador en la rama de poesía, Juegos Florales, Jutiapa
  2017.
- ➢ Ganador en la rama de Verso, en los Juegos Florales
  Zacapa, con La obra: Zacapa Sínodo Cultural de mis
  Versos. Año 2013.
- ➢ Ganador en la rama de Cuento, Juegos Florales Zacapa
  2012, con la obra, Audiencia de Medianoche.
- ➢ En la rama de poesía, Juegos Florales Trinacionales
  Esquipulas 2008.

www.ingramcontent.com/pod-product-compliance
Lightning Source LLC
Chambersburg PA
CBHW030918050726
47498CB00003BA/800